Lydia Davis ist vor allem für ihre Kurzgeschichten bekannt, aber auch als Übersetzerin von Marcel Proust und Gustave Flaubert, wofür sie mit dem Orden des »Chevalier des Arts et Lettres« ausgezeichnet wurde. Sie lehrt Kreatives Schreiben an der University von Albany. 2013 erhielt Davis den Man Booker International Prize.

Weitere Informationen, auch zu E-Book-Ausgaben, finden Sie bei www.fischerverlage.de

Lydia Davis

Reise über die stille Seite

Stories

Aus dem Amerikanischen
und mit einem Nachwort
von Klaus Hoffer

FISCHER Taschenbuch

Erschienen bei FISCHER Taschenbuch
Frankfurt am Main, Januar 2016

Lizenzausgabe mit freundlicher Genehmigung
des Literaturverlag Droschl, Graz – Wien

Die Originalausgaben erschienen 1997, 2007, 2014
unter den Titeln ›Almost No Memory‹, ›Varieties of Disturbance‹,
›Can't and Won't‹ bei Farrar, Straus and Giroux, New York

Satz: Pinkuin Satz und Datentechnik, Berlin
Druck und Bindung: CPI books GmbH, Leck
Printed in Germany
ISBN 978-3-596-03319-5

Reise über
die stille Seite

Story

Ich komme von der Arbeit nach Hause, und da ist eine Nachricht von ihm: dass er nicht kommt, dass er zu tun hat. Er wird wieder anrufen. Ich warte darauf, von ihm zu hören, dann, um neun, fahre ich dorthin, wo er wohnt, entdecke seinen Wagen, aber zu Hause ist er nicht. Ich klopfe an die Tür seines Apartments, dann an alle Garagentore, weil ich nicht weiß, welches Garagentor seines ist – keine Antwort. Ich schreibe einen Zettel, lese ihn durch, schreibe einen neuen Zettel und stecke ihn in den Türschlitz. Zu Hause bin ich ruhelos, und obwohl ich eine Menge zu tun habe, weil ich am nächsten Morgen wegfahre, bleibt mir als Einziges, Klavier zu spielen. Um Viertel vor elf rufe ich wieder an, und da ist er zu Hause: Er war mit seiner ehemaligen Freundin im Kino, und sie ist immer noch da. Er sagt, er ruft mich zurück. Ich warte. Schließlich setze ich mich hin und schreibe in mein Notizbuch, dass er, wenn er mich anruft, entweder zu mir kommen wird oder dass er es nicht tun wird und dass ich dann wütend sein werde, so dass ich entweder ihn habe oder meine Wut, und das wäre schon in Ordnung, denn Wut hat, wie ich bei meinem Mann herausgefunden habe, immer etwas sehr Tröstliches. Und dann schreibe ich weiter – in der dritten Person und in der Vergangenheitsform –, dass sie offensichtlich immer eine Liebe haben musste, selbst wenn es eine komplizierte Liebe war. Er ruft zurück, noch bevor ich all das zuende hingeschrieben habe. Als er anruft, ist es etwas nach halb zwölf Uhr. Bis knapp vor zwölf streiten wir miteinander. Was er sagt, ist widersprüchlich: Zum Beispiel sagt er, er habe mich nicht sehen wollen, weil er arbeiten wollte und außerdem weil er allein sein wollte, aber er hat nicht gearbeitet und er war nicht allein. Ich schaffe es nicht, dass er auch nur einen dieser Widersprüche aufklärt, und als sich die Unterhaltung allzu sehr wie die vielen Unterhaltungen mit meinem Ehemann anzuhören beginnt, sage ich Lebewohl und lege auf und höre auf aufzuschreiben, was ich aufzuschreiben begonnen hatte, obwohl nun nicht mehr richtig zu sein scheint, dass Wut etwas ausgesprochen Tröstliches habe.

Nach fünf Minuten rufe ich ihn zurück, um ihm zu sagen, dass mir dieses Gezanke Leid tut und dass ich ihn liebe, aber er hebt nicht ab. Ich rufe fünf Minuten später wieder an, weil ich mir denke, vielleicht ist er in seine Garage hinaus- und dann wieder zurückgegangen, aber er hebt wieder nicht ab. Ich überlege, ob ich zu ihm hinfahren soll, um nachzusehen ob er in seiner Garage arbeitet, weil er seinen Schreibtisch und seine Bücher dort hat und weil er zum Lesen und zum Schreiben da hingeht. Ich bin in meinem Schlafmantel, es ist zwölf vorbei, und am nächsten Morgen muss ich um fünf wegfahren. Trotzdem ziehe ich mich an und fahre die ungefähr eine Meile zu ihm. Ich fürchte, dass ich, vor seinem Haus angekommen, andere Autos da stehen sehen werde, die ich vorhin nicht dort gesehen habe, und dass eines von ihnen seiner Exfreundin gehören wird. Als ich die Einfahrt hinunterfahre, sehe ich zwei Autos, die vorher nicht da gewesen waren, und eines davon ist so nahe wie möglich vor seiner Tür geparkt, und ich glaube, dass sie da ist. Ich gehe um das kleine Gebäude zu seinem Apartment an der Rückseite herum und schaue durchs Fenster hinein: Das Licht ist an, aber wegen der halbgeschlossenen Jalousien und wegen der beschlagenen Scheiben kann ich nichts genau erkennen. Aber jetzt sind die Dinge da drin irgendwie anders als früher am Abend, und davor waren die Scheiben nicht beschlagen. Ich öffne die Tür mit dem Fliegengitter und klopfe an. Ich warte. Keine Antwort. Ich lasse die Tür mit dem Fliegengitter zufallen und mache mich auf, die Garagen der Reihe nach zu überprüfen. Nun, da ich weggehe, geht die Tür in meinem Rücken auf, und er kommt heraus. Ich kann ihn nicht sehr gut sehen, weil es auf dem schmalen Weg neben seiner Tür dunkel ist und weil er dunkle Kleidung trägt und weil das spärliche Licht von hinten auf ihn fällt. Er kommt zu mir her und legt seine Arme wortlos um mich, und ich denke, dass er nicht etwa wegen seiner starken Gefühle nichts sagt, sondern weil er sich zurechtlegt, was er mir sagen will. Er lässt mich wieder los und geht in einem Bogen vor mir herum zu den Autos, die neben den Garagentoren geparkt sind.

Als wir dort hinausgehen, sagt er: »Schau«, und dann meinen Namen, und ich warte darauf, dass er sagt, dass sie da ist, und auch, dass mit uns alles aus ist. Aber er tut es nicht, und ich habe das Gefühl, dass er tatsächlich vorgehabt hat, etwas dergleichen zu sagen oder zumindest zu sagen, dass sie da ist, und dass er es sich danach aus irgendeinem Grund anders überlegt hat. Stattdessen sagt er, dass alles, was an diesem Abend falsch gelaufen ist, sein Fehler sei und dass es ihm leid tue. Er steht mit dem Rücken an ein Garagentor gelehnt, sein Gesicht im Licht, und ich stehe vor ihm und habe das Licht im Rücken. Und auf einmal umarmt er mich so plötzlich und unerwartet, dass meine Zigarettenglut am Garagentor hinter ihm herunter bröselt. Ich weiß, warum wir hier draußen und nicht in seinem Zimmer sind, aber ich frage ihn nicht, bevor nicht alles zwischen uns wieder im Lot ist. Dann sagt er: »Als ich mit dir telefonierte, war sie nicht hier. Sie ist später wiedergekommen.« Er sagt, der einzige Grund, weshalb sie da sei, sei, dass ihr irgendetwas Sorgen mache und dass er der Einzige sei, mit dem sie darüber sprechen könne. Dann sagt er: »Das verstehst du nicht – oder?«

Ich versuche, es auf die Reihe zu kriegen.

Also sind sie ins Kino und anschließend wieder zu ihm nach Hause gefahren, und dann habe ich angerufen, und dann ist sie weggegangen, und er hat zurückgerufen, und wir haben uns gezankt, und dann habe ich zweimal zurückgerufen, aber da war er weg, ein Bier holen (sagt er), und dann bin ich hinübergefahren, und in der Zwischenzeit war er vom Bierholen zurück, und sie war auch wieder da, und jetzt war sie in seinem Zimmer, und deshalb unterhielten wir uns vor den Garagentoren. Was aber stimmt nun? Konnten sie beide wirklich in der kurzen Spanne zwischen meinem letzten Anruf und meiner Ankunft hierher zurückgekommen sein? Oder war es eher so, dass sie, während er mit mir telefonierte, draußen oder in seiner Garage oder in ihrem Auto wartete und dass er sie dann wieder hereingeholt hat und dass er das Telefon bei meinem zweiten und dritten Anruf läuten ließ, ohne es abzunehmen, weil er von mir und dem Gezanke die Nase voll hatte? Oder war es so, dass sie tatsächlich wegfuhr und tatsächlich später wiederkam und dass er dageblieben war, aber das Telefon läuten ließ, ohne abzunehmen? Oder hat er sie vielleicht hineingebracht und war dann für ein Bier hinausgegangen, während sie drinnen wartete und zuhörte, wie das Telefon läutete? Letzteres ist am unwahrscheinlichsten. Ich glaube sowieso nicht, dass er für ein Bier weggefahren war. Die Tatsache, dass er mir die ganze Zeit nicht die Wahrheit sagt, verunsichert mich, was seine Wahrheitsliebe bei anderen Gelegenheiten angeht, und dann versuche ich für mich herauszufinden, ob das, was er sagt, wahr ist oder nicht, und manchmal finde ich heraus, dass es nicht wahr ist, und manchmal weiß ich es nicht und weiß es auch später nicht, und manchmal bin ich, bloß weil er es immer wieder wiederholt, überzeugt, dass es wahr ist, weil ich nicht glaube, dass er die gleiche Lüge so oft wiederholen würde. Vielleicht spielt es keine Rolle, was wahr ist, aber ich möchte es wissen, und sei's auch nur, damit ich Antworten finde auf Fragen wie: Ist er wütend auf mich oder nicht; und wenn ja, wie wütend; liebt er sie immer noch oder nicht; und wenn ja, wie sehr; liebt er mich oder nicht; wie sehr; ist er imstande, mich zu betrügen, wenn sie's tun, und im Drüberreden, wenn sie's getan haben.

Mildred und die Oboe

Letzte Nacht hat Mildred, meine Nachbarin im Stockwerk unter mir, mit einer Oboe masturbiert. Die Oboe röchelte und quietschte in ihrer Vagina. Mildred stöhnte. Später, als ich dachte, sie sei fertig, fing sie zu schreien an. Ich lag mit einem Buch über Indien im Bett. Ich konnte spüren, wie ihre Lust durch die Dielenbretter in mein Zimmer hochstieg. Natürlich hätte es für das, was ich gehört hatte, auch eine andere Erklärung geben können. Vielleicht war es nicht die Oboe, sondern der Oboist, der Mildred penetrierte. Oder vielleicht schlug Mildred ihren kleinen, nervösen Hund mit etwas Schmalem und Musikalischem wie einer Oboe.

Die schreiende Mildred wohnt unter mir. Drei junge Frauen aus Connecticut wohnen über mir. Dann gibt es noch eine Pianistin mit zwei Töchtern in der Belle Etage und ein paar Lesben im Untergeschoss. Ich bin ein nüchterner Mensch, eine Mutter, und ich gehe gern früh schlafen – aber wie soll ich in diesem Gebäude ein geregeltes Leben führen? Es ist ein Zirkus von hoch und nieder hüpfenden, herumtanzenden Vaginas: dreizehn Vaginas und nur ein einziger Penis, mein kleiner Sohn.

Haus – Pläne

Von der Straße aus, die an der darüberliegenden Anhöhe entlanglief, wurde ich auf das Stück Land aufmerksam, und ich wollte es auf der Stelle kaufen. Wenn mir der Makler etwas von seinen Schattenseiten erzählt hätte – hätte ich in diesem Augenblick nicht auf ihn gehört. Ich war verzückt von der Schönheit dessen, was ich sah: ein langes Tal mit blutroten Weingärten, das nach den spätsommerlichen Regenfällen halb unter Wasser stand; in der Ferne gelbe Felder, die von Unkraut und Disteln erstickt wurden, und dahinter ein Wald, der einen Berghang verdeckte; in der Mitte des Tals über den Feldern die Ruine eines Bauernhauses: Zwischen den zerbrochenen Steinen der Gartenmauer wuchs ein Maulbeerbaum, und daneben fiel der Schatten eines uralten Birnbaums quer über den braunen Teppich aus verrotteten Früchten am Boden.

An seinen Wagen gelehnt, sagte der Makler: »Ein Zimmer ist noch intakt. Ansonsten ist alles versifft. Sie haben da jahrelang Tiere gehalten.« Wir gingen zum Haus hinunter.

Auf dem Fliesenboden lag eine dicke Schicht Dung. Ich spürte den Wind zwischen den Steinen und sah das Tageslicht durch das hohe Dach. Nichts davon schreckte mich ab. Noch am gleichen Tag ließ ich den Vertrag aufsetzen.

Ich hatte so viele Jahre darauf gewartet, ein Stück Land zu finden, um ein Haus daraufzustellen, dass ich manchmal das

Gefühl hatte, ich sei zu keinem anderen Zweck in die Welt gesetzt worden. Kaum war das Verlangen in mir geweckt, richtete sich meine ganze Energie darauf, es zu stillen: Der Job, den ich erhielt, kaum dass ich die Schule hinter mich gebracht hatte, war öde und deprimierend, aber je größer mein Verantwortungsbereich wurde, desto mehr Geld brachte er mir ein. Um so wenig wie möglich auszugeben, führte ich ein sehr ereignisloses Leben und sträubte mich, Freundschaften zu schließen oder mich zu amüsieren. Nach vielen Jahren hatte ich genug Geld, um meinen Job aufzugeben und damit anzufangen, mich nach einem Stück Land umzusehen. Immobilienmakler fuhren mich vom einen Grundstück zum nächsten. Ich sah so viele Grundstücke, dass ich durcheinander geriet und nicht mehr wusste, was ich eigentlich suchte. Als schließlich das Tal unter mir auftauchte, war es, als fiele eine schreckliche Last von mir ab.

Solange die sommerliche Wärme über dem Land lag, war ich zufrieden, dort in meinem königlichen und rußgeschwärztem Zimmer. Ich putzte es, füllte es mit Möbeln, und in eine der Ecken stellte ich ein Zeichenbrett, wo ich die Pläne für den Umbau des Hauses erarbeitete. Hob ich den Blick von meiner Arbeit, sah ich das Sonnenlicht auf den olivfarbenen Blättern, das mich aus dem Haus lockte. Ich ging über das Gras nahe beim Haus und sah mit den müden, erwartungsvollen Augen eines Mannes, der sein ganzes Leben in der Stadt zugebracht hat, Elstern zu, die im Thymian herumliefen, und Eidechsen, die in der Mauer verschwanden. Bei stürmischem Wetter bogen sich die Zypressen neben meinem Fenster unter dem Wind.

Dann fiel die herbstliche Frische ein, und rund um mein

Haus staksten Jäger herum. Das Knallen ihrer Gewehre erfüllte mich mit Angst. Rohre einer Kläranlage im Nachbarfeld barsten und entließen einen schrecklichen Gestank in die Luft. Ich machte Feuer im offenen Kamin, und doch wurde mir nie warm.

Eines Tages verdunkelte der Umriss eines jungen Jägers mein Fenster. Der Mann trug Lederkleidung und ein Gewehr. Nachdem er mich einen Augenblick lang angeblickt hatte, kam er zu meiner Tür und öffnete sie, ohne zu klopfen. Er stand im Schatten des Eingangs und starrte mich an. Seine Augen waren milchig blau, und der rötliche Bart verdeckte kaum seine Haut. Ich hielt ihn sofort für einen Dorfdeppen und bekam Angst. Er tat nichts: Nachdem er den Zimmerinhalt inspiziert hatte, schloss er die Tür und ging weg.

Ich war voller Wut. So als schlenderte er durch einen Zoo, war der Mann zu meinem kleinen steinernen Pferch gekommen und hatte mich unverschämt gemustert. Ich schäumte und ging im Zimmer auf und ab. Aber ich war einsam da draußen auf dem Land, und er hatte meine Neugier geweckt. Nach ein paar Tagen war ich ganz erpicht darauf, ihn zu sehen.

Er kam wieder, und diesmal zögerte er nicht an der Tür, sondern trat ein, setzte sich auf einen Stuhl und sprach mich an. Ich verstand seinen ländlichen Akzent nicht. Er sagte eine Wendung ein zweites und dann ein drittes Mal, und ich konnte noch immer nur raten, was er meinte. Als ich versuchte ihm zu antworten, hatte er mit meinem städtischen Akzent das gleiche Problem. Ich gab auf und bot ihm ein Glas Wein an. Er lehnte ab. Auf eine zurückhaltende Art erhob er sich von seinem Stuhl und machte sich vorsichtig daran, meine Habseligkeiten aus größerer Nähe zu inspizieren. Ab meinem

Bücherschrank begann er einen Rundgang die Wände entlang, an denen eingerahmte Drucke von Häusern hingen, die mir besonders gefielen – manche an der Place des Vosges und manche in den ärmeren Vierteln hinter dem Montparnasse –, bis er schließlich vor meinem Zeichenbrett stand, plötzlich innehielt und, in Erwartung einer Erkenntnis einen Finger in der Luft, stehenblieb. Er brauchte eine ganze Weile, um zu begreifen, dass ich dabei war, Strich für Strich ein Haus zu entwerfen, und als er es begriffen hatte, fing er an, mit seinem Finger ein paar Zentimeter über den Plänen sämtliche Zimmerwände nachzuzeichnen. Als er schließlich jeden Strich untersucht hatte und entlanggefahren war, lächelte er mich an, ohne die Lippen zu öffnen, blickte auf eine mir unverständliche, irgendwie listige Art zur Seite und verschwand urplötzlich.

Wieder war ich wütend, weil ich das Gefühl hatte, er sei in mein Zimmer eingedrungen und habe mir meine Geheimnisse gestohlen. Als mein Ärger aber verraucht war, wünschte ich, er käme wieder. Er kam am nächsten Tag und ein paar Tage später kam er noch einmal, obwohl ein starker Wind blies. Ich fing an, auf ihn zu warten und mich auf seinen Besuch zu freuen. Er ging jeden Morgen sehr früh jagen, und während der Woche kam er mehrmals nach Beendigung seines Tagwerks vom Feld herein, wo die Sonne schon den weißen Lehmboden in Farbe zu tauchen begann. Sein Gesicht glühte dann, und er war so voller Energie, dass er sie kaum bändigen konnte: Alle paar Minuten sprang er von seinem Stuhl auf, schritt zur Tür und sah hinaus, kam zurück in die Zimmermitte, pfiff eine tonlose Melodie und setzte sich wieder. Allmählich verebbte seine Energie, und wenn sie weg war, ging auch er weg. Er nahm weder Essen noch Trinken an und schien überrascht, dass ich ihm etwas anbot, so als wäre gemeinsames Essen und Trinken ein Akt großer Intimität.

Die Verständigung zwischen uns beiden wurde um nichts leichter, aber wir fanden mehr und mehr Dinge, die wir gemeinsam tun konnten. Er half mir, Vorkehrungen für den Winter zu treffen, indem er die Schlitze in meinen Wänden stopfte und Holz für den Kamin stapelte. Nach der Arbeit gingen wir hinaus in die Felder und den Wald. Mein Freund zeigte mir die Plätze, die er gerne aufsuchte – eine Gruppe von Weißdornbüschen, einen Kaninchenbau und eine Höhle im Berghang –, und obwohl ich ihm nur eine einzige Sache zeigen konnte, fand er diese genauso geheimnisvoll und fesselnd wie ich.

Jedes Mal, wenn er mich besuchte, gingen wir zuerst zu meiner Blaupause hinüber, wo ich ein weiteres Zimmer hinzugefügt oder mein Arbeitszimmer vergrößert hatte. Ständig gab es Veränderungen, die ich ihm zeigen wollte, weil ich mit der Verbesserung meines Plans nie fertig wurde und beinahe jede Stunde an ihm arbeitete. Nun griff er manchmal nach meinem Bleistift und zeichnete ungeschickt etwas ein, auf das ich nicht gekommen wäre: eine Räucherei oder einen Rübenkeller.

Aber die Euphorie des Planens und die Freude darüber, einen Freund zu haben, machten mich blind gegenüber einer schrecklichen Tatsache: Je länger ich auf meinem Land lebte und die Zeit verstreichen ließ, desto mehr schwand die Chance, das Haus zu bauen. Das Geld zerrann, und mit ihm zerrann mein Traum. Fernab von jedem Marktplatz, war der Preis für Nahrungsmittel in dem Dorf doppelt so hoch, wie er es in der Stadt gewesen war. Ich war schon so dünn, dass ich nicht noch weniger essen konnte. Gute Maurer und Tischler, ja selbst schlechte, waren hier rar und teuer: Würde ich zwei für ein paar Monate einstellen, bliebe mir für danach zu wenig zum Leben. Auch als mir das klar wurde, gab ich nicht auf, hatte aber keine Antworten auf die Fragen, die mich quälten.

Am Anfang hatte meine Blaupause meine ganze Zeit und Aufmerksamkeit in Anspruch genommen, weil sie die Unterlage für meinen Hausbau war. Schritt für Schritt begann der Plan, für mich mehr Leben zu bekommen als das eigentliche Haus: In meiner Phantasie verbrachte ich zwischen den Bleistiftstrichen, die ich nach Belieben zog, mehr und mehr Zeit. Hätte ich mir aber offen eingestanden, dass keine Möglichkeit mehr bestand, dieses Haus zu bauen, dann hätte die Blaupause ihre Bedeutung verloren. Also glaubte ich weiterhin an das Haus, während der Glaube an die Möglichkeit, es zu bauen, immer mehr unterhöhlt wurde.

Was die Situation noch frustrierender machte, war der Umstand, dass am Dorfrand alle paar Monate neue Häuser aus dem Boden schossen. Beim Kauf des Grundstücks waren die einzigen Gebäude im Tal kleine Steinhäuschen, die, innen mit Lehmböden versehen und schwarz wie Höhlen, inmitten der umgepflügten Felder hockten. Nach der Unterzeichnung des Vertrags war ich nach Hause zurückgekehrt, stand, ganz zufrieden, da und blickte über die aufgelassenen Weingärten und die verwilderten Äcker hin zum Horizont, wo das Dorf mit seinen eng beieinander stehenden Kirchtürmen auf einem kleinen Hügel wie einer Art Festung aufragte. Nun gab es da und dort in der Landschaft eine Wunde aus kahler roter

Erde, und binnen ein paar Wochen entstand darüber, wie Schorf, ein neues Haus. Der Landschaft blieb keine Zeit, diese Veränderungen aufzunehmen: Kaum stand ein Haus fertig da, wurden auch schon für ein weiteres rechts und links die kräftigen Eichen gefällt.

Ich verfolgte die Baufortschritte an einem speziellen Haus mit ganz besonderem Entsetzen und mit Besorgnis, weil es von mir bis dorthin nur ein paar Gehminuten waren. Das bedächtige Tempo, mit dem es in die Höhe wuchs, erschütterte mich und war wie ein Hohn gegenüber meiner persönlichen Lage. Es war ein hässliches Haus mit rosa Wänden und billigen Eisengittern vor den Fenstern. Als es fertig und der letzte junge Baum in den staubigen Boden daneben gesetzt worden war, kamen die Besitzer aus der Stadt herauf und verbrachten Allerheiligen dort, setzten sich auf die Terrasse, um über das Tal hinwegzublicken, als säßen sie auf Logensitzen in der Oper. Danach fuhren sie, solange das Wetter anhielt, jedes Wochenende zum Haus und beschallten die Umgebung mit dem Lärm ihres Radios. Ich beobachtete sie mit finsterem Blick von meinem Fenster aus.

Das Schlimmste aber war, dass mein Freund sofort aufhörte, mich an den Wochenenden zu besuchen. Ich wusste, dass er von meinen Nachbarn weggelockt worden war. Aus der Entfernung sah ich ihn still zwischen ihnen im Hof stehen. Mir war ganz und gar elend. Nun musste ich mir doch eingestehen, wie hoffnungslos meine Lage war. Damals hatte ich die Idee, mein Land zu verkaufen und irgendwo anders ganz von vorne anzufangen.

Ich dachte, ich könnte vielleicht von anderen Städtern einen guten Preis für das Grundstück bekommen. Aber als ich den

Makler aufsuchte, erklärte er mir ohne Umschweife, mein Besitz sei so gut wie unverkäuflich, weil sich auf dem Nachbaracker eine Kläranlage befinde und mein Haus unbewohnbar sei. Und er fuhr fort, dass die Einzigen, die am Kauf interessiert sein könnten, meine Nachbarn seien, denen meine Gegenwart de facto schon die ganze Zeit gegen den Strich gegangen war und die für das Land einen sehr kleinen Betrag hinlegen würden, bloß um mich los zu sein. Sie hatten dem Makler im Vertrauen gesagt, dass der Anblick meines Hauses von ihrem Vorgarten aus das Auge beleidige und dass sie sich genierten, wenn Freunde tagsüber zu Besuch kämen. Ich war schockiert. Mein stärkster Impuls war natürlich, niemals an meine Nachbarn zu verkaufen. Niemals würde ich ihnen diesen Triumph lassen. Ich machte kehrt und verließ den Makler ohne ein Wort. Während ich auf der Türschwelle darüber nachdachte, hörte ich, wie er in ein anderes Zimmer ging und etwas zu seiner Frau sagte und lauthals lachte. Das war ein ausgesprochener Tiefpunkt in meinem Leben.

Als mein Freund nach ein paar Wochen ohne ein Wort der Erklärung zu seiner Abwesenheit gänzlich wegblieb, war ich restlos verbittert. Ich versank in eine tiefe Depression und beschloss, die Idee des Hausbaues fallen zu lassen und wieder zu meiner Arbeitsstelle in der Stadt zurückzukehren. Den Direktoren meiner Firma war es nicht gelungen, jemanden anderen zu finden, der bereit war, die lange Arbeitszeit in Kauf zu nehmen und sich mit derart grenzenlosen Komplikationen zu befassen. Sie hatten mir mehrmals geschrieben und mich gebeten, doch wieder bei ihnen anzufangen, und hatten mir mehr Geld geboten. Ich könnte mein altes Leben spielend wieder aufnehmen, dachte ich; dieser Landaufenthalt wäre dann nichts als ein verlängerter Urlaub gewesen. Für einen Augenblick schaffte ich es sogar, mir einzureden, das Leben in der Stadt und die wenigen Bekannten im Büro, die mich nach einem besonders öden Arbeitstag auf ein paar Drinks einluden, würden mir fehlen. Ich trug meinem Makler auf, meinen Nachbarn ein Angebot zu machen, und versuchte mir einzubilden, dass ich das Richtige tat. Mein Herz war dazu aber nicht bereit, und es war mir, als wäre ich ein anderer Mensch, als ich meine Habseligkeiten zusammenpackte und einen letzten Rundgang um die Grenzen meines kleinen Grundstücks machte.

Die Koffer standen im frühmorgendlichen Licht vor der Haustür, das Taxi, das ich bestellt hatte, holperte über den Feldweg zu mir her, und ich war tatsächlich drauf und dran aufzubrechen, als mir der Gedanke kam, ich könnte doch zu überstürzt gehandelt haben. Es wäre falsch, wegzugehen ohne ein Wort zu dem jungen Mann, der mein Freund gewesen war und dessen Namen ich nicht einmal kannte. Ich bezahlte den Taxifahrer und bestellte ihn für den nächsten Tag zur selben Stunde. Er warf mir einen skeptischen Blick zu und fuhr den Weg zurück. Der Staub wirbelte hinter ihm hoch und senkte sich wieder. Ich trug meine Koffer hinein und setzte mich hin. Nachdem ich eine Zeitlang darüber nachgedacht hatte, wo ich meinen Freund finden könnte, wurde mir klar, dass ich natürlich dumm gewesen war, mich unsinnigerweise darauf festzulegen, einen weiteren Tag in dieser feindseligen Umgebung zu bleiben, und dass es mir nicht möglich sein würde, ihn zu finden. Die Direktoren würden sich ärgern, wenn ich nicht im Büro erschien, sie würden sich um mich sorgen und versuchen, mich zu erreichen, und würden absolut nicht wissen, was tun, wenn ihnen das nicht gelang. Je später der Vormittag, desto ruheloser und wütender wurde ich über mich selbst; ich hatte das Gefühl, dass ich einen schrecklichen Fehler begangen hatte. Es war nur ein kleiner Trost zu wissen, dass am nächsten Tag alles wie geplant ablaufen und dass es am Ende so sein würde, als wäre dieser Tag gar nie vorübergegangen.

Während des langen, heißen Nachmittags flatterten kleine Vögel im Dornenstrauch, und von der Erde stieg ein süßer Duft auf. Der Himmel war wolkenlos, und die Sonne warf dunkle Schatten auf die Erde. Ich saß in meinem Businessanzug an der Hausmauer, ungerührt von der Schönheit des Landes. Meine Gedanken waren in der Stadt, und meine Gefangenschaft auf dem Land nervte mich. Zu Mittag war nichts zu essen da, aber ich hatte keine Lust, ins Dorf zu gehen. Stundenlang lag ich frierend und hungrig wach, bevor ich einschlief.

Ich erwachte vor Sonnenaufgang. Ich war so hungrig, dass ich das Gefühl hatte, Steine im Magen zu haben, und ich freute mich schon auf ein Frühstück am Bahnhof. Vor meinem Fenster war alles schwarz. Windstöße brachten Bewegung in die Blätter, als der Himmel hinter den schwarzen Büschen weiß wurde. Langsam nahmen die Blätter Farbe an. Überall im Wald und nahe beim Haus der auf- und abträllernde Gesang der Vögel. Ich hörte aufmerksam zu. Als die Sonnenstrahlen die Büsche erreichten, ging ich hinaus und setzte mich neben dem Haus hin. Als dann das Taxi kam, war ich in einer solch friedvollen Stimmung, dass ich es nicht über mich brachte aufzubrechen. Nach ein paar wütenden Worten fuhr der Fahrer wieder weg.

Ich saß den ganzen Morgen und bis in den Nachmittag, wie am Vortag, in meinem Businessanzug neben dem Haus, aber ich war nicht mehr ungeduldig und darauf aus, woanders zu sein. Ich überließ mich ganz der Beobachtung dessen, was vor meinen Augen passierte – Vögel, die in den Büschen verschwanden, Käfer, die um Steine herumkrochen –, ganz so, als wäre ich unsichtbar, als beobachtete ich alles, während ich selbst gar nicht da war. Oder, indem ich war, wo ich eigentlich nicht sein sollte, wo niemand mit meiner Anwesenheit rechnete, war ich ein bloßer Schatten meiner selbst, der mit einem Augenblick Verspätung hinter mir her hinkte, eingefangen vom Licht. Bald würde sich das Band straffen, und ich wäre fort, würde hinter mir her fliegen: Für den Augenblick war ich in Freiheit.

Es wurde Abend, und ich merkte nicht, dass ich hungrig war. Ich war ganz benommen vor Zufriedenheit, ich blieb weiter ruhig dort sitzen, wartete. Dann trieben mich Kälte und Dunkelheit ins Haus; ich legte mich nieder und hatte wüste Träume.

Am nächsten Morgen sah ich eine Gestalt, die den benachbarten Acker vom hinteren Ende her sehr langsam überquerte. Meine Augen fühlten sich an, als würde eine seit langem bestehende Leere gefüllt. Ohne mir dessen bewusst gewesen zu sein, hatte ich auf meinen Freund gewartet. Aber während ich ihn beobachtete, schien mir sein Zögern mit einem Mal unnatürlich, und ich bekam Angst: Er schwankte über die Furchen, hob seine Nase wie ein Spaniel schnüffelnd in die Luft und schien nicht zu wissen, wohin er ging. Ich stand auf, um ihm entgegenzugehen, und im Näherkommen sah ich, dass seine Stirn bandagiert und seine Hautfarbe von einem erschreckenden Grau war. Als ich bei ihm war, war er verwirrt und starrte mich wie einen Fremden an. Ich fasste seinen Arm und half ihm über den Acker. Bei meinem Haus angekommen, stieß er mich zur Seite und legte sich auf mein Bett. Er zitterte vor Erschöpfung. Er war so abgemagert, dass seine Wangen ausgehöhlt waren und seine Hände Klauen. Er hatte einen so fiebrigen Blick, dass ich wild entschlossen war, ins Dorf zu gehen, um einen Arzt zu holen. Aber als er wieder zu Atem gekommen war, fing er ganz ruhig zu sprechen an. Er erklärte etwas sehr ausführlich, während ich neben dem Bett saß und zuhörte, ohne zu verstehen. Er machte mehrmals Bewegungen mit seinen Armen, und da begriff ich endlich, dass er Opfer eines Jagdunfalls geworden war. Während all der Wochen, in denen ich ihm so bittere Vorwürfe gemacht hatte, hatte er irgendwo in einem Krankenhaus gelegen.

Er redete immer weiter und weiter, und mir fiel schwer, mich auf das zu konzentrieren, was er sagte. Ich wurde unruhig und ungeduldig. Nach einer Weile hielt ich es nicht länger aus. Ich stand auf und schritt steif im Zimmer auf und ab. Schließlich verstummte er und zeigte mit dem Finger unter das Fenster in eine Ecke des Zimmers. Ich verstand nicht, weil außer dem Fenster nichts da war. Dann begriff ich, dass er auf das von mir abmontierte Zeichenbrett hinzeigen und meinen Bauplan sehen wollte. Ich packte ihn aus und gab ihn ihm. Er war noch immer nicht zufrieden. In meiner Tasche fand ich einen Bleistift und gab ihm auch diesen. Er fing an, auf der Blaupause rumzuzeichnen. Kurz danach hatte er das ganze Papier, bis in die Ecken, mit komplizierten Gebilden bedeckt. Als ich mich über ihn beugte und auf den Plan starrte, erkannte ich endlich einen Turm und etwas, das in dem Gewirr der Linien eine Einfahrt hätte sein können. Als die Seite vollgezeichnet war, gab ich ihm noch weitere Blätter, und er fuhr mit seiner Arbeit fort. Seine Hand hielt kaum inne, und was er da zeichnete, hatte die Komplexität von etwas, das er sich während vieler einsamer Tage ausgedacht und überarbeitet haben musste. Als er zu müde wurde, um den Bleistift noch länger zu führen, schlief er ein. Ich ließ ihn am frühen Abend zurück und ging ins Dorf, um etwas zu essen zu holen.

Während ich über die Felder zu meinem Haus zurückkehrte, betrachtete ich die rote Landschaft und hatte das Gefühl, sie sei etwas mir zutiefst Vertrautes, so als hätte sie, lange bevor ich sie gefunden hatte, mir gehört. Der Gedanke, von dort wegzuziehen, erschien mir völlig unsinnig. In wenigen Tagen waren mein Zorn und meine Enttäuschung verflogen, und nun schien jedes Ding, das ich betrachtete, wie zu Anfang bloß Hülse oder Schote zu sein, die abfallen und eine vollendete Frucht enthüllen würde. Obwohl ich müde war, rasten meine Gedanken: Ich rodete einen Flecken Land neben dem Haus und stellte einen Scheune drauf; in ihr brachte ich schwarz-weiße Kühe unter, zwischen ihnen liefen nervöse Hühner; ich pflanzte am Rande meines Grundstücks eine Reihe Zypressen und versteckte hinter ihr das Haus des Nachbarn; ich riss die baufälligen Mauern ein und baute aus ihren Steinen meinen eigenen Landsitz, und wäre ich fertig, böte sich meinem Blick ein spektakuläres Szenario, das jeden, der es sah, mit Neid erfüllen würde. Mein Traum wäre Wirklichkeit geworden, so wie ich es mir von Anfang an vorgestellt hatte.

Vielleicht befand ich mich in einem Fieberwahn. Es war unwahrscheinlich, dass sich die Dinge so entwickeln würden.

Aber als ich über den Acker dahinstolperte und mit einem Schritt tief in einer Furche versank und mit dem nächsten einen Wellenkamm erklomm, war ich zu glücklich, um für möglich zu halten, dass meine Frustrationen und Enttäuschungen jeden Moment wie eine Wolke Heuschrecken den Himmel verdunkeln könnten, um sich von neuem auf mich herabzusenken. Der Abend war heiter, das Licht flüssig und weich, die Erde regungslos, und ich, tief unten, das einzige Wesen, das sich bewegte.

Problem

X ist mit Y beisammen, lebt aber von Zs Geld. Y seinerseits unterstützt W, die mit ihrem Kind von V lebt. V möchte nach Chicago ziehen, aber sein Kind lebt bei W in New York. W kann nicht wegziehen, weil sie eine Beziehung zu U hat, dessen Kind ebenfalls in New York lebt, wenn auch bei dessen Mutter, T. T nimmt Geld von U, W nimmt Geld von Y für sich selbst und von V für ihr Kind, und X nimmt Geld von Z. X und Y haben keine Kinder miteinander. V sieht sein Kind selten, versorgt es aber. U lebt mit Ws Kind, versorgt es aber nicht.

Die Mäuse

Mäuse leben in unseren Wänden, aber unsere Küche behelligen sie nicht. Das freut uns, auch wenn wir nicht begreifen können, weshalb sie nicht in unsere Küche kommen, wo wir Fallen aufgestellt haben, während sie wohl in die Küchen unserer Nachbarn kommen. Aber obwohl es uns freut, sind wir doch auch irritiert, weil sich die Mäuse verhalten, als stimmte mit unserer Küche was nicht. Und noch rätselhafter ist das Ganze, weil unser Haus viel weniger ordentlich ist als die Häuser unserer Nachbarn. In der Küche liegen mehr Essensreste herum und auf den Arbeitsflächen mehr Brösel und unter den Wandschränken mehr vergammelte Zwiebelschalen, die wir druntergeschubst haben. Es liegt wahrhaftig so viel Essbares in unserer Küche herum, dass ich mir bloß vorstellen kann, dass die Mäuse kapituliert haben. In einer ordentlichen Küche, da ist es eine Herausforderung, Nacht für Nacht genug zu fressen zu finden, um bis zum Frühjahr zu überleben. Sie machen sich geduldig auf die Jagd und knabbern stundenlang, bis sie endlich satt sind. Unsere Küche fällt allerdings so sehr aus dem Rahmen ihrer Erfahrungen, dass sie nicht damit zurande kommen. Sie wagen sich vielleicht ein paar Schritte vor, aber bald schon treiben sie der unfassbare Anblick und die Gerüche zurück in die Löcher, und sie fühlen sich unbehaglich und durcheinander, weil sie nicht so auf Nahrungssuche gehen können, wie sie sollten.

Zedernbäume

Als sich unsere Frauen allesamt in Zedernbäume verwandelt hatten, stellten sie sich in einer Ecke des Friedhofs zu einer Gruppe zusammen und ächzten im Sturm. Zunächst erwachten unsere Lebensgeister und wir fanden, nachdem unsere Frauen allesamt verschwunden waren, das Geräusch höre sich wunderbar an. Dann aber nahmen wir es nicht mehr wahr, fühlten uns unbehaglich und brachen immer häufiger Streit vom Zaun.

Das war im Jahr der Stürme. Noch nie hatte es in unserem Dorf einen solchen Aufruhr gegeben. Die Spatzen konnten nicht abheben, sondern tauchten weg und ließen sich in stilleren Winkeln nieder; Lehmziegel purzelten von den Dächern und gingen auf dem Straßenpflaster zu Bruch. Sträucher peitschten gegen unsere niedrigen Fenster. Nacht um Nacht tranken wir bis zur Bewusstlosigkeit und wiegten uns gegenseitig in den Schlaf.

Als der Frühling kam, ließen die Stürme nach und die Sonne schien hell. Am Abend fielen lange Schatten quer über unsere Fußböden, und nur das Aufblitzen einer Messerklinge hielt der Dunkelheit stand. Und die Dunkelheit senkte sich auch auf unsere Seele. Für keinen hatten wir ein freundliches Wort. Wir gingen mit Widerwillen auf unsere Felder. Stumm starrten wir die Fremden an, die gekommen waren, um unseren Dorfbrunnen und unsere Kirche zu sehen: Wir lehnten uns an

den Brunnenhahn, die Stiefel über Kreuz, während sich unsere geschundenen Köter ängstlich vor uns davonstahlen.
Dann verschlechterte sich der Zustand unserer Straße. Es kamen keine Fremden. Selbst der Wanderpriester getraute sich nicht mehr, seinen Fuß in unser Dorf zu setzen, obwohl die Sonne im Wasser des Brunnens aufblitzte und die Obst- und Nussbäume unten im Tal in voller Blüte standen. Mittags sickerte die Hitze in die blassrosa Steine der Kirche hinein, gegen Abend wurde sie schwächer. Katzen tappten lautlos über den festgewalzten Boden von Hauseinfahrt zu Hauseinfahrt. Vögel sangen im Wald in unserem Rücken. Umsonst warteten wir auf Besucher, und der Hunger nagte in unseren Eingeweiden.
Schließlich erwachten unsere Frauen tief im Herzen der Zedernbäume wieder zum Leben und erinnerten sich unser. Und seelenruhig und scheinbar ohne besondere Eile kehrten sie nach Hause zurück. Wir sahen ihre bösen Lippen, ihre harten Augen, und unsere Herzen schmolzen. Wir stillten unseren Durst am Klang ihrer schrillen Stimmen wie Männer, die aus der Wüste kamen.

Die Katzen im Tagesraum des Gefängnisses

Das Problem waren die Katzen im Tagesraum des Gefängnisses. Überall lag ihr Kot. Katzenkot bemüht sich für gewöhnlich, sich in einem Winkel zu verstecken, und wenn man ihn entdeckt, sieht er wütend und schamerfüllt aus wie ein Dummkopf.

Die Katzen blieben im Tagesraum des Gefängnisses, wenn es regnete, und da es oft regnete, roch es im Tagesraum gemein, und die Häftlinge murrten. Der Geruch stammte nicht vom Kot, sondern von den Tieren selbst. Es war ein strenger, ein betäubender Geruch.

Die Katzen ließen sich nicht vertreiben. Wenn sie einen Fußtritt kriegten, flohen sie nicht durch die Tür ins Freie, sondern zerstreuten sich in alle Winde, geduckt und mit durchhängendem Bauch. Viele verschwanden nach oben, sprangen von Balken zu Balken, um sich irgendwo in der Höhe auszuruhen, so dass die Tischtennis spielenden Häftlinge immer daran denken mussten, dass das Gewölbe wenn auch still, so doch nicht leer war.

Die Katzen ließen sich nicht vertreiben, weil sie durch Löcher, die unentdeckt blieben, im Tagesraum ein- und ausgingen. Sie tappten leise; sie konnten länger auf einen Menschen warten als ein Mensch auf sie.

Ein Mensch hat vielerlei zu tun, aber eine Katze hat sich in jedem Augenblick ihres Lebens nur einer einzigen Sache zu widmen. Deshalb wirkt sie immer so ganz ausbalanciert und deshalb bringt uns auch der Anblick einer verstörten und erschrockenen Katze immer aus der Fassung: Wir haben sowohl Mitleid mit ihr als auch den Wunsch zu lachen. Sie stellt sich der Quelle der Gefahr oder Verstörung, und im Zweifelsfall faucht sie uns aus ihrem fleckigen Maul mit einem Schwall fauligem Atem an.

In jenem Jahr waren die Häftlinge allesamt von kleinem Wuchs. Ihre Verbrechen waren nicht sehr ernst zu nehmen, und man behandelte sie mit Nachsicht und Milde. Obwohl sich kleine Menschen gerne ihrer Gesundheit rühmen, traten bei diesen Häftlingen plötzlich Hautausschläge und Ekzeme auf. Ihre Kniekehlen und die Innenseite ihrer Ellbögen juckten und die Haut schuppte sich am ganzen Körper. Sie schrieben empörte Briefe an den damaligen Gouverneur des Staates, der ebenfalls klein gewachsen war. Sie behaupteten, die Katzen lösten diese Reaktionen bei ihnen aus.

Der Gouverneur hatte Mitleid mit den Häftlingen und ersuchte den Gefängnisdirektor, sich des Problems anzunehmen.

Der Direktor war seit Jahren nicht mehr im Tagesraum gewesen. Er betrat und inspizierte ihn, und Übelkeit überkam ihn von dem eigentümlichen Geruch.

Am toten Ende eines Ganges trieb er einen hässlichen Kater in die Enge. Der Gefängnisdirektor hatte einen Stock, die einzigen Waffen des Katers waren, abgesehen von dem rabiaten Gesichtsausdruck, seine Zähne und Klauen. Direktor und Kater belauerten sich eine Zeit lang, preschten vor und wichen zurück; der Direktor holte nach dem Kater aus, und der Kater zog einen Bogen um ihn und machte sich davon und vermied jede falsche Bewegung.

Nun entdeckte der Direktor plötzlich überall Katzen.
Nach den abendlichen Verrichtungen und nachdem die Häftlinge in ihre Zellen gesperrt worden waren, kehrte der Gefängnisdirektor mit einem Gewehr zurück. In dieser Nacht hörten die Häftlinge aus dem Aufenthaltsraum herüber in einem fort Schüsse knallen. Sie klangen gedämpft und schienen aus einer großen Entfernung, wie von der anderen Seite des Flusses, herüberzukommen. Der Direktor war ein guter Schütze und erschoss viele Katzen – aus dem Gewölbe herunter hagelte es Katzen und in den Korridoren überschlugen sie sich –, und doch sah er, als er das Gebäude verließ, hinter den Kellerfenstern Schatten vorüberflitzen.
Aber die Dinge hatten sich nun geändert. Der Zustand der Haut der Häftlinge hatte sich gebessert. Und wenn auch der üble Geruch immer noch durch das Gebäude waberte: er war nicht mehr so warm und frisch wie vorher. Noch immer waren ein paar Katzen am Leben, aber der Geruch von Pulver und Blut und das plötzliche Verschwinden ihrer Geschlechtspartner und ihrer Jungen hatte sie verstört. Sie hörten auf, sich zu vermehren, drückten sich in Winkeln herum, zischten, auch wenn keiner in der Nähe war, und stürzten sich ohne Anlass auf alles, was sich regte.
Diese Katzen fraßen nicht das Richtige und putzten sich nicht sorgfältig, und bald starben sie, eine nach der anderen und jede auf ihre Art und wenn ihre Zeit gekommen war, und dabei hinterließen sie einen anderen strengen Geruch, der ein oder zwei Wochen in der Luft hing, bis er sich endlich verflüchtigte. Nach ein paar Monaten gab es im Tagesraum des Gefängnisses keine Katzen mehr. Die klein gewachsenen

Häftlinge waren von größeren und der Gefängnisdirektor war von einem anderen, ambitionierteren abgelöst worden; nur der Gouverneur blieb im Amt.

Der Frischwassertank

Ich starre vier Fische in einem Frischwassertank im Supermarkt an. Sie schwimmen in Reih und Glied nebeneinander gegen eine schwache Strömung an, die durch einen Wasserstrahl erzeugt wird, und sie öffnen und schließen ihre Mäuler und starren, jeder mit dem einen Auge, das ich sehen kann, in die Ferne. Während ich ihnen durch das Glas zusehe und denke, wie sie frisch von hier auf den Tisch kämen, wo sie doch jetzt noch am Leben sind, und während ich hin und her rechne, ob ich einen fürs Abendessen kaufen soll, sehe ich gleichzeitig, wie hinter ihnen oder durch sie hindurch eine größere, schemenhafte Gestalt den Frischwassertank verdunkelt: meinen Schatten auf dem Glas, den Schatten des Räubers.

Eine Naturkatastrophe

In dem Haus hier, nahe der steigenden See, wird es uns nicht mehr lange halten. Die Kälte und Feuchtigkeit wird uns letztendlich erwischen, weil wegzuziehen unmöglich geworden ist: Die Kälte hat die einzige Straße aufbrechen lassen, die von hier fortführt, das Meer ist angestiegen und hat die Risse unten im Marschland gefüllt, wo das Wasser niedrig steht, gesunken ist und entlang der Risse Salz abgelagert hat, ist neuerlich angestiegen und hat die Straße unpassierbar gemacht.

Das Meerwasser strömt durch die Abflussrohre in unsere Wasserreservoirs, und unser Trinkwasser schmeckt brackig. Im Hof vor dem Haus und im Garten sind Weichtiere aufgetaucht und wir können keinen Schritt tun, ohne ihre Schalen zu zertreten. Bei jeder Flut bedeckt das Meerwasser unser Land, und wenn es zurückgeht, lässt es zwischen unseren Rosenbüschen und den Furchen unseres Roggenfelds Pfützen zurück. Die Saat hat es weggespült, und was noch übrig war, haben die Krähen aufgepickt.

Wir sind jetzt in die oberen Räume des Hauses umgezogen und stehen am Fenster und sehen den Fischen zu, die zwischen den Ästen unseres Pfirsichbaums hin und her flitzen. Unter einer Schubkarre lugt ein Aal hervor.

Was wir waschen und zum Trocknen vor den Fenstern des Oberstocks aufhängen, friert: Unsere Hemden und Hosen verkrümmen sich auf den Wäscheleinen zu sonderbaren Gebilden. Was wir am Leib tragen, ist jetzt immerzu feucht, und das Salz kratzt an unserer Haut, bis wir rot und wund gerieben sind. Wir bleiben jetzt den Großteil des Tages im Bett, unter schweren, sauren Decken; die Holzwände sind durch und durch nass; das Meer sickert durch die Ritzen der Fensterbänke und tröpfelt auf den Fußboden. Drei von uns sind zu unterschiedlichen Morgenstunden vor Tagesanbruch an Lungenentzündung und Bronchitis gestorben. Drei sind noch übrig, und alle sind wir schwach; wir schlafen nur noch oberflächlich, denken nur noch verworren, unterscheiden nicht mehr zwischen Licht und Dunkel, nehmen bloß noch Halbdunkel und Schatten wahr.

St. Martin

Fast das ganze Jahr damals waren wir Hausmeister – vom Frühherbst bis zum Sommer. Wir hatten uns um ein Haus und ein Grundstück zu kümmern, um zwei Hunde und zwei Katzen. Wir fütterten die Katzen, eine weiß, eine wie ungebleichte Baumwolle, sie lebten im Freien, holten sich das Fressen von der Fensterbank, und während sie auf ihr Fressen warteten, balgten sie sich im Sonnenschein; aber wir hielten das Haus nicht sehr sauber und kümmerten uns nicht ums Unkraut, und unsere Arbeitgeber (obwohl nette Leute) konnten es uns wahrscheinlich nie ganz verzeihen, was einem ihrer Hunde zustieß.

Wir wussten kaum, wie ein sauberes Haus auszusehen hat. Wir dachten, wir seien eigentlich recht ordentlich, und dann bemerkten wir den Staub und das Durcheinander in den Zimmern und die zwei mit Asche bedeckten Herdplatten. Manchmal stritten wir uns darüber, manchmal räumten wir auf. Der Ölofen war schlimm verstopft, und ein paar Tage lang unternahmen wir gar nichts, weil das Telefon nicht funktionierte. Wenn wir Hilfe brauchten, suchten wir die früheren Hausmeister auf, ein altes Ehepaar, das mit seinen Käfigen samt brütenden Kanarienvögeln in der nächsten Ortschaft wohnte. Der alte Mann kam manchmal vorbei, und wenn er sah, wie hoch das Gras rund ums Haus stand, dann griff er wortlos nach seiner Sense.

Was unsere Arbeitgeber am nötigsten von uns brauchten, war unsere Anwesenheit im Haus. Wir sollten es nicht länger als ein paar Stunden allein lassen, weil es schon so oft ausgeraubt worden war. Wir waren nur ein einziges Mal über Nacht außer Haus, um mit einem Freund, der viele Meilen weit weg wohnte, Silvester zu feiern. Wir nahmen die Hunde auf einer Matratze hinten im Wagen mit. Wir hielten an einem Dorfbrunnen und sprühten Wasser auf ihre Rücken. Wir hatten sowieso zu wenig Geld, um wegzufahren. Unsere Arbeitgeber schickten uns jeden Monat ein bisschen Geld, das wir sofort für Briefmarken, Zigaretten und Lebensmittel ausgaben. Wir brachten ganze Makrelen heim und putzten sie und ganze Hühner, denen wir den Kopf abschlugen, um sie anschließend zu putzen, ihnen die Beine zusammenzubinden und so für den Grill herzurichten. Die Küche roch oft nach Knoblauch. Man hatte uns oft erklärt, dass Knoblauch uns Kraft geben würde. Manchmal schrieben wir Briefe nach Hause und baten um Geld, und manchmal kriegten wir einen Scheck über eine kleine Summe, aber die Bank brauchte zum Einlösen zwei Wochen.

Wir konnten nicht viel weiter fahren als bis zur nächsten Stadt, wo wir Lebensmittel einkauften, und bis zu einem dreißig Minuten entfernten Dorf hinter einem kleinen, mit Eichengebüsch bewachsenen Berg. Dort ließen wir unsere Bettlaken, Handtücher, Tisch- und andere Wäsche waschen, wie es uns unser Arbeitgeber aufgetragen hatte, und wenn wir sie nach einer Woche abholten, blieben wir manchmal noch, um uns einen Film anzusehen. Die Post wurde von einer Frau auf einem Motorrad zugestellt.

Aber selbst wenn wir das Geld gehabt hätten, wären wir nicht weit weg gefahren, weil wir beschlossen hatten, in diesem Haus zu leben, in dieser Isolation, um unsere eigene Arbeit zu tun, und oft saßen wir im Haus und versuchten zu arbeiten, aber es klappte nicht immer. Wir verbrachten viel Zeit damit, in dem einen oder anderen Zimmer zu sitzen und auf unsere Arbeit zu blicken und dann hoch und zum Fenster hinaus, obwohl es da nicht viel zu sehen gab: das eine oder andere bisschen Landschaft, je nachdem, in welchem Zimmer wir waren – Bäume, Felder, Wolken am Himmel, in der Ferne eine Straße, im Westen ein Dorf, das wie eine Fata Morgana um den quadratischen Kirchplatz hochragte, ein anderes Dorf auf einem Hügel im Norden, jenseits des Tals, jemand, der ein Feld entlang ging oder auf dem Feld arbeitete, ein Vogel oder ein Vogelpärchen, das umherging oder -flog, das verfallene Nebengebäude nahe dem Haus.

Die Hunde blieben fast immer neben uns, rollten sich beim Schlafen ganz ein. Wenn wir mit ihnen redeten, sahen sie mit dem besorgten Blick alter Leute auf. Es waren reinrassige gelbe Labradors, Bruder und Schwester. Der Rüde war groß, muskulös, perfekt gebaut, von einem so hellen Blond, dass er fast schon weiß wirkte, mit einem schönen Kopf und einem hübschen breiten Gesicht. Er hatte einen unkomplizierten Charakter und war gut zu haben. Er lief, schnüffelte, kam, wenn wir ihn riefen, fraß und schlief. Kräftig, geschickt und willig, wie er war, apportierte er, solange wir wollten, rannte eine Sanddüne hinunter, egal wie lang und wie steil, und sprang hinter einem Stock her, mitten in ein stehendes Gewässer hinein. Nur in Dörfern und Städten wurde er scheu und ängstlich, zitterte und suchte Zuflucht unter einem Kaffeehaustisch oder einem Auto.

Seine Schwester war ganz anders, und wenn wir ihren Bruder wegen der unkomplizierten Gutmütigkeit und Schönheit bewunderten, so bewunderten wir sie wegen ihres Sinns für Humor, ihrer Widerspenstigkeit, ihrer Gerissenheit, ihrer schlechten Laune, ihrer Verschlagenheit. Sie hielt still in Dörfern und Städten und apportierte partout nicht. Sie war klein gewachsen, hatte ein rostrotes Fell und war nicht gut gebaut – ein Fass auf dünnen Beinen und mit einem Gesicht wie ein Wiesel.

Wegen der Hunde gingen wir im Lauf eines Tages mehrmals aus dem Haus. Manchmal musste einer von uns beiden um fünf Uhr früh aus dem warmen Bett und hastig über die kalten Steinstufen hinunter, um sie hinauszulassen, und sie hatten es dabei so eilig, dass sie nicht an sich halten konnten und auf den roten Fliesen in Küche und Veranda ein Tropfenmuster hinterließen. Während wir auf sie warteten, blickten wir zu den Sternen hinauf, die hell und klar am Himmel standen, der seit dem letzten Mal um ein ganzes Stück weitergewandert war.

Im Frühherbst, als Erntearbeiter auf den nahe gelegenen Feldern Weintrauben lasen, krochen an der Außenseite der Fensterscheiben Schnecken hoch, ihre Unterseite in einem grünlichen Goldton. Fliegen fielen in die Zimmer ein. Wir klatschten sie in dem breiten Streifen Sonnenlicht tot, der durch die Glastüren des Musikzimmers fiel. Sie peinigten uns, solange sie am Leben waren, um schließlich haufenweise auf den Fensterbänken zu verenden und unsere Merkhefte und Papiere unter sich zu begraben. Sie waren eine von den sieben Plagen – die anderen waren die Düsenjäger, die plötzlich über unser Dach hinwegdonnerten, die Armeehubschrauber,

die hoch über den Baumwipfeln träge dahinknatterten, die Jäger, die ums Haus strichen, die Gewitter, die zwei diebischen Katzen und, nach einer Weile, die Kälte.
Die Büchsen der Jäger knallten hinter den Hügeln oder unter unseren Fenstern und holten uns frühmorgens aus dem Schlaf. Männer gingen allein oder paarweise, ab und zu eine Frau, die ein Kind hinter sich nachzog, Spaniels sprangen davon, und Rauch stieg aus Gewehrmündungen auf. Wenn wir in den Wäldern waren, fanden wir die Sauerei, die ein Jäger bei den Ruinen eines Steinhauses hinterlassen hatte, wo er sich hingesetzt hatte, um zu Mittag zu essen – eine Weinflasche aus Plastik, eine Weinflasche aus Glas, Papierfetzen, eine zusammengeknüllte Tüte und eine leere Patronenschachtel. Oder aber wir trafen auf einen Jäger, der, das Gewehr auf den Armen, so reglos im Gebüsch hockte, dass wir ihn erst bemerkten, als wir direkt über ihm standen, und selbst dann sah er uns bloß an und rührte sich nicht.
Der Sohn des Besitzers des Dorfcafés in den olivgrünen Hosen verschwand mit seinen beiden alten, müde herumschleichenden, mandarinenfarbenen Hunden hinter der Theke und über die Stufen hinauf, und gleichzeitig kamen Frauen mit Pilzen herein, die sie knapp vor Einbruch der Dunkelheit gesammelt hatten. In der Nähe des Hauses lagen auf einem der wenigen brachliegenden Flecken inmitten der bebauten Felder des Tales auf einem ebenen Stück Land Patronenschachteln auf dem Boden herum. Aus dem herbstlichen Gras ragten allenthalben Findlinge, darunter zwei herrenlose Autowracks. Aus der einen Windrichtung wurde der Geruch von wildem Thymian herüber getragen, aus der anderen der Geruch der Gülle einer Jauchengrube.

Wir besuchten fast nie jemanden, bloß einen Bauern, einen Metzger und einen pensionierten, etwas pompösen Geschäftsmann aus der Stadt. Der Bauer lebte allein mit seinem Hund und seinen beiden Katzen in einem großen steinernen Haus, ein oder zwei Felder weiter. Der Geschäftsmann, dessen durch Bindestriche getrennter Name tatsächlich das Wort »Pomp« enthielt, lebte in einem neuen Haus jenseits der Felder, im nächstgelegenen Dorf westlich von uns. Der junge Metzger lebte mit seiner kinderlosen Frau in der Stadt, und manchmal begegneten wir ihm da, wenn er gerade Fleisch aus seinem Lieferwagen quer über die Straße zu seinem Geschäft schleppte. Er blieb stehen, in den Armen, wie ein Kind, einen Rinder- oder Lammrumpf, und unterhielt sich mit uns, auf dem Gesicht ein skeptisches Lächeln. Wenn er mit seiner Tagesarbeit fertig war, ging er oft außer Haus, um zu fotografieren. Er hatte sich in einem Fernkurs die entsprechenden Kenntnisse erworben und ein Abschlussdiplom bekommen. Er fotografierte Stadtfeste und Prozessionen, Messen und Wettschießen. Manchmal nahm er uns mit. Ab und zu verirrte sich ein Fremder zum Haus. Einmal ein junges Mädchen, das ein plötzlicher Windstoß in unsere Küche wehte, blass, mager und fremd – ein streunender Gedanke.

Weil wir so wenig Geld hatten, waren unsere Vergnügungen bescheiden. Wir gingen in die Sonne hinaus, die auf den weißen Kies herunterkrachte und in ihrem Schein die Blätter des Olivenbaums verschwinden ließ, und ließen aus drei Metern Entfernung eine Glasmurmel nach der anderen in einen großen Tonkrug schnellen, der zwischen den Rosmarinpflanzen stand. Wir traten gegeneinander an, warfen aber auch allein, wenn wir mit der Arbeit fertig waren oder nicht arbeiten konnten. Der, der gerade arbeitete, hörte wieder und wieder das gedämpfte *Klack*, mit dem eine Murmel an den Krugrand schlug und in den Kies zurückfiel, und das stärker nachhallende *Pock*, mit dem eine Murmel im Krug landete, und so wusste er, dass der andere draußen war.

Wenn das Wetter zu kalt wurde, blieben wir drinnen und spielten Rommé. Zur Wintermitte, wenn im Haus nur wenige Zimmer geheizt waren, spielten wir so viel – Tag und Nacht –, dass wir ein Turnier veranstalteten. Dann spielten wir ein paar Wochen lang überhaupt nicht und lernten an den Abenden am Feuer Deutsch. Im Frühling fingen wir wieder mit den Murmeln an.

Fast jeden Nachmittag gingen wir mit den Hunden spazieren. An den kältesten Wintertagen gingen wir gerade mal so lange, bis wir genug Brennholz und Zapfen für das Feuer beisammen hatten. An wärmeren Tagen gingen wir eine Stunde am Stück oder länger, meist durch die Bundesforste, die sich über und hinter dem Haus meilenweit über ein Plateau hin erstreckten, manchmal durch die Weingärten und Lavendelfelder im Tal oder bis zum Ende des Tals, zu den alten Olivenhainen. Wir waren dabei so lange von niedrigem Buschwerk umgeben, von Felsbrocken, Kiefern, Eichen, roter Erde, Feldern, dass wir uns, zurück im Haus, noch immer von ihnen umschlossen fühlten.

Wir gingen und kamen daheim mit Kletten an den Socken und Schrammen an Beinen und Armen an, die wir uns auf dem Weg in den Wald hinauf geholt hatten, als wir zwischen den Brombeeren durch mussten, und brachen am nächsten Tag neuerlich auf und marschierten los, und die Hunde glaubten immer, wir schlügen aus einem bestimmten Grund eine bestimmte Richtung ein und kehrten aus einem bestimmten Grund wieder nach Hause zurück, aber in dem nicht enden wollenden Wald gab es kaum eine Landmarke, die man als Ziel anpeilen konnte, und so gingen wir einfach drauflos, und sahen zu, wie zu beiden Seiten das Immergleiche an uns vorüber zog, das stachelige Eichengebüsch, das knapp bis zu dem staubigen Weg hin wuchs, ein Weg, der immer geradeaus führte, bis zu einer leichten Biegung und vielleicht einer kleinen Bodenerhebung, um dann wieder geradeaus weiter zu gehen.

Wenn wir, am Wald entlang, eine uns nicht vertraute Route nach Hause nahmen und dabei die Felder mit dem durchfurchten und zugewucherten Boden vermieden und dann am Rand eines schilfbewachsenen Sumpfgeländes anlangten, das fast bis zu einem Bauernhof reichte, wo hinter einem Bauern in Blau und seiner Frau in Rot, die ihrer Arbeit nachgingen, ihr Hund einher zottelte, dann kamen wir uns so verändert vor, dass wir staunten, dass sich unser Heim nicht verändert hatte, und einen Augenblick machte uns die Ruhe von Haus und Hof beinahe glauben, wir wären gar nicht weg gewesen.

Zwischen Wald und Feldern, im Dickicht des Unterholzes, stießen wir bisweilen auf die Ruine eines Bauernhauses mit bogenförmiger Steinstiege, deren Stufen am Rand abgetreten waren und die in ein Obergeschoß mit nichts als Luft darin führten; es war überwuchert von Brombeeren und Nesseln und Minze, und in seiner Nähe stand manchmal ein alter, verkrüppelter und zerzauster Obstbaum, dem die Hälfte der Äste abgestorben waren. In der Anlage des Hauses erkannten wir unser eigenes Haus wieder. Wir stiegen nachts über die gleiche geschwungene Treppe hinauf, wenn wir uns schlafen legten. Die Tiere hatten auch in unserem Haus zu ebener Erde gelebt – unser gewölbtes Esszimmer war einmal ein Schafstall gewesen.

Manchmal stießen wir auf unseren Gängen auf unerklärliche Dinge, einmal, in der Asche eines erloschenen Feuers, auf zwei Kaninchen. Manchmal, wenn wir uns verirrt und den Weg auch nach Sonnenuntergang noch nicht wieder gefunden hatten, fingen wir an zu laufen, und weil wir uns vor der Dunkelheit fürchteten, liefen wir ohne Pause, bis wir wieder wussten, wo wir waren.

Wir hatten Besucher, die von weit her kamen und ein paar Tage blieben, manchmal mehrere Wochen; manchmal waren sie willkommen, wenn sie einfach blieben, dann wieder nicht so sehr. Einer war ein junger Fotograf, der einmal bei unserem Arbeitgeber gearbeitet hatte und gewohnt war, bei dem Haus einen Stopp einzulegen. Er bereiste die Region im Auftrag seiner Zeitschrift, und in der Morgendämmerung und nach Sonnenuntergang, wenn die Schatten lang waren, machte er Fotos. Für jede Nacht, die er blieb, zahlte er die Summe, die er für ein Zimmer in einem guten Hotel bezahlt hätte, weil er auf Firmenrechnung reiste. Er war ein kleiner, gepflegter Mann mit einem raschen Lächeln, bei dem die Zähne hervorsahen. Er kam allein oder mit Freundin.

Er spielte mit den Hunden, hätschelte sie und raufte mit ihnen über unseren Köpfen, während wir im Zimmer darunter saßen und zu arbeiten versuchten und ihn insgeheim beschimpften. Oder er und seine Freundin bügelten oben ihre Kleidung und machten dabei sonderbare, für uns zunächst unidentifizierbare Geräusche, wenn das steife Kabel auf die Fußbodenbretter schlug oder auf ihnen entlang schliff. Manchmal war es für uns wirklich schwer zu arbeiten.

Sie waren seltsam desorganisiert; wenn sie einkaufen gingen, ließen sie Wasser auf dem Herd stehen, so dass es zu kochen anfing, oder aber die Spüle war mit warmem Seifenwasser gefüllt, als wären sie noch zu Hause. Oder sie kamen von ihren Einkäufen zurück und ließen die Türen weit offen stehen, so dass die kalte Luft und die Katzen hereinkamen. Sie saßen kurz vor Mittag noch immer beim Frühstück und ließen auf dem Tisch Brösel zurück. Spätabends fanden wir die Freundin manchmal schlafend auf dem Sofa vor.

Aber wir waren einsam, und der Fotograf und seine Freundin waren freundlich, und manchmal kochten sie abends ein Essen für uns oder führten uns in ein Restaurant aus. Ein Besuch von ihnen bedeutete, wieder Geld in den Taschen zu haben.

Anfang Dezember, wenn wir in der Küche den ganzen Tag volles Rohr heizten, schliefen die Hunde neben dem Ölofen, während wir im Esszimmer arbeiteten. Wir beobachteten durch das Fenster zwei Männer, die auf einem bebauten Feld wieder an ihre Arbeit gingen, der eine auf einem Traktor, der andere hinterher mit einem Pflug, der wochenlang vor sich hin gerostet war, nachdem er vielleicht zehn Furchen gezogen hatte. In der Nacht brachen manchmal heftige Stürme los, die bliesen dann den ganzen nächsten Tag, so dass die Vögel kaum fliegen konnten und Staub durch die Bodenbretter herabrieselte. Manchmal stand einer von uns beiden in der Nacht auf, weil er einen Fensterladen schlagen hörte, und stieg im Pyjama auf das Ziegeldach der Garage, um ihn wieder fest zu machen oder aus den Angeln zu heben. Manchmal schüttete es stundenlang, und der Regen durchtränkte das verfallene

Nebengebäude, bis die Steine ganz dunkel waren. Am Morgen war die Luft dann mild und kraftlos. Nach dem ständigen Tropfen des Regens und dem Stürmen des Windes trat manchmal absolute Stille ein, die Minute um Minute anhielt, und plötzlich war dann weit weg im Himmel das schütternde Echo eines Flugzeugs zu hören. Das Licht auf den nassen Kieselsteinen vor dem Haus war nach einem Sturm so weiß, dass es wie Schnee aussah.

Gegen Monatsmitte begannen die Bäume und Büsche ihre Blätter abzuwerfen, und auf einem nahen Feld wurde mehr und mehr von einem steinernen Unterstand sichtbar, dessen Zugang von Brombeeren zugewuchert war.

Eine Schafherde versammelte sich vor der Ruine des Nebengebäudes, fett, schmutzigbraun, mit langen Schwänzen und falben, mageren Lämmern. Sie rempelten einander an, drängten aus der Ruine heraus, kletterten auf die eingestürzten Mauern, wobei die Kleinen mit ihren hohen Menschenstimmen das dumpfe Glockengeläute übertönten. Der Schäfer, ganz in Braun, die Mütze tief in die Augen gezogen, saß neben dem Holzstoß im Gras und aß, das Gesicht glühend, das Kinn unrasiert. Wenn es die Schafe zu bunt trieben, grunzte er, und sein kleiner schwarzer Hund zog um die Herde herum einen Kreis, und die Schafe stoben davon – ein Wald aus stelzenförmigen Beinen. Wenn sie wieder zurückkamen und zwischen den Mauern auftauchten, jagte sie der Hund wieder weg. Wenn sie im benachbarten Feld verschwanden, blieb der Schäfer eine Weile sitzen, dann machte er sich in seinen ausgebeulten braunen Hosen langsam auf den Weg, auf dem Rücken ein Lederbeutel an langen Traggurten, in einer Hand einen Stock, den Mantel über die Schulter geworfen, und wenn er pfiff, hielt der kleine schwarze Hund inne und änderte die Richtung.

Eines Nachmittags hatten wir fast kein Geld mehr und fast nichts mehr zu essen. Wir waren niedergeschlagen. In der Hoffnung auf ein Abendessen schauten wir bei dem Geschäftsmann und seiner Frau vorbei. Sie waren im Obergeschoß gewesen und hatten gelesen, und kamen nun hintereinander die Treppe herunter, in der Hand die Lesebrillen. Sie sahen alt und müde aus. Sie hatten keinen Besuch erwartet, und wir sahen, dass sie über zwei Lehnsesseln im Wohnzimmer vor dem Fernseher eine Decke und einen Schlafsack gebreitet hatten. Sie luden uns für den nächsten Abend zum Dinner ein.

Als wir am nächsten Tag zu ihrem Haus gingen, bot uns Monsieur Assiez de Pompignan vor dem Dinner Rum-Cocktails an und anschließend sahen wir uns einen Film im Fernsehen an. Als er zu Ende war, verabschiedeten wir uns, hasteten gegen den Wind durch die engen Straßen, in denen alle Fensterläden zugezogen waren, und der hochwirbelnde Staub knirschte zwischen unseren Zähnen.

Am nächsten Tag hatten wir, zum Abendbrot, eine Wurst. Alles Geld, das noch übrig war, war ein Stapel Münzen auf dem Wohnzimmertisch, die wir von den Untertassen im ganzen Haus zusammengekratzt hatten und die eine Summe von 2,97 Francs ausmachten, weniger als fünfzig Cent, aber genug, um etwas für das Abendbrot des nächsten Tages einzukaufen.

Dann war im ganzen Haus kein Geld mehr zu finden, und wir hatten so gut wie nichts mehr zu essen. Das einzige, was wir auftreiben konnten, waren ein paar Zwiebeln und eine alte, noch nicht geöffnete Packung mit Pastetenteig, ein wenig Fett und ein bisschen Trockenmilch. Daraus, begriffen wir, ließ sich Zwiebelkuchen machen. Wir bereiteten ihn zu, buken ihn, schnitten uns zwei Stück ab und taten den Rest zurück ins Backrohr, um ihn noch ein wenig weiterzubacken, während wir aßen. Er war überraschend gut. Unsere Lebensgeister erwachten wieder, wir aßen und redeten und vergaßen den Kuchen, während er weiter backte. Als wir ihn dann rochen, war er schon zu verbrannt und nicht mehr zu retten.

Am Nachmittag dieses Tages traten wir hinaus auf den Kies und wussten nicht mehr, was tun. Wir spielten eine Zeitlang Murmeln, draußen in der kochenden Sonnenhitze und der kühlen Luft, und redeten sehr wenig, weil wir keine Antwort auf unsere Probleme wussten. Dann hörten wir das Geräusch eines sich nähernden Wagens. Auf dem holprigen Feldweg, der von der Hauptstraße zu unserem Haus abzweigte, vorbei am Haus der Wochenendleute mit dem rosa Stuck und den schmiedeeisernen Türbeschlägen, und vorbei an dem Weingarten zur einen und dem Feld zur anderen Seite kam der Fotograf in seinem sauberen Mietwagen angefahren – aus purem Zufall oder weil er ein Engel war, der gekommen war, um uns in eben dem Augenblick zu retten, wo wir die letzten Reste verbraucht hatten.

Wir schämten uns nicht zu sagen, dass wir kein Geld hatten und auch nichts zu essen, und er freute sich, uns zum Abendessen einzuladen. Er brachte uns in die Stadt zu einem sehr guten Restaurant auf dem Hauptplatz, der von Platanen gesäumt war. Eine Fernsehcrew speiste auch da, zwölf an einem Tisch, darunter ein Buckliger. Neben dem hohen, hellen Feuer an der einen Wand saßen drei alte Frauen und strickten: eine hatte Leberflecken, die Gesicht und Hände bedeckten, die zweite war knochig und ausgemergelt, die dritte jünger und fröhlicher, aber schwer von Begriff. Der Fotograf zweigte von seinem Spesenkonto einen Batzen für unser Essen ab. Er blieb diese Nacht bei uns und dann noch einige weitere Nächte und hinterließ uns ein paar Fünfzig-Francs-Noten, so dass es wieder eine Zeitlang ging, wo doch zum Beispiel eine Flasche vom hiesigen Wein nicht mehr als einen Franc fünfzig kostete.

Zu Winterbeginn schlossen wir ein Zimmer im Haus nach dem anderen und begnügten uns mit der Küche mit dem plumpen Ölofen, dem Gewölbe des Esszimmers mit dem massiven Eichentisch, wo wir in der stickigen Hitze aus der Küche Karten spielten, dem Musikzimmer mit dem teuren Elektroradiator, an dem wir uns die Beine verbrannten, und dem ungeheizten Schlafzimmer am oberen Ende der Steintreppe, das so riesig war, dass sich die roten Fliesen des Bodens bis zur Mitte hin senkten, um danach bis zu dem einzigen kleinen Fenster, das auf den Mandel- und den Olivenbaum hinaussah, wieder anzusteigen. Die Atmosphäre im Haus änderte sich, wenn der Wind blies und Teile im Dunkeln lagen, weil wir die Balken zugezogen hatten.

Nachmittags flatterten Lerchen über die Felder und zeigten ihre silbrige Bauchseite. Die lange, gerade, von tiefen Furchen durchzogene Straße zum Dorf verwandelte sich in weichen Lehm. Bei einem bestimmten Lichteinfall schimmerten die Innenmauern des verfallenen Nebengebäudes rosig wie die Innenseite einer Muschel. Die Hunde seufzten tief, wenn sie sich auf die kalten Fliesen legten, und schlossen ihre mandelförmigen Augen. Wenn sie hinaus ins Sonnenlicht durften, japsten und rauften sie, dass der Kies unter ihnen wegstob. Der Schatten des Mandelbaums glitt in dem hellen und harten Sonnenlicht über den Kies hin wie ein dunkler Fluss und leckte an der Hauswand hoch.

Eines Abends, während eines heftigen Regengusses, waren wir in das Haus des Bauern zum Essen eingeladen. Nichts wuchs in seiner Nähe, nicht einmal Gras; das Gebäude aus massivem Stein stand allein da, inmitten eines Hofes aus tiefem Lehm. Die Eingangstür ließ sich nur schwer öffnen. Den Vorraum erfüllte der feuchte, modrige Geruch von Trüffeln, die in einem Ledersack von einem Haken hingen. An den Wänden aufgereiht Säcke voll Saatgut und Korn.

Wir gingen mit dem Bauern ums Haus, um Eier fürs Abendessen zu holen. In einem Laufstall unter dem Haus, in dem er früher einmal Schafe gehalten hatte, saßen jetzt auf Stangen Hühner, deren Köpfe sich im Lichtstrahl seiner Taschenlampe scharf abzeichneten. In der einen Hand hielt er die Taschenlampe, mit der anderen nahm er die Eier ab und gab sie uns zu tragen. Der Schirm klappte im Wind um, als wir uns wieder auf den Rückweg ums Haus machten.

Die Küche war erfüllt von der Hitze eines großen Ölofens. Das Backrohr stand offen; in ihm saß eine Katze und schaute heraus. Wenn der Bauer im Haus war, verbrachte er die meiste Zeit in der Küche. Wenn er etwas wegzuwerfen hatte, dann warf er es aus dem Fenster, um es später zu vergraben. Auf dem Tisch standen Flaschen – Essig, Öl, in Whiskeyflaschen abgefüllt der eigene Wein, den er aus dem Keller geholt hatte – und zwischen ihnen Stoffservietten und große Brocken Meersalz. Hinter dem Tisch auf einer Couch lagen Mäntel in

Haufen übereinander. Von einem Kleiderrechen an der Wand hingen zwei Gewehre. An der Kühlschranktür klebte ein Foto, das den Bauern mit seinem Lastwagen zeigte, in dem er regelmäßig die Strecke Paris-Marseille gefahren war.

Zum Abendessen gab's Lauch in Essig und Öl, ein paar Stücke harter Wurst und Brot, schwarze Oliven, die an Pappkarton erinnerten, und Rührei mit Trüffeln. Er trocknete die Salatblätter, indem er sie in einem Geschirrtuch schüttelte und servierte uns dann Salat mit viel Knoblauch und zum Schluss etwas Roquefort. Er erzählte uns, sein erstes Frühstück – bevor er zur Feldarbeit hinausging – bestehe aus einem Stück Brot und Knoblauch. Er bezeichnete sich als Kommunist und redete über die Résistance und darüber, dass die Leute aus der Gegend sehr genau wüssten, wer die Kollaborateure gewesen waren. Die Kollaborateure blieben in ihren Häusern und ließen sich nicht blicken und gingen auch nicht viel in Cafés, und wenn es Probleme gäbe, dann würden sie sofort umgebracht, obwohl er nicht sagte, was er mit *Probleme* meinte. Er hatte sich über viele Dinge seine eigene Meinung gebildet, selbst über den Koran, der, wie er sagte, Lügen und Stehlen nicht als Sünde ansah, und er hatte auch Fragen an uns: Er fragte sich, ob wir in unserem Land drüben das gleiche Jahr hätten.

Um in seine neue, saubere Toilette zu gelangen, brauchten wir die Taschenlampe, die uns den Weg am oberen Treppenabsatz vorbei und durch einen leeren Raum mit hoher Decke wies, in dem man nichts erkennen konnte außer einem großen gemauerten Kamin. Nach dem Abendessen hörten wir stumm eine Schallplatte mit Revolutionsliedern an, die er von einem Stapel auf dem Fußboden nahm, und dann wurde er schläfrig, fing an zu gähnen und drehte Daumen.

Als wir wieder zu Hause waren, ließen wir die Hunde hinaus, damit sie wie immer ein wenig Auslauf hatten, bevor wir sie über Nacht einsperrten. Die Jagdsaison hatte wieder begonnen. Wir hätten die Hunde nicht frei laufen lassen sollen, aber das wussten wir nicht. Es verging mehr als eine Stunde, da kam das Weibchen zurück, ohne den Bruder. Wir waren sofort beunruhigt, weil er nie viel länger als eine Stunde wegblieb. Wir riefen und riefen ihn, und als er am nächsten Morgen noch immer nicht da war, durchstreiften wir die Wälder nach allen Richtungen, riefen ihn und suchten ihn zwischen den Bäumen.

Wir wussten, er würde nicht so lange wegbleiben, es sei denn, irgendetwas hätte ihn am Zurückkommen gehindert. Er konnte vielleicht ins nächste Dorf abgehauen sein, weil er von einer läufigen Hündin Witterung hatte. Ein vorbeifahrender Autofahrer mochte ihn neben der Straße entdeckt und mitgenommen haben. Ein Jäger mochte ihn gestohlen haben, jemand, der auf einen gutmütigen hübschen Jagdhund aus war und mit ihm in einem verrauchten Café großtat. Aber der erste und hartnäckigste Gedanke war, dass er vergiftet im Unterholz lag oder in eine Falle gegangen oder von einer Kugel verletzt worden war.

Es vergingen Tage, und er kam nicht nach Hause und wir hörten nichts Neues über ihn. Wir fuhren von Dorf zu Dorf und erkundigten uns und hingen Suchmeldungen auf und gaben sein Foto dazu, aber wir wussten auch, dass uns die Leute, mit denen wir sprachen, möglicherweise anlogen und dass man einen so schönen Hund wohl nicht zurückbringen würde.

Leute, die einen blonden Hund besaßen oder einen streunenden Hund eingefangen hatten, riefen uns an, aber jedes Mal, wenn wir ihn uns dann ansahen, sah er unserem Hund kaum ähnlich. Weil wir nicht wussten, was mit ihm passiert war, und weil es immer noch möglich war, dass er zurückkam, war es für uns schwer zu akzeptieren, dass er verschwunden bleiben sollte. Und dass es nicht unser Hund war, machte die Sache nur noch schlimmer.

Nach einem Monat hatten wir die Hoffnung auf seine Rückkehr noch immer nicht aufgegeben, obwohl schon die ersten Vorboten des Frühlings da waren und wir durch anderes abgelenkt wurden. Der Mandelbaum blühte, und seine Blüten waren so weiß, dass sie vor dem Hintergrund des frisch gepflügten, sanften Feldes beinahe blau aussahen. Ein Elsternpärchen nistete sich im Eichengebüsch neben dem Holzstoß ein, sie flatterten herum, keiften und tauchten im Schrägflug weg.

Die Wochenendleute kamen zurück, und jeden Sonntag riefen sie sich laut über den langen Ackerstreifen unter uns irgendwas zu. Die Hündin rannte vor bis an unsere Grundstücksgrenze, stand angespannt da, die Beine durchgestreckt, und bellte sie an.

Einmal blieben wir stehen und redeten am Dorfrand eine Frau an, die uns ihre Hand zeigte, die vom Umgraben des Bodens erdüberkrustet war. Hinter ihr konnten wir einen Mann sehen, der einen anderen Mann nach hinten in seinen Garten führte, um ihm ein paar Kräuter zu geben.

In den Feldern blühten Märzenbecher und Narzissen in Hülle und Fülle. Wir pflückten eine Vase voll davon und stellten sie in das Zimmer, in dem wir schliefen, und erwachten benommen, wie unter Drogen stehend. Die Schwertlilien blühten,

und dann öffneten sich die ersten Rosen: gelb. Es gab wieder massenhaft Fliegen, und Lärm machten sie auch.
Wieder machten wir lange Spaziergänge, nun mit einem Hund. Käfer im drahtigen, steifen Gras neben dem Haus, Risse im Boden, Ameisen. Im Feld stand uns der purpurne Klee bis zu den Knöcheln und große weiße und gelbe Gänseblümchen bis zu den Knien. Das hohe, üppige Gras wogte im Wind auf und nieder, und in einem Dickicht in der Nähe schlugen tote Äste mit lautem Knallen aneinander. Legte sich der Wind, so konnten wir einen angeschwollenen Bach plätschern hören, als würde er sich in ein steinernes Wasserbecken ergießen.
Im Mai hörten wir die erste Nachtigall. Unmittelbar nach Einbruch der Nacht fing sie zu schlagen an. Ihr Gesang mit seinem Geträller, Gezwitscher, Geschmetter, neuerlichem Trillern, Gezirpe und abermaligem Geträller war dem einer Spottdrossel nicht unähnlich, aber er entsprang mitten in der Stille der Nacht, in der Dunkelheit oder im Mondlicht, und kam von irgendwo her aus den schwarzen Ästen, einem Ort, der sich auf geheimnisvolle Weise dem Blick entzog.

Was interessant war

Es ist auch schwierig für sie, diese Geschichte zu schreiben, oder vielleicht sollte sie eher sagen, es sei schwierig für sie, sie gut zu schreiben. Sie hat sie einem Freund gezeigt, und der hat gesagt, sie müsste spannender sein. Sie ist enttäuscht, obwohl sie gewusst hat, dass nur ein Teil von ihr spannend war. Sie versucht herauszufinden, warum es der Rest nicht ist.
Vielleicht findet sich keine Möglichkeit, sie spannend zu machen, weil sie so schlicht ist: eine Frau, leicht betrunken, aber nicht zu betrunken, um Ferienpläne zu diskutieren, wurde von ihrem Liebhaber in ein Taxi gesetzt und nach Hause geschickt – von jenem Mann, mit dem sie die Pläne diskutieren wollte.
Sie fragt ihren Freund, ob das nicht zumindest etwas war, was eine Frau verletzen würde, oder ob es gar nichts war. Er sagt, es sei verletzend, und wenigstens insofern habe sie Recht, aber besonders interessant sei es nicht.
Er setzte sie in ein Taxi, zusammen mit zwei Männern, die nicht zusammen mit ihr fahren wollten, weil sie nicht zusammen mit ihnen fahren wollte, wegen einiger komplizierter Vorfälle, die Jahre zurücklagen. Sie redete höflich mit ihnen, war aber wütend über den Mann, der ihr das eingebrockt hatte.
Es geht in dieser Geschichte nicht ganz klar hervor, warum sie so wütend war, als sie von diesem Mann in ein Taxi ver-

frachtet wurde. Oder, richtiger: Für sie ist es absolut klar, aber jemand anderem ist es schwer klar zu machen, obwohl sie weiß, dass jeder andere, der zusammen mit diesen beiden Männern in ein Taxi verfrachtet würde, ebenfalls wütend wäre.

Sobald sie zu Hause war, rief sie ihn an. Sie attackierte ihn zornig, und er lachte, und dann wütete sie weiter und er raffte sich zu einer Entschuldigung auf und lachte noch mehr und sagte, er sei müde und wolle zu Bett. Sie legte auf. Sie heulte weiter und holte sich was zu trinken. Sie war so wütend, dass sie am liebsten mit den Fäusten auf ihn eingeschlagen hätte, aber er war nicht da, sondern schlief und lächelte wahrscheinlich noch im Schlaf. Während sie trank, dachte sie angestrengt nach, und wütend.

Was hatte er denn diesmal wieder mit ihr im Sinn, fragte sie sich. Sie hatten nicht viele Gelegenheiten, zusammen zu sein, und da saßen sie nun beim Dinner einander gegenüber und hatten eben erst angefangen, den Plan für eine gemeinsame Reise im nächsten Sommer zu diskutieren – noch nie hatten sie das getan und noch nicht einmal hatten sie so etwas diskutiert –, und sogar ein Foto von dem Haus hatte er ihr geschickt. Sie hatten vereinbart, dass sie das nach dem Dinner noch im Detail besprechen wollten, und das freute sie sehr und sie hatte das Gefühl, dass sich ihre Liebe letztendlich zu etwas richtig Solidem auszuwachsen begann, etwas, worauf sie sich verlassen konnte. Und dann, als sie schon ganz darauf eingestellt war, mit ihm die Straße hinunter zu gehen – der Kopf war angenehm leicht und der Bauch angenehm voll –, da hatte er auf einmal ohne jede Vorwarnung ihren Arm genommen und sie zu einem Taxi gebracht, just in dem

Augenblick, als die beiden Männer einstiegen, und weil andere Leute da waren, die sie kannten, konnte sie nichts dazu sagen, sondern musste so tun, als würde ihr das nichts ausmachen. Und was hatte er sich dabei gedacht? Was sollte sie nun davon halten und was tun?
Irgendwann, während sie zornig hin und her überlegte, kam sie dann zu dem Schluss, dass sie die Pläne für einen gemeinsamen Sommer fallen lassen musste. Wenn er ihr jetzt das angetan hatte, was würde er ihr dann im Sommer antun und, noch schlimmer, was erst, wenn der Sommer einmal vorüber war? Und nun betrank sie sich noch mehr, um ihrer Enttäuschung freien Lauf zu lassen.
Die Tatsache, dass sie eine Affäre miteinander hatten, hätte interessant sein sollen, weil jede Art von Affäre für gewöhnlich mehr Interesse erweckt als keine Affäre, so wie zwei Personen in einer Geschichte eigentlich mehr Interesse erwecken mussten als eine, und ebenso sollte eine komplizierte Liebesaffäre interessanter sein als eine komplikationslose. So mochte etwa eine glückliche Frau, die nach einem geselligen Abendessen mit Freunden in einem Restaurant mit ihrem Liebhaber Arm in Arm weggeht und sich darüber freut, dass er so groß ist und dass sich sein weiches Haar beim Hinaufgreifen so angenehm in der Handfläche anfühlt, und die nun also neben ihm hergeht und Sommerpläne mit ihm diskutiert – denn das, so meinte sie, würden sie zweifellos tun –, das also würde weniger interessant sein, als wenn diese Frau derb und mit beschämender Eile in ein Taxi hineingeschubst wurde oder wenn sie zwei Schlüssel wieder fand, die verschwunden gewesen waren, wie es ihr später passierte, und bestimmt ist die Idee mit dem Schlüssel interessanter als die mit dem Taxi, und so

ist auch der Einfall, etwas Verlorenes wiederzufinden, interessanter als die Idee, dass man bereits weiß, wo sie ihren Platz hatte, soll heißen, zuerst im Taxi und dann zu Hause, obwohl sie, in einem weiteren Sinn, zweifellos nicht wusste, wo ihr Platz war (was ihn anging) und was er von ihr erwartete und was er dachte, wie es mit ihnen beiden weiter gehen sollte. Die Affäre war, so wie sie damit umgingen, aus dem Lot, erfuhr immer wieder Unterbrechungen und war schmerzhaft für sie – schmerzhaft, weil er, wenn sie sich, oft nach monatelangen Intervallen, auf etwas geeinigt hatten, immer wieder etwas tat, auf das sie niemals gekommen wäre, und oft war es auch konträr zu dem Plan, den sie gemacht hatten. So überließ ihr zum Beispiel jemand vorübergehend sein Apartment, nur damit sie eine angenehme Bleibe hätten, und er war einverstanden und versprach, am späten Abend hinzukommen, und dann kam er doch nicht, und wenn sie ihn dann anrief und fragte, wo er denn bleibe, und seine schläfrige Stimme hörte, dann ging sie händeringend in den Zimmern ihres Logis' auf und ab. Bei anderer Gelegenheit sagte er definitiv, er würde nicht ins Apartment kommen, das man ihnen zur Verfügung gestellt hatte, um dann ohne Vorwarnung doch zu kommen. Oder sie trafen sich nur so zum Lunch, und plötzlich schlug er vor, sie sollten in ein Motel gehen. Im Motel sagte er dann völlig überraschend zu ihr, er wolle das Zimmer behalten und sich hier am selben Abend mit ihr treffen, und sie war glücklich und wartete zu Hause den ganzen Abend auf seinen Anruf, um zu erfahren, wann er sie würde treffen können, und als sie ihn schließlich selbst anrief, kriegte sie zu hören, dass er das Zimmer nicht behalten habe und sie auch nicht sehen könne.

Doch wenn er immer das tat, was sie *nicht* erwartete, und wenn sie das wusste, warum dachte sie dann nicht voraus und wusste nicht schon im Vorhinein, dass er *nicht* tun würde, was er sagte, egal, was es war? Aber obwohl sie keine dumme Pute war, tat sie es nicht. Und seine Aktionen waren nicht nur unerwartet, sondern auch unfreundlich, beinahe jedes Mal, aber vielleicht war das ja interessanter, als wenn er, wie sie es sich gewünscht hätte, freundlich und verlässlich gewesen wäre und dazu bezaubernd und ihr gegenüber offen, so wie er es ja öfter auch war: Wie glücklich er beim letzten Mal ausgesehen hatte, als er neben ihr in einer Bar saß, wo sie sich gerade getroffen hatten, ein Ausdruck ungetrübten Glücks lag auf seinem Gesicht, bis sie sagte, er sehe glücklich aus, und ihn fragte, weshalb, und er redete über etwas anderes, bis er mit der Wahrheit herausrückte, dass er nämlich tatsächlich glücklich war, sie zu sehen – wonach er sofort eine Spur weniger glücklich aussah.

Sie hatte sich noch nicht ausgeheult und -gewütet, brachte es aber nicht über sich, in ihrer Wohnung zu bleiben, an einem Ort, der bloß für sie da zu sein schien und für das, was geschehen war, und für ihre Enttäuschung darüber. Sie kniete auf dem Wohnzimmerteppich und dachte angestrengt nach, wo sie ein paar Schlüssel hingetan hatte, die Schlüssel zur Wohnung eines Freundes. Sie wollte in diese Wohnung, obwohl sie wusste, dass der Freund nicht zu Hause war und auch nicht nach Hause kommen würde. Sie hätte nicht zu ihm gehen können mit ihren Problemen, und sie ahnte – selbst durch den Nebel ihrer Trunkenheit hindurch –, dass es vermutlich nicht gut wäre, wenn sie sein Apartment mit ihren Problemen heimsuchte. Aber nichts konnte sie davon ab-

halten, was sie so sehr wollte. Sie brauchte das einfach: diese Wände einer anderen Wohnung, die in eine andere Zeit gehörte, damit sie ihr ein wenig von ihr selbst und von dem, was gerade passiert war, abnähmen.
Sie zog eine große, schwere Schublade aus dem Schreibtisch und leerte sie auf dem Teppich aus. Sie ließ sich nur ungeschickt tragen und ungeschickt umkippen. Sie durchsuchte alles, sah aber nicht sehr gut und konnte die Schlüssel nicht finden; also steckte sie wieder alles in die Schublade und schob diese zurück in den Schreibtisch. Dann holte sie eine Schuhschachtel von einem Regal, aber da waren die Schlüssel auch nicht, also rutschte sie weiter auf den Knien herum, weinte und drückte ihr Gesicht in den Teppich, weil sie die Schlüssel nicht finden konnte. Wenn sie sie nicht fand, würde sie nicht wissen, was tun.
Sie hörte auf zu weinen, wusch und trocknete ihr Gesicht und versuchte sich zu erinnern, wo sie sie zum letzten Mal gesehen hatte. Dann erinnerte sie sich, dass sie nicht irgendwo lose herumlagen, sondern in einem zugeklebten weißen Briefumschlag steckten, und sobald sie sich daran erinnerte, wusste sie auch, wo sie diesen zerknüllten Umschlag unlängst gesehen hatte, und fand ihn tatsächlich in einer Holzschachtel auf ihrem Schreibtisch. Sie steckte die Schlüssel in ihre Tasche, rief ein Taxi, verließ die Wohnung, fuhr durch die stillen Straßen verschiedener Stadtviertel, vorbei an zwei dunklen Krankenhäusern, zum Apartment ihres Freundes, und sobald sie dort war, schlief sie auf dem Wohnzimmerteppich ein – einem dickeren und bequemeren Teppich als ihrem eigenen.

Sie erwachte, als das klare frühmorgendliche Licht durch die hohen Fenster fiel, und verließ das Apartment bald danach, weil sie ein Zusammentreffen vermeiden wollte. Jetzt konnte sie zu ihrer eigenen Wohnung zurückkehren, als wäre sie in der Nacht zu irgendeinem hoch gelegenen Ort hinaufgeklettert und am Morgen wieder herunter.
Sie würde ihrem Freund nie erzählen, dass sie in seinem Apartment geschlafen hatte. Es war lange her, dass sie seine Schlüssel zum letzten Mal benützt hatte. Seine Reaktion wäre interessant, wenn er davon erführe. Dieser Freund wäre möglicherweise tatsächlich die interessanteste Figur in der Geschichte gewesen, wenn sie ihn anstatt seines Apartments hineingetan hätte.
Von all dem Zeug, das sie getrunken hatte, war ihr den ganzen nächsten Tag schlecht. Es wäre interessanter, wenn es ihr nach dem Trinken gut ginge und nicht schlecht, aber sie zog es vor, dass es ihr an diesem Tag schlecht ging und nicht gut, als feierte sie damit die Veränderung, die stattgefunden hatte, nämlich dass sie in diesem Sommer nicht mit ihrem Liebhaber am Mittelmeer in der Sonne sitzen würde. Danach hatte sie fast nichts mehr mit ihm zu schaffen. Sie beantwortete seine Briefe nicht, und wenn sie ihn zufällig traf, redete sie kaum mit ihm, aber diese Wut, die so lange nicht verging, war bestimmt interessanter für sie, weil sie es letztlich schwieriger fand, sie zu erklären, als die Tatsache, dass sie ihn so lange Zeit geliebt hatte.

Der Andere

Sie ändert dies im Haus, um den anderen zu ärgern, und der ärgert sich und macht es wieder rückgängig, und sie ändert dann jenes im Haus, um den anderen zu ärgern, und der ärgert sich und macht es wieder rückgängig, und dann erzählt sie das alles so wie es passiert anderen Leuten, und die finden es lustig, aber der andere hört davon und findet es nicht lustig, aber er kann es nicht wieder rückgängig machen.

Dieser Zustand

In diesem Zustand: Erregt nicht nur durch Männer, sondern auch durch Frauen, fette und magere, nackte und angezogene; durch Teenager und Kinder während der Latenzzeit; durch Tiere, zum Beispiel Pferde und Hunde; durch bestimmte Gemüsesorten wie Möhren, Zucchini, Auberginen und Gurken; durch Obstsorten wie Melonen, Grapefruit und Kiwi; durch bestimmte Teile von Pflanzen wie Blütenblätter, Kelchblätter, Staubgefäße und Stempel; durch die nackte Armlehne eines Holzstuhls, eine runde Vase mit Blumen, durch ein bisschen heißes Sonnenlicht, einen Teller Pudding, eine Person, die in der Ferne in einem Tunnel verschwindet, eine Wasserpfütze, eine Hand, die sich auf einen glatten Stein legt, eine Hand, die sich auf eine nackte Schulter legt, den nackten Ast eines Baums; durch alles Gewölbte, Nackte und Glänzende, wie einen Baumstamm oder einen Ast; durch jede Berührung wie etwa die Berührung eines Fremden, der Geld in die Hand nimmt; durch alles Runde und frei Hängende, wie Vorhangtroddeln, stachelige Kastanienkapseln an einem Zweig im Herbst, ein nasser Teebeutel an seinem Faden; durch alles Glimmende, etwa ein heißes Stück Kohle; alles Weiche oder Träge, etwa eine Katze, die sich in einem Sessel aufrichtet; alles Weiche und Trockene wie ein Stein, oder Warme und Funkelnde; alles Gleitende, alles hin und her Gleitende; alles hinein und heraus Gleitende mit öliger Oberfläche, etwa bestimmte Maschinenteile; alles von einer bestimmten Form, wie der Staat Florida; alles Pulsierende, alles Stoßende; alles kerzengerade in die Höhe Ragende, alles Waagrechte und Auseinanderklaffende wie eine bestimmte Seeanemone; alles Warme, alles Feuchte, alles Feuchte und Rote und rot Werdende, etwa die Sonne am Abend; alles Feuchte und Rosige; alles Lange und Gerade mit einem stumpfen Ende, wie etwa ein Stößel; alles, was aus etwas Anderem herauskommt wie eine Schnecke aus ihrem Haus und die Schneckenfühler aus dem Kopf; alles, was auseinander geht; ein rinnender Wasserstrahl, alles, was rinnt, jeder Strahl, der herausschießt, jeder Strahl, der spritzt; jeder Schrei, jeder leise Schrei, jedes Grunzen; alles, was in etwas anderem verschwindet, etwa eine Hand, die in einer Geldbörse sucht; alles, was umklammert, alles, was umfasst; alles, was sich aufrichtet; alles, was sich spannt oder füllt, wie etwa ein Segel; alles, was tropft, alles, was hart wird, alles, was weich wird.

Eine zweite Chance

Wenn ich bloß die Chance hätte, aus meinen Fehlern zu lernen, ich würde es tun – aber es gibt zu vieles, was man nicht zweimal tut; in Wahrheit tut man gerade die wichtigsten Dinge nicht zweimal, und so kann man auch nichts besser machen beim zweiten Mal. Man macht etwas falsch und überlegt, was richtig gewesen wäre, und wäre bereit, das Richtige zu tun, wenn man nur wieder eine Chance bekäme, aber die nächste Erfahrung ist ganz anders, und wieder urteilt man falsch, und obwohl man nun auf diese Erfahrung vorbereitet wäre, sollte sie sich wiederholen, so ist man für die nächste doch wieder unvorbereitet. Wenn man etwa mit achtzehn zweimal heiraten könnte, dann würde man beim zweiten Mal darauf achten, dass man nicht zu jung ist, weil man es mit den Augen von jemand Älterem sehen würde und wüsste, dass man von dem, der einem riet, diesen Mann zu heiraten, schlecht beraten wurde, weil er die gleichen Gründe anführte, die er angeführt hat, als er einem beim letzten Mal dazu riet, mit achtzehn zu heiraten. Wenn man zum zweiten Mal ein Kind aus erster Ehe in eine zweite Ehe mitbringen könnte, dann wüsste man, dass Großzügigkeit in Groll umschlagen kann, wenn man nicht das Richtige tut, und Groll wieder in Freundlichkeit, wenn man es tut, es sei denn, das Naturell des Mannes, den man heiratete, als man zum zweiten Mal zum zweiten Mal heiratete, wäre von jenem des Mannes, den man heiratete, als man zum ersten Mal zum zweiten Mal heiratete, ganz verschieden, so dass man in diesem Fall den gleichen Mann zum zweiten Mal heiraten müsste, um draufzukommen, wie man mit einem Mann mit seinem Naturell am besten umgeht. Wenn man es so einrichten könnte, dass die eigene Mutter ein zweites Mal stürbe, würde man vielleicht von Anfang an darum kämpfen, dass sie ein Einzelzimmer bekommt und nicht eins, in dem eine zweite Person fernsieht, während sie stirbt, aber wenn man auf einen solchen Kampf tatsächlich vorbereitet wäre und auch tatsächlich dafür kämpfen würde, müsste man seine Mutter vielleicht noch einmal verlieren, um das Personal zu ersuchen, ihr doch die Zähne richtig hinein zu stecken und nicht verkehrt, bevor man in ihr Zimmer geht und sie das letzte Mal ansieht und sie so ein komisches Grinsen aufgesetzt hat, und dann noch ein weiteres Mal, um dafür zu sorgen, dass ihre Asche nicht wieder in dieser billigen Luftposturne beigesetzt wird, in der sie zum Friedhof oben im Norden geschickt worden ist.

Mr Knockly

Letzten Herbst verbrannte meine Tante, als die Pension, in der sie lebte, in Flammen aufging. Es war nichts von ihr übrig als ein kleines Häufchen halb zerstörter Dinge in der Zimmerecke, in der sie vermutlich gesessen war, als das Feuer ausbrach: ihre falschen Zähne, der Rahmen ihrer Brille, ihre Perlen, die Ösen ihrer Lederstiefel und ihre zwei langen Stricknadeln, die wie Schlangen zusammengerollt in der Asche lagen.

Es war ein grauer Tag. Freunde der Verstorbenen durchsuchten den Schutt wie einsame Ameisen, rollten einmal vor, einmal zurück. Ab und zu schrie eine Frau vor Entsetzen auf und wurde weggebracht. Die Kamine waren noch immer intakt, alles andere war Schutt und Asche. Regen begann auf die Menge herabzutröpfeln. Zwei blasse, übernächtige Feuerwehrmänner traten mit ihren Stiefeln nach dem Schutt und hinderten Leute daran, näher zum Haus hin zu gehen.

Meine Tante war tot. Oder noch schlimmer als tot, da nichts von ihr übrig war, was man hätte tot nennen können. Ich fragte mich voll Angst, was nun aus ihrer alten Liebe, Mr Knockly, werden würde, einem kleinen Mann, der da mitten im dichtesten Haufen aus Männern und Frauen stand, das Gesicht wie ein weißer Pickel zwischen all den Übermänteln, den Blick starr auf die Ruine gerichtet, als hätte man ihm das Herz aus dem Leib gebrannt. Als ich zu ihm hin wollte, rannte er in seinen kleinen Stiefeln vor mir davon. Sein Mantelkragen war hochgeschlagen und in seiner grauen Bürstenfrisur funkelten Regentropfen. Er bewegte sich, als wären Arme und Beine, Brust und Hals verwundet – als wäre er von Schüssen durchlöchert worden.

Am folgenden Sonntag sah ich ihn beim Begräbnis wieder. Sieben Särge standen vor der Kirche. Erst später ging mir auf, dass die Särge leer gewesen sein mussten. Die Kirche war voll: Nur einer der Leichname gehörte einem völlig Unbekannten, und die Polizei schickte noch immer Aufnahmen seines Gebisses in alle möglichen Städte, sogar bis nach Chicago. In meiner Nähe saß ein alter Mann mit glasigem Blick, für den Menschenansammlungen eine magnetische Anziehungskraft besaßen: Ich hatte ihn einmal dabei beobachtet, wie er aus dem Fenster eines verlassenen Hauses Konfetti auf eine Militärparade hinunterwarf. In der ersten Kirchenbank saß eine fromme Frau, die in der Kirche viel Zeit mit Beten verbrachte. Mr Knockly stand hinten, den Kopf so weit zum Boden geneigt, dass von ihm kaum etwas zu sehen war.

Er fuhr mit mir im Wagen hinter dem Leichenwagen her, sah aber durchs Fenster zur Alteisenverwertungsanlage hinüber und gab keine Antwort, wenn ich ihn anredete. Auf dem Friedhof stand er neben dem Sarg meiner Tante, bis dieser mit ihr ins Grab hinuntergelassen wurde. Sein Gesicht war so verzerrt vom Kummer, er schien so nahe daran, seine Beherrschung zu verlieren, dass ich glaubte, er würde mit ihr ins Grab hineinspringen. Stattdessen wandte er sich nach dem »Staub zu Staub« jäh ab und verschwand allein durch das Friedhofstor. Als ich die Straße im Auto zurückfuhr, war er nirgends zu sehen.

Es war Anfang Oktober. Die Tage waren lang und kühl. Ich machte jeden Abend Fußmärsche. Ich verließ das Haus, bevor die Sonne unterging, und blieb bis nach Einbruch der Nacht und bis der Himmel draußen ganz dunkel war. Ich nahm jedes Mal eine andere Strecke, durch finstere Seitenstraßen, auf nicht asphaltierten Wegen, die am Fluss entlang führten, weg vom Fluss, über den Hügel am Stadtrand, hinunter durch die Hauptstraßen der Stadt. Ich warf einen Blick in Einfahrten hinein, in Wohnzimmer, in Schaufenster; ich schaute durch Fensterscheiben in Cafeterias, wo die Leute allein ihr Abendessen verzehrten; ich ging an der Hinterseite von Restaurants vorbei, durch Wolken von Küchendunst und durch das Geräusch klappernder Teller.

Ich habe vielleicht nach Mr Knockly gesucht, denke ich, obwohl ich oft in Gegenden kam, wo ich ihn wohl nicht finden würde. Ich wusste nicht einmal, ob er noch in der Stadt war: Jetzt, da meine Tante nicht mehr am Leben war, gab es für ihn keinen Grund mehr zu bleiben. Als ich ihn dann aber sah, hatte ich das Gefühl, ich hätte mir die ganze Zeit nur gewünscht, ihn wieder zu sehen.

Ich stapfte nach schweren Regenfällen durch den Morast einer Gasse, die hinter einem Fischrestaurant vorbeiführte. Der Himmel hatte aufgerissen und war an manchen Stellen hell, aber die Sonne war untergegangen. Ich dachte, außer mir wäre niemand in dieser Gasse, aber dann hörte ich an ihrem anderen Ende ein Geräusch und sah ihn. Er trug ein weißes Arbeitshemd und eine weiße Schürze mit einem roten Anker drauf und leerte einen kleinen Mülleimer in einen der größeren aus, die neben dem Hinterausgang des Restaurants aufgereiht standen. Als ich zu ihm hinging, schüttelte er den

Eimer, um den Abfallklumpen herauszukriegen. Er hielt den Kopf geneigt. Ich sprach ihn an und er blickte rasch zu mir hoch. Abfälle fielen zu Boden. Einen Augenblick lang hielt er inne; die Gefühle, die sein Gesicht während des Begräbnisses bewegt hatten, waren erstorben; Augen und Mund hatten einen stumpfen, verbissenen Ausdruck. Ich sagte etwas zu ihm, und einen Moment lang glaubte ich, er würde mir antworten: Bewegung kam in sein Gesicht, die Lippen gingen auf. Aber als ich meine Hand ausstreckte, um ihn zu berühren, schrak er zurück und ging hinein. Die Küchengeräusche verstummten. Ich stand da, versank immer tiefer im Matsch und blickte auf die verschütteten Abfälle: Krabbenscheren, Soße. Die Tür ging einen Spaltbreit auf, ein schwarzes Gesicht stellte sich vors Licht, dann ging die Tür wieder zu. Ich fühlte mich unbehaglich. Ich hatte plötzlich das Gefühl, es sei sehr sonderbar, dass ich hier stand. Ich machte mich davon.

Am nächsten Abend ging ich aber wieder hin, und am übernächsten auch. Der Rest der Stadt bedeutete mir kaum etwas. Ich blieb auf dem Gehsteig vor dem Restaurant stehen, von den Leuten, die hinter mir vorbeigingen, hin und her gestoßen, und starrte den roten Neon-Anker im Fenster an, die Tische im Inneren des Lokals, das Kassenpult, die Kellnerinnen, den Geschäftsführer und den stellvertretenden Geschäftsführer, mit dem ich einmal eine unangenehme Auseinandersetzung gehabt hatte. Durch die Schwingtür des Hintereingangs erhaschte ich den einen oder anderen Blick auf Mr Knockly. Wenn mich jemand bemerkte, verschwand ich wieder. Oder ich ging rasch durch die Hintergassen davon, fast so, als fürchtete ich, ertappt zu werden. Ich tat es so oft, dass ich, selbst in tiefster Stille, die Geräusche des Restaurants im Ohr hatte, die deutlich hörbaren Geräusche der Gasse, die gedämpfteren von der Straße vorne.

Ich blieb an den Abenden länger und länger draußen. Ich wanderte noch immer herum, auch wenn der Himmel schon ganz dunkel war, nachdem ich Leute auf dem Heimweg oder auf ihrem Weg ins Kino beobachtet hatte oder in Restaurants, wo sie zu Abend aßen; manchmal ging ich weiter, bis die Straßen leer und die Kinos dunkel geworden waren und niemand mehr im Restaurant saß, außer dem Besitzer, der an einem der Tische etwas schrieb; und dann blieb ich so lange weg, bis nur noch in den Bars am Ufer Leute auf den Beinen waren. Ich durchsuchte die Taschen der Stadt: Ich dachte, es gäbe nicht viel, was ich an ihr mochte, aber bestimmte Dinge gab es doch: eine Treppenflucht, einen Torbogen, die Frontseite einer Fabrik, Dinge, zu denen es mich hinzog, und so kehrte ich denn auch immer wieder zu ihnen zurück, sah sie mir bei unterschiedlichem Licht und bei Dunkelheit an, als wollte ich an ihnen etwas entdecken. Die Bewohner der Stadt aber blieben mir fremd: Ich konnte einfach nicht glauben, dass mir manche immer wieder über den Weg laufen mussten, es war, als käme jeder nur ein einziges Mal vorbei, als kämen immer neue Fremde hierher. Ich fühlte mich so sehr selbst als Fremde, dass ich, wenn ich jemandem begegnete, der mich kannte und mich anredete (was selten der Fall war), zusammenschrak und kaum antworten konnte.

Ich erwartete, Mr Knockly wiederzusehen, aber es wäre mir nicht eingefallen, vor dem Restaurant auf ihn zu warten. Wenn ich ihm folgte, so geschah es beinahe unwillkürlich.

Ich bahnte mir einen Weg zwischen den Menschen hindurch, die frühabends von der Arbeit kamen, als ich seine gebeugte Gestalt mit dem kleinen Kopf vor mir auftauchen sah; er bewegte sich langsamer vorwärts als die Leute um ihn herum. Ich blieb stehen, um nicht über ihn zu stolpern. Ich beobachtete ihn: Er ging, die Beine weit gespreizt, als fürchte er, das Gleichgewicht zu verlieren, und schwankte leicht hin und her. Ich folgte ihm bis ans Ende der Hauptstraße, blieb ein Stück zurück und folgte ihm dann auf seinem Weg durch Nebenstraßen. Er kehrte im Bogen wieder zur Hauptstraße zurück – sie hatte sich jetzt etwas geleert – und ging in Richtung Fluss. Seine Route folgte keinem vernünftigen Plan. Ich war verwirrt und müde. Nach einer Stunde war Nacht. Wir waren keine fünf Minuten weit von der Stelle, an der ich ihn entdeckt hatte. Plötzlich hielt er auf dem Gehsteig an. Er stand eine Weile da, dann kam Bewegung in ihn, dann rannte er fast in Richtung Fluss. Ich verlor ihn.

Am nächsten Abend wartete ich vor dem Restaurant auf ihn. Wieder folgte ich ihm, und es passierte das Gleiche wie am vorangegangenen Abend, und an einigen Abenden danach war es ebenso. Sein brauner Mantel immerzu wie ein Schmutzfleck vor mir in der Dunkelheit, immer diese kurze Pause, nach der er plötzlich losrannte, und dann, wenn ich ihm hinterher rannte – nichts. Eines Abends verlor ich ihn schließlich doch nicht, sondern folgte ihm im Laufschritt über die Brücke bis vor die Tür einer Bar. Dort blieb ich stehen.

Lange wanderte ich am Fluss auf und ab und konnte mich nicht entschließen hineinzugehen, um mit Mr Knockly zu reden. Ich wusste, ich hatte kein Recht, ihn zu belästigen, und war wie vor den Kopf gestoßen. Ich lehnte mich an eine Mauer über dem Wasser und sah den Lichtern des Landeplatzes zu, die auf seiner Oberfläche tanzten: Es hatte kaum eine Strömung, aber manchmal brachte eine leichte Brise Bewegung ins Wasser, und dann hüpften die Lichter auf und ab. Unter mir auf dem schmalen, von der Feuchtigkeit aufgeweichten Stück Land, eine Frau, die, unförmig in ihrem Mantel und schwärzer als das schwarze Wasser, in einer Tüte zu ihren Füßen herumwühlte, Dinge hervorholte, die ich in der Dunkelheit nicht ausmachen konnte, und ins Wasser warf. Das wiederkehrende sanfte Platschen war, abgesehen von einem auf der Hauptstraße über dem Fluss gelegentlich vorbeifahrenden Wagen und vereinzelten Schreien von irgendwo links hinter den Lagerhallen, das einzige vernehmbare Geräusch.

Schließlich kehrte ich zur Bar zurück. Ich weiß nicht, warum ich so sicher war, ihn noch vorzufinden. Ich ging hinein und sah mich um. Ein paar Männer musterten mich über ihre Getränke hinweg. Mr Knockly war nicht unter ihnen. Ich warf einen Blick in eine verrauchte Ecke, in der zwei Prostituierte schweigend beisammen saßen. Ich trat näher und sah Mr Knockly. Er schlief, den Kopf im Schoß von einer von ihnen, Arme und Beine angewinkelt, der Mantelzipfel in den Sägespänen auf dem Boden. Dann, während ich so da stand, hob die Frau ihr Glas und ließ etwas Bier in seine Augen und in sein Ohr rinnen. Er reagierte fast nicht, trat nur mit seinem Bein schwach gegen den Rücken der Bank. Die Frau lächelte ihn flüchtig an, sah weg, hob ihren Blick zu mir und starrte mich feindselig an. Ich wusste nicht, was tun, überlegte, ob ich mir einen Drink bestellen sollte, hatte aber keinen Durst. Ich ging hinaus.

Wochen vergingen, bevor ich mich wieder zum Hintereingang des Fischrestaurants zu gehen und nach Mr Knockly zu fragen wagte. Ein dünner, vielleicht vierzigjähriger Mann mit dem gleichen weißen Hemd und der Schürze, die Mr Knockly getragen hatte, und mit bleichen Armen hatte ein Geschirrtuch über seine Schulter gelegt und trug einen Stoß sauberer Teller mit rotem Anker; er musterte mich neugierig von oben bis unten. Auch andere Männer in der Küche unterbrachen ihre Arbeit. Der Mann sagte, Mr Knockly arbeite schon seit Wochen nicht mehr da. Mit einem skeptischen Unterton fügte er noch hinzu, Mr Knockly habe woanders Arbeit gefunden. Er wisse nicht, wo.

Danach regnete es mehrere Tage hindurch. Als der Regen aufgehört hatte, kam Wind auf, und als der Wind nachließ, fing es neuerlich zu regnen an. Ich wusste nicht mehr, was ungetrübtes Tageslicht bedeutete. Ich hatte meine Hoffnung, mit Mr Knockly zu sprechen, schon fast begraben: Die einzige Chance, die ich gehabt hatte, hatte ich vertan. Dann entdeckte ich ihn wieder spätabends, im Regen auf der Hauptstraße. Er zog Schlangenlinien über den Gehsteig und boxte mit seinen Fäusten gegen die Luft. Sein Haar war länger und klebte an Stirn und Wangen. Er stolperte auf eine Frau zu, die sich vor Schreck an die Hausmauer drückte, schwenkte in den Eingang eines Kinos ein und kehrte wieder um; ein großer Mann im Straßenanzug packte ihn an den Armen und stieß ihn zur Seite, er stolperte über einen Randstein und schlug der Länge nach hin. Als ich zu ihm hinging, rappelte er sich hoch und verschwand Hals über Kopf in einer Seitengasse hinter dem Kino. Ich folgte ihm bis unter die Feuertreppe. Obwohl ich ihn bei der nächsten Ecke beinahe schon eingeholt hatte, war die Straße, als ich einbog, leer.

Nach dieser Nacht, spät im Dezember, war ich völlig erledigt. Ich war nicht mehr so oft unterwegs, und wenn ich unterwegs war, nahm ich nichts um mich herum wahr: Obwohl ich an den Häuserfronten empor zum Himmel hinauf sah, ertappte ich mich immer dabei, wie ich auf den Gehsteig hinunterstarrte, der sich unter meinen Füßen entrollte.

Die Tage wurden länger. In der Stadt gab es kaum Hinweise auf den Jahreszeitenwechsel. Ich ging nun hin und wieder hinaus aufs Land, aber obwohl ich ihn wahrzunehmen versuchte, bemerkte ich oder erinnerte ich vom Frühling nichts. Am Ende des Tages war das Einzige, das ich unter meinen Fußsohlen spürte, die Decke aus Gras hinter den Fabriken, die zerfurchte Straße, die am Waldrand entlang führte, und das Vibrieren des Eisens auf der Brücke über der Engstelle des Flusses.

Als Mr Knockly starb, war ich dabei. Der Sommer war gekommen. Am Morgen war ich zur städtischen Müllkippe gegangen. Zwischen kleinen Hügeln aus Glasscherben und alten Schuhen entdeckte ich hinter dem Drahtzaun eine Traube von Männern, die sich zu etwas hinunterbeugten und mit Stöcken und Flaschen drauf einschlugen. Als ich beim Zaun war, rannten sie über die Schutthalden davon. Ich ging zu Mr Knockly. Ein Arm lag verdreht unter dem Körper, eine Schläfe wies eine tiefe Delle auf. Sein Gesicht lag in der Asche. Ich sah kein Blut.

Am anderen Ende der Müllkippe brannten Feuer, die Flammen beinahe unsichtbar im Sonnenlicht. Die Wiese dahinter flimmerte in der Hitze.

Ich rief die Polizei an und erstattete Meldung über den Mord. Als sie mich nach meinem Namen fragten, legte ich auf.

Die Vergewaltigung der Tanuk-Frauen

Eines Tages, als die Tanuk-Männer ihr Dorf verlassen hatten, um auf die Jagd zu gehen, kam die ganze männliche Bevölkerung eines Tunit-Dorfes zu ihren Iglus und vergewaltigte ihre Frauen, um einem alten Groll freien Lauf zu lassen. Als die Tanuk-Männer zurückkamen und die Blutspuren und Tränen sahen, schworen sie Rache für diese Beleidigung ihrer Ehre und brachen unverzüglich zum Dorf der Tunit auf, das ein paar Tagreisen über das dicke Eis des Küstenstreifens entfernt lag. Sie wussten, sie würden die Tunit-Männer so tief schlafend vorfinden, wie nur Männer schlafen können, die Vergewaltigungen und danach eine mehrtägige Reise durch beißende, mittwinterliche Stürme hinter sich haben. Doch als sie im Tunit-Dorf ankamen und durch die engen Eingänge in die Tunit-Iglus krochen, waren diese kalt und leer. Sie hackten Stücke von gefrorenen Seehundkadavern, und während sie das Fleisch kauten, dachten sie über ihre nächsten Schritte nach.

Aber während der Abwesenheit der Tanuk-Männer und während sich die Frauen langsam wieder erfingen, krochen die Tunit-Männer neuerlich in ihr Lager und durch die engen Eingänge in ihre Iglus hinein. Abermals lagen die Tunit-Männer bei den Tanuk-Frauen, um danach in der riesigen Weite von sonnenlosem, zugefrorenem Land zu verschwinden, das sich jenseits der kreisrunden Anlage aus Iglus dehnte.

Während das geschah, kehrten allerdings die Tunit-Frauen zu ihren Lagern zurück und fanden die Tanuk-Männer vor, die frustriert vor sich hin dösten. Zu sehr entmutigt, als dass sie aus Rache die Tunit-Frauen vergewaltigt hätten, ließen die Tanuk-Männer diese zurück, um woanders nach den Tunit-Männern zu suchen.

Als sie sich auf den Heimweg machten, erfüllte Nigerk, der Südwind, die Luft mit Schnee und erschwerte ihr Weiterkommen. Sie kämpften sich durch die Wand aus tanzenden Schneeflocken, und plötzlich sahen sie die Umrisse von Männern vor sich. Sie stürzten sich blutdürstig auf sie, weil sie dachten, der Augenblick der Rache sei nun gekommen. Doch die Konturen der Männer schmolzen unter ihrer Berührung dahin und formierten sich in einiger Entfernung neu. Obwohl die Tanuk-Männer sie wieder und wieder attackierten, gelang es ihnen nicht, sie zu verletzen, denn es waren nicht die Tunit, wie die Tanuk glaubten, sondern bloß polare Geister.

Einige Tage danach kehrten die Tanuk-Männer in ihr Dorf und zu den Iglus ihrer rasenden Frauen und Schwestern zurück. Während ihre Ehemänner weg gewesen waren, hatten die Frauen ein drittes Mal Besuch von den Tunit-Männern erhalten und danach, als wäre das Maß der Verletzungen nicht schon voll, auch noch von den polaren Geistern, und so erkannten sie ihre eigenen Ehemänner und Brüder nicht wieder. Die Furcht fiel nicht von ihnen ab, bis nicht die Sonne im Frühling wieder aufgegangen war. Erst dann, als das Eis seinen Griff endlich lockerte und das Wasser zurückgekehrt war, ließen sie ihre Augen wieder zärtlich auf Ehemännern und Brüdern ruhen.

Sittenlehre

»Was du willst, das man dir tu, das füg auch allen andern zu.« In einer Interviewsendung über Ethik hörte ich, dass dies das grundlegende Prinzip aller Sittenlehren sei. Wenn du deinem Nächsten wirklich das antust, wovon du willst, dass er es wiederum dir antut, so lebst du in Übereinstimmung mit einem guten ethischen Prinzip. Damals war ich froh, von einer so schlichten und sinnvollen Regel Kenntnis zu erhalten. Wenn ich sie nun aber wörtlich auf einen Menschen anzuwenden versuche, den ich kenne, scheint sie nicht zu funktionieren. Eines seiner Probleme ist, dass er bestimmten Menschen gegenüber ausgesprochen feindselige Gefühle hegt, und wenn ich mir vorstelle, dass er wollte, dass sie Gleiches mit Gleichem vergelten, so kann ich mir nur vorstellen, dass er von ihnen wahrhaftig wünscht, sie wären ihm gegenüber feindselig, was er von ihnen ja auch glaubt, weil er ihnen gegenüber bereits so ausgesprochen feindselig ist. Er würde des weiteren wollen, dass sie ihm gegenüber im gleichen Maße misstrauisch sind, in dem er ihnen gegenüber misstrauisch ist, und dass sie über ihn so verbittert sind, wie er über sie verbittert ist, denn seine Gefühle ihnen gegenüber sind so stark, dass es ihm die ganze Konzentration auf ihre negativen Gefühle ihm gegenüber abverlangt, um ihnen jene Gefühle entgegenzubringen, die er ihnen entgegenbringt. Also tut er jenen Menschen in Wahrheit ohnehin schon das an, wovon er wollte, dass sie es ihm antun, obwohl es mir jetzt tatsächlich so scheint, als würde er ihnen gegenüber bloß bestimmte Gefühle hegen, ihnen aber nichts antun, und so mag er sich durchaus noch immer im Rahmen einer bestimmten Sittenlehre bewegen, es sei denn, Gefühle gegenüber jemandem zu hegen bedeutet in Wahrheit, diesem Menschen etwas anzutun.

Das Hinterhaus

Wir leben im Hinterhaus und können die Straße nicht sehen: Unsere nach hinten hinaus gehenden Fenster sehen auf den grauen Stein der Stadtmauer und die Fenster an der Frontseite blicken über den Hof in die Küchen und Badezimmer des Vorderhauses. Die Wohnungen im Vorderhaus sind vornehm und komfortabel, während unsere beengt und ohne jeden Charme sind. Im Vorderhaus leben Dienstmädchen in sauberen kleinen Zimmern im obersten Geschoss und blicken auf die Kirchturmspitzen von St. Etienne hinunter, aber die winzigen Zellen unter den Regenrinnen unseres Hauses gehen in einen finsteren und verstaubten Korridor hinaus, und die Studenten und armen Junggesellen, die darin schlafen, haben eine Gemeinschaftstoilette neben der Hintertreppe. Viele Mieter im Vorderhaus sind hohe Beamte, während das Hinterhaus bis oben hin voll ist mit Kleinkrämern, Vertretern, Postangestellten in Rente und unverheirateten Lehrern. Natürlich können wir den Leuten im Vorderhaus ihren Wohlstand nicht wirklich zum Vorwurf machen, aber er deprimiert uns: Wir spüren den Unterschied. Dennoch reicht das nicht aus, um die Feindseligkeit zu erklären, die zwischen den beiden Häusern immer schon geherrscht hat.

Oft sitze ich in der Abenddämmerung am vorderen Fenster, schaue zum Himmel hinauf und horche den Geräuschen der Leute von gegenüber nach. Wenn die Stunde um ist, lassen sich die Tauben auf den Mansardenfenstern nieder, der Verkehr, der die enge Gasse jenseits des Hauses verstopft, dünnt aus, und die Luft ist erfüllt von Stimmen und den Geräuschen der Gewalt, die aus Fernsehgeräten der verschiedenen Wohnungen kommen. Hin und wieder höre ich unter mir im Hof den Deckel eines metallenen Abfallkübels zuklappen, und ich sehe eine schattenhafte Gestalt, die einen leeren Plastikeimer in eins der Häuser trägt.

Die Abfallkübel waren immer schon ein Quell des Ärgers, aber nun hat sich die Stimmung verschärft: die Mieter aus dem Vorderhaus fürchten sich davor, ihren Abfall zu entsorgen. Sie betreten den Hof nicht, wenn schon ein anderer Mieter unten ist. Ich erkenne ihre Silhouetten, wenn sie im Eingang zum Korridor warten. Wenn dann niemand im Hof ist, leeren sie ihre Eimer aus und hasten über die Pflastersteine zurück, ängstlich darauf bedacht, dass man sie nicht allein überrascht. Manche alte Frauen aus dem Vorderhaus gehen zusammen hinunter, paarweise.

Der Mord passierte vor nicht ganz einem Jahr. Er war auf sonderbare Art überflüssig. Der Mörder war ein geachteter Ehemann aus unserem Haus und die Ermordete war eine der wenigen freundlichen Personen im Vorderhaus; sie war eigentlich eine der wenigen, die mit den Leuten aus dem Hinterhaus Umgang pflegten. Monsieur Martin hatte keine wirkliche Ursache, sie umzubringen. Ich kann mir nur vorstellen, dass er aus Frustration durchgedreht hat: Seit Jahren schon wollte er im Vorderhaus wohnen, und langsam wurde ihm klar, dass das niemals geschehen würde.

Es dämmerte. Die Fensterläden gingen zu. Ich saß an meinem Fenster. Ich sah, wie die beiden einander bei den Abfallkübeln begegneten. Wahrscheinlich war es etwas, das sie zu ihm sagte, etwas absolut Unschuldiges und Nettes, und doch war es etwas, was ihm wieder einmal zu Bewusstsein brachte, wie anders er doch war als sie und alle anderen im Vorderhaus. Sie hätte ihn niemals anreden sollen – die meisten von ihnen reden nicht mit uns.

Er hatte gerade seinen Eimer ausgeleert, als sie herauskam. Sie hatte etwas Anmutiges, das sie wie eine Königin aussehen ließ, obwohl sie einen Mülleimer trug. Ich nehme an, dass er bemerkte, dass sogar ihr Mülleimer – aus dem gleichen ordinären gelben Plastik wie der seine – heller leuchtete und dass sogar der Müll in ihm eine kräftigere Farbe hatte als seiner. Es muss ihm auch aufgefallen sein, wie frisch und sauber ihr Kleid war, wie es sich an ihre starken, gesunden Beine schmiegte, was für einen süßen Duft sie verströmte und wie sehr ihre Haut in dem schwindenden Tageslicht leuchtete, wie ihre Augen von dem ständigen Ausdruck eines geradezu rauschhaften Glücks glitzerten, und wie ihr helles, üppiges, von Haarnadeln zusammengehaltenes Haar wie Silber schimmerte. Er hatte sich über seinen Eimer gebeugt und kratzte die Innenseite mit einem stumpfen Jagdmesser aus, als sie herauskam und über die Pflastersteine zu ihm hinglitt.

Es war da schon so dunkel, dass für ihn zunächst nur das Weiß ihres Kleides deutlich sichtbar war. Er schwieg – denn aus einer schier skrupulösen Höflichkeit heraus hätte er niemals als Erster das Wort an einen Bewohner des Vorderhauses gerichtet – und wandte seinen Blick rasch wieder von ihr ab. Aber nicht rasch genug, denn sie erwiderte seinen Blick und sprach ihn an.

Sie sagte wohl irgendetwas Belangloses, etwa, wie mild dieser

Abend war. Hätte sie nichts gesagt, wäre sein rasender Zorn vielleicht nicht durch den sanften Klang ihrer Stimme geweckt worden. Aber in diesem Augenblick muss er begriffen haben, dass der Abend für ihn niemals so mild sein konnte wie für sie. Oder es war etwas anderes in ihrer Stimme – etwas zu Freundliches, etwas andeutungsweise Herablassendes, gerade genug, dass er begriff, dass er verdammt war dort zu bleiben, wo er war –, und darum verlor er die Kontrolle. Er fuhr pfeilgerade in die Höhe, als wäre etwas in ihm ausgerastet, und mit einer einzigen Handbewegung stieß er ihr das Messer in den Hals.

Ich beobachtete alles von oben. Es lief sehr schnell und ruhig ab. Ich bewegte mich nicht. Eine Zeit lang wurde mir gar nicht richtig bewusst, was ich gesehen hatte: das Leben ist so ereignislos hier hinten, dass ich die Fähigkeit zu reagieren beinahe verloren hatte. Aber irgendetwas an dem Anblick zog mich in seinen Bann: er war ein starker, gut gewachsener Mann, und sie war zart und anmutig wie ein Reh. Seine Bewegung war von einer schier klassischen Grazie; und sie sank auf das Pflaster hinunter, still wie Nebel, der an der Oberfläche eines Teiches hinschmilzt. Selbst als ich wieder einen Gedanken fassen konnte, rührte ich mich nicht.

Während ich zusah, kamen mehrere Leute zum Hinterausgang des Vorderhauses und Vordereingang unseres Hauses und hielten mit ihren Mülleimern plötzlich inne, als sie sie da liegen und ihn reglos über ihr stehen sahen. Der Eimer zu seinen Füßen war leer, sauber ausgekratzt, der Griff ihres Eimers steckte noch immer in ihrer verkrampften Hand, und um sie herum verstreut lag ihr Müll, was für uns seltsamerweise fast ebenso schockierend war wie die Mordtat selbst.

Mehr und mehr Mieter strömten zusammen und schauten von ihren Eingängen aus zu. Ihre Lippen bewegten sich, aber ich konnte sie bei dem Lärm, der von überall her aus den Fernsehern drang, nicht hören.
Ich glaube, der Grund, weshalb keiner auf der Stelle etwas unternahm, war, dass sich der Mord in einer Art Niemandsland zugetragen hatte. Wäre er in unserem Haus passiert oder in ihrem, hätte man sofort Schritte unternommen – langsam in unserem Haus, entschlossen in ihrem. Aber so wie die Dinge lagen, waren die Leute im Zweifel: Die aus dem Vorderhaus zögerten, sich so weit herabzulassen, dass man sie vielleicht mit hineinzog, und die Leute in unserem Haus zögerten, sich so weit vorzuwagen. Schließlich war es die Concièrge, die die Sache in die Hand nahm. Die Leiche wurde vom Gerichtsmediziner fortgeschafft, und Monsieur Martin fuhr mit der Polizei weg. Nachdem sich die Menge zerstreut hatte, kehrte die Concièrge den Abfall weg, wusch die Pflastersteine auf und brachte jeden Abfallkübel zu der Wohnung zurück, wo er hingehörte.
Ein oder zwei Tage lang waren die Bewohner beider Häuser offensichtlich erschüttert. Man unterhielt sich in den Treppenhäusern: in unserem Haus erhoben sich die Stimmen wie der Wind vor einem Sturm in den Bäumen; das ihre hallte vom Maschinengewehrfeuer mächtiger und volltönender Silben wider. Begegnungen zwischen den Mietern der beiden Häuser wurden gewalttätiger: Leute aus unserem Haus schraken vor den anderen zurück, wenn wir ihnen auf der Straße begegneten, und irgendetwas in unseren Gesichtern ließ ihre Gespräche verstummen, sobald wir in Hörweite waren.
Dann aber wurde es wieder still in den Korridoren, und

eine Zeitlang schien es so, als hätte sich nur wenig geändert. Vielleicht war dieser Vorfall so weit jenseits unseres Begriffsvermögens, dass er uns nicht tangierte – so dachte ich. Der einzige Unterschied war dieser leere Ausdruck, der auf den Gesichtern der Bewohner in meinem Haus zu liegen schien, ganz so, als stünden sie unter Schock. Aber allmählich begriff ich, dass der Vorfall einen tieferen Eindruck hinterlassen hatte. Misstrauen lag in der Luft, Unbehagen. Die Leute im Vorderhaus fürchteten sich jetzt vor uns aus dem Hinterhaus, und wir redeten überhaupt nicht miteinander. Mit dem Mord an der Frau aus dem Vorderhaus hatte Monsieur Martin mehr getan als nur einen Menschen zu töten: unter den Augen der Leute aus dem Vorderhaus verloren wir auch noch den letzten Rest von Selbstachtung, weil wir alle zusammen die Verantwortung für das Verbrechen auf uns nahmen. Es machte jetzt keinen Sinn mehr, so zu tun, als ob. Es ist richtig, ein paar berührte es nicht und sie stellten sich weiterhin voll Stolz in den Lumpen ihrer Würde zur Schau. Aber in den meisten Bewohnern des Hinterhauses ging eine Veränderung vor.

Mir gegenüber, auf der anderen Seite des Flurs, wohnte eine Krankenschwester. Jeden Morgen, wenn sie von der Arbeit nach Hause kam, hörte ich den schweren eisernen Schlüsselring gegen die Holztür ihrer Wohnung schlagen und ihre Schlüssel sich klappernd im Schlüsselloch drehen. Am späten Nachmittag kam sie wieder heraus, schlurfte auf kleinen Stoffflicken durch den Flur und staubte das Geländer ab. Nunmehr saß sie hinter ihrer Tür, hörte Radio und hustete dabei leise. Die ältere der Lamartine-Schwestern, die ihre Tür immer einen Spaltbreit offen ließ und die Unterhaltungen im Treppenhaus belauschte – was sie manchmal so sehr in Aufregung versetzte, dass sie ihre scharfe Nase durch den Spalt herausstreckte, um ihren Senf dazuzugeben –, zeigte sich jetzt überhaupt nicht mehr, außer an Sonntagen, wenn sie unter einem blauen Schleier, der ihren Kopf bedeckte, zur Frühmesse ging. Meine Nachbarin im zweiten Stock, Madame Bac, ließ ihre Wäsche bei jedem Wetter tagelang draußen hängen, bis ihr säuerlicher Geruch zu meinem Sitzplatz hochstieg. Viele Mieter säuberten jetzt ihre Fußabstreifer nicht mehr. Die Leute schämten sich ihrer Kleidung und zogen Regenmäntel über, wenn sie außer Haus gingen. Ein muffiger Geruch erfüllte die Gänge: Lieferjungen und Versicherungsvertreter sahen unbehaglich drein, wenn sie treppauf und treppab tappten. Am schlimmsten war, dass alle mürrisch und niederträchtig wurden: Wir hörten auf, miteinander zu reden, tischten Außenstehenden irgendwelche Geschichten auf und hinterließen den anderen auf den Treppenabsätzen unseren Schmutz.

Sonderbarerweise leiden viele Doppelhäuser der Stadt wie unseres unter schlechten Beziehungen: Normalerweise herrscht zwischen den zwei Häusern ein labiler Zustand der Waffenruhe, bis es durch irgendeinen Vorfall zu einer Explosion kommt und die Situation schlimmer wird. Die Leute in den Vorderhäusern verschanzen sich dann hinter ihrer kühlen Würde und die Leute in den Hinterhäusern verlieren ihr Selbstvertrauen, die Gesichter grau vom Gefühl der Schande.

Unlängst ertappte ich mich dabei, wie ich gerade einen Apfelbutzen in den Hof werfen wollte, und ich begriff, wie sehr ich schon unter dem Einfluss des Hinterhauses stehe. Meine Fensterscheiben sind trüb und feine Staubschnörksel verzieren die Kanten der Scheuerleisten. Wenn ich jetzt nicht

wegziehe, werde ich dazu bald nicht mehr imstande sein. Ich muss mir in einem anderen Teil der Stadt eine Wohnung mieten und meine Siebensachen packen.
Ich weiß – wenn ich mich dann von meinen Nachbarn, mit denen ich einmal ganz gut auskam, verabschieden möchte, werden ein paar ihre Tür erst gar nicht aufschließen, und andere werden mich ansehen, als würden sie mich nicht kennen. Es wird aber auch ein paar wenige geben, die genug von ihrem ehemaligen Widerstandsgeist und wilden Stolz zusammenkratzen werden, um mir die Hand zu schütteln und Glück zu wünschen.
Wenn ich dann den Ausdruck der Hoffnungslosigkeit in ihren Augen entdecke, werde ich mich dafür schämen, dass ich wegziehe. Egal, nach ein paar Jahren, denke ich, wird alles wieder seinen gewohnten Gang gehen. Die Gewohnheit wird die Leute hier hinten wieder zu ihrer schäbigen Sauberkeit zurückkehren lassen, zu ihrem gallenbitteren morgendlichen Tratsch über die Leute vom Vorderhaus, zu ihrer Knickrigkeit bei kleinen Einkäufen, ihrem Gefühl für Anstand, solange dieser nichts kostet – und wenn dann die Leute der beiden Häuser wegziehen und durch Fremde ersetzt werden, wird die ganze Sache allmählich ad acta gelegt werden und in Vergessenheit geraten. Die einzigen Opfer werden schließlich Monsieur Martins Frau sein, Monsieur Martin selbst und die freundliche Dame, die Monsieur Martin umgebracht hat.

Der Ausflug

Ein Zornesausbruch neben der Straße, eine Weigerung, auf dem Fußpfad zu sprechen, ein Schweigen im Kiefernwald, ein Schweigen beim Überqueren der alten Eisenbahnbrücke, ein Versuch, im Wasser freundlich zu sein, eine Weigerung, den Streit auf den flachen Steinen zu beenden, ein wütender Aufschrei auf dem steilen lehmigen Ufer, ein Weinen unter den Büschen.

Beispiele von Konfusion

1

Spätnachts, auf dem Heimweg, blicke ich durch die Glasfront einer Cafeteria. Sie ist ganz in Orange gehalten, mit massenweise Reklame, Theke und Hocker leer, weil das Lokal geschlossen ist, und weit hinten, im Spiegel entlang der Rückseite, noch hinter der Tiefe des Lokals und der Tiefe des widergespiegelten Lokals, im Dunkel dieses Spiegels, das das Dunkel der Nacht hinter mir ist oder nicht, der Straße, auf der ich gehe, in der, hinter meinem Rücken, die dunkle Borough Hall mit ihrer Kuppel steht, obwohl diese im Spiegel nicht sichtbar ist, sehe ich meine weiße Jacke gespenstisch körperlos flattern und sich bewegen, weil es spät ist. Ich denke, wie weit weg ich bin – wenn das ich bin. Denke dann, wie weit zumindest dieses flatternde weiße Ding ist – dafür dass ich es bin.

2

Ich sitze auf dem Boden des zu meinem Hotelzimmer gehörenden Badezimmers. Es ist kurz vor Tagesanbruch, und ich habe zu viel getrunken, so dass mich verschiedene einfache Dinge zutiefst überraschen. Oder sie sind eben nicht einfach. Das Hotel ist sehr still. Ich blicke hinunter zu meinen nackten

Füßen auf den Fliesen und denke: Das sind ihre Füße. Ich stehe auf und blicke in den Spiegel und denke: Da ist sie. Sie sieht dich an.
Dann begreife ich und sage zu mir: Du musst *sie* sagen, wenn es außerhalb von dir ist. Wenn dein Fuß dort drüben ist, ist er von dir entfernt und ist *ihr* Fuß. Im Spiegel erblickst du etwas wie dein Gesicht. Es ist *ihr* Gesicht.

3

Ich bin an diesem Tag voll niederträchtiger und böser Gefühle – voll bösen Willens gegenüber jemandem, den ich, meine ich, lieben sollte, und voll bösen Willens gegen mich selbst, und ganz entmutigt, was die Arbeit angeht, die ich erledigen sollte. Ich sehe aus dem Fenster des von mir geborgten Hauses, aus dem engen Fenster des kleinsten Zimmers. Plötzlich ist er da – mein eigener Geist: ein alter weißer Hund mit krummen Beinen und hin und her schwankendem Kopf, der mit einem verrückten, grau-starigen Auge um die Ecke der Eingangsterrasse starrt.

4

Während des kurzen Stromausfalls spüre ich, dass mein eigener Strom ausgefallen ist und dass ich unfähig sein werde zu denken. Ich fürchte, der Stromausfall könnte nicht nur die von mir geleistete Arbeit gelöscht haben, sondern auch einen Teil meiner eigenen Erinnerung.

5

Ich fahre durch den Regen und sehe vor mir, mitten auf der Fahrbahn, ein schrumpeliges Ding liegen. Ich denke, es ist ein Tier. Ich empfinde Trauer um das Tier und um alle Tiere, die ich jemals auf der Straße und am Straßenrand habe liegen sehen. Als ich näher komme, bemerke ich, dass es kein Tier ist, sondern eine Papiertüte. Nun kommt ein Augenblick, in dem meine Trauer von vorhin immer noch da ist, zugleich mit der Papiertüte, so dass ich Trauer über die Papiertüte zu empfinden scheine.

6

Ich säubere den Küchenboden. Ich fürchte mich davor, einen bestimmten Anruf zu machen. Es ist jetzt neun, und ich bin mit dem Boden fertig. Wenn ich diese Kehrichtschaufel aufhänge, wenn ich diesen Eimer wegstelle, dann steht nichts mehr zwischen mir und dem Anruf, so wie in W.s Traum, als er keine Angst vor seiner Exekution hatte, bis sie kamen, um ihn zu rasieren, und plötzlich nichts mehr zwischen ihm und seiner Exekution stand.
Um neun fange ich an zu zögern. Ich denke, es muss fast schon halb zehn sein. Als ich aber auf die Uhr sehe, stelle ich fest, dass erst fünf Minuten vergangen sind: die Länge der Zeit, die ich vergehen spüre, ist in Wirklichkeit bloß die Unermesslichkeit meines Zögerns.

7

Ich lese einen Satz eines bestimmten Dichters, während ich meine Möhre esse. Dann – obwohl ich weiß, dass ich den Satz gelesen habe, obwohl ich weiß, dass ihm meine Augen gefolgt sind und ich seine Worte in meinen Ohren gesprochen gehört habe – bin ich sicher, dass ich ihn nicht wirklich *gelesen* habe. Ich meine, *verstanden* habe. Ich mag ihn allerdings *verzehrt* haben, denn ich war schon dabei die Möhre zu essen. Die Möhre war auch eine Zeile.

8

Spätabends bin ich schon durcheinander vom Trinken und von all den Kurven und Krümmungen der Straßen, durch die er mich gelotst hat, nun hat er den Arm um mich gelegt und fragt mich, ob ich weiß, wo ich jetzt bin, in dieser Stadt. Ich kann es nicht genau sagen. Er führt mich ein paar Treppen hoch, in eine kleine Wohnung. Sie kommt mir vertraut vor. Jedes Zimmer kann aussehen wie ein Zimmer, an das man sich aus einem Traum erinnert, und jeder Durchgang in ein anderes Zimmer kann das auch, aber ich nehme es länger in Augenschein und ich weiß, da war ich schon einmal. Es war ein anderer Monat, ein anderes Jahr, er war nicht hier, jemand anderer war hier, ich kannte ihn nicht, und das hier war eine Wohnung, die einem Fremden gehörte.

9

Während ich an einem Tisch in einem Restaurant sitze und warte, kann ich aus meinem Augenwinkel wieder und wieder ein Kätzchen beobachten, das sich der weißen Marmortürschwelle des Restauranteingangs nähert, aber schaue ich dann hin, so ist es kein Kätzchen, das ich sehe, sondern der Schatten, den die Straßenlampe von einem Ast mit mittsommerlich großen Blättern wirft, die sich im Wind bewegen, der vom Ufer heraufweht.

10

Ich erwarte einen Anruf um zehn Uhr. Das Telefon läutet um 9:40. Ich bin im Obergeschoß. Weil ich das nicht erwartet habe, ist das Klingeln schärfer und lauter. Ich nehme den Hörer ab: Es ist nicht die Person, deren Anruf ich erwartet habe, und so ist auch die Stimme schärfer und lauter.

Jetzt ist es zehn. Ich gehe hinaus auf die kleine Eingangsterrasse vor dem Haus. Ich denke, mein Telefon könnte klingeln, während ich hier draußen bin. Ich gehe hinein, und das Telefon klingelt sofort, als ich drinnen bin. Aber wieder ist es jemand anderer, und später werde ich dann denken, dass nicht diese Person es war, sondern die andere, die, die anrufen hätte sollen.

11

Sein rechtes Bein liegt auf meinem rechten Bein, mein linkes Bein über seinem rechten Bein, sein linker Arm unter meinem Rücken, mein rechter Arm um seinen Kopf, sein rechter Arm quer über meiner Brust, mein linker Arm quer über seinem rechten Arm, und meine rechte Hand streichelt seine rechte Schläfe. Nun wird es schwierig zu sagen, welcher Teil welchen Körpers tatsächlich zu mir gehört und welcher zu ihm.

Ich streiche ihm über den Kopf, der an meinen gedrückt daliegt, und ich höre die Strähnen seines Haars leise an seinem Schädel scheuern, so als wäre es mein Haar und mein Schädel, an dem es scheuert, so als horchte ich jetzt mit seinen Ohren und aus dem Inneren seines Kopfes heraus.

12

Ich habe beschlossen, ein bestimmtes Buch mitzunehmen, wenn ich gehe. Ich bin müde und kann mir nicht vorstellen, wie ich es tragen soll, obwohl das Buch klein ist. Ich lese es, bevor ich gehe, und ich lese: *Das antike Armband, das sie mir gab, mit den Dutzenden ins mattierte Messing geätzten Blumen.* Nun denke ich, dass ich das Buch um mein Handgelenk tragen kann, wenn ich ausgehe.

13

Ich blicke zum Fenster der Cafeteria hinaus und erwarte, eine Freundin zu sehen. Sie hat sich verspätet. Ich fürchte, sie wird nicht her finden. Da nun alle Leute, die auf der Straße vorbeigehen, meiner Freundin so gar nicht ähnlich sehen, habe ich das Gefühl, sie sei noch immer weit weg oder gar schon verloren. Aber wenn eine Frau vorbeigeht, die ihr ähnlich sieht, dann denke ich, sie ist in der Nähe und wird gleich erscheinen; und je mehr Frauen vorbeigehen, die ihr ähnlich sehen oder je ähnlicher sie ihr sehen, desto näher ist sie, denke ich, desto wahrscheinlicher ist es, dass sie erscheinen wird.

14

Alles sprach dagegen, mich zu dieser Party einzuladen, und kein Mensch redet mit mir. Ich glaube, die Einladung war für jemand anderen bestimmt.
Den ganzen Tag gibt mir die Uhr auf meine Frage nach der Zeit rechtschaffen Auskunft, und weil ich mich frage, wie der Titel jenes Buches hieß, blicke ich in Erwartung einer Antwort auf das Ziffernblatt der Uhr.
Ich habe den Bus nur um ein Haar nicht versäumt, und so glaube ich immer noch, dass ich nicht drin bin.
Weil der Tag beinahe um ist, denke ich, dass die Woche beinahe um ist.
So etwas gerade zu mir zu sagen, war so eigentümlich, dass ich nicht glaube, es ist zu mir gesagt worden.
Weil mir dieser Spezialist brauchbare Informationen über

sein Spezialgebiet gab, und zwar Gartenkultur, glaube ich, dass er mich auch in einem anderen Gebiet beraten kann – intrafamiliäre Beziehungen.
Ich hatte so große Mühe, diesen Ort zu finden, dass ich glaube, dass ich ihn nicht gefunden habe. Ich rede mit der Person, deretwegen ich herkam, aber ich glaube, er ist noch immer allein und wartet auf mich.

15

Die Decke ist so hoch oben, dass sich das Licht unter dem Dachfirst verliert. Man braucht lang, bis man am Ende angelangt ist. Überall liegt Staub, eine gleichmäßige Schicht aus hellgelbem Staub; hinter jeder Ecke: ein Tisch auf Rollen und auf ihm ein Reißbrett, ein ans Brett festgepinntes Papier. Um die nächste Ecke und die nächste: ein Bild an der Wand, halb fertig, und davor auf dem Boden Farbdosen, Pinsel quer über den Dosen und Eimer voll seifigen Wassers in den Farben rot oder blau. Nicht alle Farbdosen sind staubig. Nicht die ganze Fläche des Bodens ist staubig.
Zunächst scheint es klar, dass dieser Ort nicht Teil eines Traums ist, sondern ein Ort, durch den man sich im Wachen bewegt. Aber wenn man um die allerletzte Ecke biegt, in den hintersten Teil, wo die Staubschicht über den Kohlestiften aus Paris am dicksten ist und wo ein vergilbtes Stück Musselin vor dem Fenster an zwei Stellen symmetrisch eingerissen ist, so dass man durch zwei kleine staubige Fensterscheiben einen weißen Himmel erblicken kann, in einen Teil des Dachbodens, den man vergessen oder aufgegeben zu haben

scheint oder welcher zumindest länger als der Rest nicht in seiner Ruhe gestört wurde, dann ist man nicht sicher, ob dieser Ort nicht Schauplatz eines Traums ist, obwohl es schwer ist zu entscheiden, ob er nicht zur Gänze in diesem Traum liegt oder aber vielleicht nur zum Teil, und wie er plötzlich in diesen Traum kommt und in diesen Wachzustand – ob man in diesem Wachzustand dasteht und durch einen Durchgang in diesen staubigeren Teil hineinsieht, in diesen Traum, oder ob man aus diesem Wachzustand um eine Ecke biegt, in jenen dichter von Staub bedeckten Teil, in das stärker gefilterte Licht des Traums hinein, das Licht, das durch den vergilbten Stoff hereindringt.

Langweilige Freunde

Wir kennen nur vier langweilige Leute. Alle übrigen Freunde finden wir interessant. Aber die meisten Freunde, die wir interessant finden, finden uns langweilig: die interessantesten finden uns am allerlangweiligsten. Den wenigen, die irgendwo in der Mitte stehen und die ein wechselseitiges Interesse haben, misstrauen wir: Wir haben das Gefühl, sie könnten von einem Moment zum nächsten zu interessant für uns werden oder wir zu interessant für sie.

Geschworenenpflicht

F.

A. Geschworenenpflicht.

F.

A. Am Abend davor hatten wir gestritten

F.

A. Die Familie.

F.

A. Wir waren vier. Nun, einer lebt nicht mehr zu Hause. Aber an diesem Abend war er zu Hause. Er wollte am nächsten Morgen wegfahren – an dem Morgen, an dem ich in den Gerichtssaal musste.

F.

A. Alle vier haben wir uns gestritten. Jeder mit jedem. Ich habe gerade versucht, das wieder auf die Reihe zu kriegen. Es gibt so viele verschiedene Kombinationen, in denen vier Leute streiten können: einer gegen einen, zwei gegen einen, drei gegen einen, zwei gegen zwei usw. Ich bin sicher, dass wir in so ziemlich jeder möglichen Kombination gestritten haben.

F.

A. Ich kann mich jetzt nicht erinnern. Komisch. Wenn man bedenkt, wie aufgeheizt die Sache war.

F.

A. Nun, ich setzte den älteren Jungen in den Bus und fuhr weiter zum Gericht. Nein, das stimmt nicht. Er blieb allein zu Hause, ein paar Stunden konnte er ruhig allein zu Hause sein. Er sollte vor dem Haus in den Bus steigen. Das klappte auch gut, und als ich später nach Hause kam, war er weg. Soweit ich das beurteilen konnte, hatte er nichts genommen.

F.

A. Das ist eine lange Geschichte.

F.

A. Der Jüngere war in der Schule, und mein Mann war bei der Arbeit. Ich musste um neun Uhr bei Gericht sein. Es war ein Montag.

F.

A. Ich hatte mich etwas verspätet – ich hatte Probleme, einen Parkplatz zu finden. Aber weil ich mich schon verspätet hatte, war der Parkplatz natürlich voll. Die meisten anderen waren schon da. Ein paar Leute kamen nach mir herein.

F.

A. Ein großes altes Gebäude in der Oberstadt, sehr alt. Es war das gleiche Gerichtsgebäude, in dem Sojourner Truth ausgesagt hat, als …

F.

A. Sojourner Truth.

F.

A. Sojourner.

F.

A. Sie war eine ehemalige Sklavin, die in den 1850er Jahren für die Rechte der Frauen gekämpft hat. Das stand auf der historischen Gedenktafel, die vor dem Gebäude angebracht ist. Es hieß auch, dass sie Analphabetin war.

F.

A. Sojourner Truth hat in demselben Gebäude als Zeugin ausgesagt, wahrscheinlich in eben dem Gerichtssaal, in dem wir saßen. Das haben sie uns allerdings nicht gesagt, man stelle sich das vor, obwohl man meinen würde, sie hätten es eigentlich tun müssen, nachdem sie uns doch erzählten, dass der Saal gerade erst vollständig restauriert worden war. Und dabei haben sie uns geradezu aufgefordert, ihn zu bewundern. Das war sonderbar, unter den gegebenen Umständen.

F.

A. Sonderbar, dass sie mitten all der Anweisungen, die sie uns gaben, vom Gebäude und der Architektur zu reden anfingen. So als wären wir auf Besichtigungstour da und nicht, weil wir da zu sein hatten.

F.

A. Er sah wie ein großer Lesesaal einer alten Bibliothek aus. Oder wie einer dieser großen Wartesäle in einem alten Bahnhof, mit hohen Decken – in New Haven gibt's einen und dann natürlich die Grand Central.

F.

A. Holzbänke, genau genommen. Wie in einer Kirche oder in einem alten Bahnhof. Aber bequem. Erstaunlicherweise.

F.

A. Ungefähr 175.

F.

A. Sie waren sehr leise. Ein paar lasen, ein paar sprachen sehr leise miteinander, bloß ein paar wenige. Ich vermute, sie hatten einen Bekannten entdeckt, oder sie wollten sich bloß so mit ihrem Nachbarn unterhalten.

F.

A. Nein, um ehrlich zu sein – ich habe mit keinem von ihnen gesprochen. In meiner Nähe saß ein älterer Italiener. Er konnte nichts von dem, was sie sagten, verstehen, kein Wort, also erklärte ich ihm, was sie von uns erwarten. Er erzählte, dass er früher unten in der Stadt im *Garment District* gearbeitet hat. Er war Schneider.

F.

A. Die meisten saßen bloß da und blickten in die Runde oder starrten gerade vor sich hin. Sie waren sehr gelassen. Und sie passten auch sehr genau auf. Sie hatten sicher das gleiche Gefühl wie ich: dass jeden Augenblick etwas passieren könnte und dass man uns auffordern könnte, etwas zu tun, irgendwohin zu gehen. Alle waren voller Erwartung, all die Leute da unter dieser extrem hohen Decke.

F.

A. Nun, zuerst haben sie uns alle dem Namen nach aufgerufen – einen Namen nach dem anderen. Die meisten von uns waren da. Dann haben sie uns etwas davon erzählt, wie es ablaufen würde. Dann haben wir gewartet.

F.

A. Ich weiß nicht – eine Stunde vielleicht.

F.

A. Ich habe vergessen, worauf wir gewartet haben. Hatte irgendwas mit den Richtern zu tun oder mit dem Fall. Wir haben ziemlich lang gewartet.

F.

A. Eine Stunde später gab's dann eine weitere Anweisung. Ich glaube, man sagte uns, wir könnten 20 Minuten hinausgehen – um eine Zigarette zu rauchen oder auf die Toilette zu gehen. Ich sagte zu dem Italiener, er müsse in 20 Minuten unbedingt wieder da sein.

F.

A. Irgendeiner, der bei Gericht angestellt war, irgendein Gerichtsbeamter. Ich habe vergessen, ob sie es uns gesagt haben. Zuerst hat uns ein Mann in groben Zügen darüber aufgeklärt, wie der Tag aussehen würde, und die Woche. Danach eine Frau. Wir wussten trotzdem noch immer nicht so recht, was wir zu erwarten hatten. Es ist komisch, wenn man darüber nachdenkt, aber wir hätten alles getan, was man uns sagte, egal, was. Sie hätten zu uns sagen können, wir sollen in ein anderes Zimmer gehen und uns hinsetzen, und wir hätten es getan. Sie hätten zu uns sagen können, wir sollen zurückkommen und uns hinsetzen. Sie hätten zu uns sagen können, eine Hälfte solle in ein anderes Zimmer gehen, und wir hätten es getan. Wir haben ihnen sehr vertraut.

F.

A. Sehr rücksichtsvoll. Sehr gelassen, rücksichtsvoll. Sie sagten etwas, und dann gingen sie weg, zu einer Tür hinaus, kamen wieder zurück, um etwas anderes zu sagen. Sie haben von irgendwelchen Papieren aufgesehen und etwas zu uns gesagt, beinahe auf vertrauliche Weise, so als wären wir gar nicht so viele auf einem Haufen. Und auch sehr respektvoll. Es war sehr beruhigend. So als würden sie uns so freundlich wie möglich behandeln, weil sie uns gleich eine schlimme Mitteilung machen würden. Und wir konnten nichts dazu sagen. Man hat uns nicht dazu ermutigt, aber wir haben uns auch nicht getraut.

F.

A Nein, das war es nicht. Ich habe darüber nachgedacht. Der erste Gedanke war: Kirche, dann ein Treffen der Anonymen Alkoholiker, dann etwas wie ein Opern- oder Konzertbesuch. Ich dachte an eine große Bürgerversammlung. Aber es war anders. Es war viel friedlicher. Zum einen haben wir nicht geredet, keiner von uns hat geredet, wirklich wahr. Sollten wir auch nicht. Und dazu kam: Es war friedlich, weil wir auf nichts gewartet haben, wir waren nicht hergekommen, weil wir uns eine Art spirituelle Erhebung erwartet hätten oder Erneuerung. Wir taten auch nichts, wir warteten nicht einmal auf einen Zug oder auf eine Verabredung. Gewartet haben wir aber doch, aber wir wussten nicht, worauf wir warteten, wir wussten nicht, was uns erwartete. Vor uns war also diese Art leere Wand.

F.

A. Vor uns eine leere Wand, da, wo wir normalerweise den ganzen restlichen Tag vor uns hatten, wo man normalerweise mehr oder weniger wusste, was als Nächstes passieren würde.

F.

A. Ja, aber sie haben nicht viel erklärt, und keiner hat sich getraut zu fragen.

F.

A. Es war nicht emotional. Ein Kirchgang wäre emotional. Ein Treffen der Anonymen Alkoholiker oder auch ein Konzertbesuch wären emotional. Es war die unemotionalste Sache, die man sich vorstellen kann. Vielleicht war die Erleichterung deshalb so groß.

F.

A. Nach dieser schrecklichen Streiterei am Abend davor. Es war wie eine Art Therapie, eine Art Behandlung. Ein ärztliches Rezept. So als sollte ich mich nach einem solchen Streit bei irgendeiner Stelle melden, wo ich ganz still sitzen müsste, zwischen anderen Leuten, die ganz still da säßen, und alle würden wir sehr freundlich und rücksichtsvoll behandelt, bis es uns wieder richtig gutginge.

F.

A. Nicht so, wie wir das tun. Nicht so wie in unserer Familie. Es macht mir Angst. Es macht den Haustieren Angst. Weiß Gott, was das bei meinem Jüngeren bewirkt.

F.

A. Ja. Wir hatten keine Wahl. Es war nicht zu vermeiden. Laut Gesetz hatten wir da zu sein. Also gab's auch keine potentielle Konfliktsituation – soll ich da sein, soll ich nicht da sein? Und es ging ihnen dabei nicht um uns persönlich – es hatte absolut nichts mit uns als Personen zu tun, es war Zufall, man hatte uns nach dem Zufallsprinzip bestellt. Und wir waren nicht hier, weil wir etwas angestellt hatten. Wir waren unschuldig. De facto waren wir mehr als unschuldig. Wir waren gut. Wir waren gute Staatsbürger, so gut, dass wir über andere Bürger zu Gericht sitzen sollten. Laut Gesetz waren wir gut. Vielleicht ist das ein weiterer Grund, weshalb es so zutiefst beruhigend war. Es war nicht emotional, und es hatte nichts mit uns als Personen zu tun, und doch war da dieses Gefühl einer Anerkennung. Der Gesetzgeber ist der Meinung, du bist ein guter Mensch – oder zumindest gut genug.

F.

A. Ja, sie haben uns unten beim Seiteneingang, durch den wir hereinkamen, nach Waffen durchsucht. Den alten Vordereingang haben sie nicht mehr genommen. Wir gingen durch irgendwelche modernen, hässlichen Seitentüren und über ein paar Stufen hinunter, unter das Straßenniveau, und von da fuhren wir im Lift in den ersten Stock.

F.

A. Es gab einen Metalldetektor und einen Wachebeamten, der unsere Taschen und Handtaschen untersuchte. Auch er war sehr freundlich und rücksichtsvoll. Er lächelte auf eine freundliche Art. Auf dem Schild stand: »Ab hier keine Waffen«, oder so ähnlich. Auf eine symbolische Art und Weise war es also so, dass auch wir alles dalassen sollten, womit wir kämpfen konnten. Wir sollten nicht da hinein gehen und kämpfen. Jeder, der durch den Metalldetektor ging und dann weiter, war beinahe erklärtermaßen ungefährlich.

F.

A. Ja, so als befänden wir uns in einem Schwebezustand, als wäre alles in unserem Leben in Schwebe, in Warteposition. Wir warteten.

F.

A. Ja, ich dachte an das Wort geduldig. Aber das war es nicht. Geduld ist etwas, das man in einer angespannten Situation braucht, in einer Situation, in der man es mit etwas Unangenehmem oder Schwierigem zu tun hat. Das hier war nicht schwierig. Was ich sagen will: Wir hatten da zu sein, und das machte uns frei von jeglicher persönlichen Verantwortung. Ich glaube nicht, dass es etwas Vergleichbares gibt. Dazu kommt dann noch die Größe dieses Raums. Stellen Sie sich vor, es wäre ein kleiner, überfüllter Raum mit niedriger Decke gewesen. Oder die Leute wären laut und geschwätzig gewesen. Oder die Diensthabenden wären gereizt oder grob gewesen.

F.

A. Und dann: Die Frau hatte eine Trommel, in der alle unsere Namen waren. Sie drehte die Trommel und zog jeweils einen Namen heraus, einen nach dem anderen, und die Leute mussten dann hinauf gehen und sich auf die Geschworenenbank setzen und sich interviewen lassen. Nun kommt wohl der interessante Teil – das dachte ich.

F.

A. Nein, wir mussten alle dableiben. Auch wir anderen mussten dableiben, für den Fall, dass diejenigen, welche befragt wurden, disqualifiziert oder der Geschworenenpflicht enthoben würden. Da es nach dem Zufallsprinzip ging, konnte jeder von uns als Ersatz für diese aufgerufen werden, also mussten wir alle dableiben.

F.

A. Wieder sehr rücksichtsvoll und sehr respektvoll. Haben sie beim Vornamen aufgerufen – feinfühlig, wie ein Arzt oder eine Krankenschwester.

F.

A. Es hatte etwas überraschend Aufregendes. Etwas Zeremonielles. Die Spannung, bevor sie die Namen aufrief – und jeder dachte natürlich, sein Name könnte als Nächster dran sein. Nachdem die Namen aufgerufen waren, mussten sie vor allen Leuten hinaufgehen und dann mussten sie diese persönlichen Fragen beantworten, und dabei hörten ihnen alle zu und beobachteten sie. Wir waren so viele. Wir hatten keine Ahnung, wer diese vielen Leute waren. Dann wurden von einigen von uns die Lebensläufe offengelegt, und wir anderen saßen da und hörten zu. Wir erfuhren alles Mögliche über diese Leute, wir hörten uns ihre Lebensgeschichten an. Nun kannten wir die Namen von ein paar von ihnen. Es hatte etwas von einem indianischen Ritual, von einer Navajo-Zeremonie.

F.

A. Nun – manche Fragen würde man erwartet haben, ein paar allgemeine Fragen, wie: Sind Sie berufstätig? Wie verdienen Sie sich Ihren Lebensunterhalt? Haben Sie Familie? Dann die spezifischeren Fragen: Können Sie Auto fahren? Waren Sie schon einmal in einen Unfall verwickelt. Haben Sie einen Verwandten oder Verwandte bei der Polizei? Haben Sie Verwandte in der Versicherungsbranche? Kennen Sie den *Palisades Parkway*?

F.

A. Den Abschnitt unmittelbar oberhalb der Autobahnausfahrt 11?

F.

A. Es hat lange gedauert. Ich konnte nicht sehr gut verstehen.

F.

A. Ganz entspannt. Sie redeten sie mit ihren Vornamen an. Und dann gab es diese vielen Pausen. Frage. Pause. Ein Anwalt zog einen anderen Anwalt zur Konsultation hinzu, und alle anderen haben gewartet, so ruhig, so fügsam. Diese ruhigen Stimmen, und dann lange Schweigepausen, und dabei diese erwartungsvolle Stimmung.

F.

A. Nun, zu Beginn waren sie etwas Besonderes, *die Auserwählten*. Da oben, vor aller Augen. Ich verstand ihre Antworten gut genug, um zu entscheiden, ob sie mir gefielen oder ob sie mir nicht gefielen. Eine Frau war Immobilienmaklerin, geschieden – eine kalte, angespannte Person. Beinhart. Ich konnte sie nicht leiden. Nach ihr kam ein großer, starker Mann, Künstler, Familienmensch, offensichtlich ein netter Bursche. Ich mochte ihn auf Anhieb. Ein College-Student war dabei, der befürchtete, dass er zu viele Vorlesungstage versäumen würde, aber sie haben ihm dann klar gemacht, dass es ein kurzer Prozess werden und dass er vielleicht sogar mehr versäumen würde, wenn er nicht an dieser Geschworenenjury teilnähme. Also entschied er sich für die Jury. Und als er dann in der Jury war, musste man ihn als jemanden Besonderen ansehen, weil er so jung war – er war gewissermaßen das Kind unter den Juroren, ein Wunderkind, jung, aber doch klug genug, um zu Gericht zu sitzen, einer, dessen sich die älteren Leute annehmen würden. Und nach einer Weile fing man dann sogar an, eine Abneigung gegen ihn zu empfinden, und man verübelte ihm, dass er so jung war, und so anmaßend, dass er vor den anderen gesagt hatte, er würde vielleicht nicht tun, wozu er aufgefordert worden war, und dass er das Wunderkind war, so jung und so intelligent und so von den anderen umsorgt.

Diejenigen also, die in der Jury verblieben, waren *die Aus-*

erwählten. Und die, die nach all den Befragungen ihrer Geschworenenpflicht enthoben wurden, sie wurden, nachdem sie nach ihrer Pflichtenthebung und vor den Augen der anderen zu ihren Sitzen zurückgehen mussten, die *Nicht*auserwählten, die ihr gesamtes, ganz besonderes Prestige verloren hatten und nun wieder gewöhnliche Menschen und damit nichts Besonderes mehr waren. Oder, richtiger: Diejenigen, die aus offensichtlichen oder materiellen Gründen abgewiesen wurden, wurden wieder zu etwas ganz Gewöhnlichem. Aber diejenigen, die aus undurchschaubaren Gründen abgewiesen worden waren, aus Gründen, die möglicherweise etwas nicht eben Vorteilhaftes über ihr Leben oder über ihre Person aussagten, sie waren nun nicht mehr bloß gewöhnliche Menschen, sie waren irgendwie für untauglich erklärt worden. Die anderen saßen noch immer da oben.

F.

A. Nein, nicht viele. Vielleicht drei oder vier. Einer, denke ich, weil er keine Arbeit hatte und seit elf Jahren nicht mehr Auto gefahren war – nein, noch länger nicht, seit 1979. Er erledigte seine Fahrten mit dem Rad. Es kam auch heraus, dass er 1979 in einen Unfall verwickelt gewesen war oder einen verursacht hatte. Er wurde angeklagt, hatte aber gewonnen. Man bekommt immer nur einen Teil der Geschichte mit.

F.

A. Er war formeller als die meisten anderen gekleidet, dunkler Anzug mit Krawatte. Aber er hatte lange Haare, einen Pferdeschwanz, und trug eine getönte Brille. Sie befragten ihn bezüglich seiner Brille.

F.

A. Ich war nicht überrascht, dass sie ihn enthoben. Er hatte keine Arbeit. Und es stellte sich auch heraus, dass er nicht verheiratet war und keine Kinder hatte. Aber sie müssen nicht sagen, warum sie einen entheben. Ich habe mich gefragt, wie es ihm dabei ging, als er zu seinem Sitz zurückging, und dann noch während des ganzen weiteren Tages. Er war so sorgfältig gekleidet, dass ich dachte, er sei möglicherweise stolz darauf gewesen, überhaupt als Geschworener ausgesucht worden zu sein. Dann schämte er sich vielleicht und fühlte sich gedemütigt, weil sie ihn schließlich doch nicht haben wollten.

F.

A. Ja, man hat noch einen enthoben, weil er einen Neffen bei der Polizei hatte.

F.

A. Nun, zur Mittagszeit waren alle ausgewählt, und man erlaubte uns, für eine Stunde wegzubleiben. An denen, die für die Jury ausgewählt worden waren, pinnten sie spezielle Schilder fest und wiesen sie an, mit niemandem zu reden, und untersagten uns, mit ihnen zu reden.

F.

A. Ja, ich ging zufällig ins gleiche Café wie eine der Geschworenen, und ich hab' ihr zugelächelt, und sie hat zurückgelächelt, sie hat gewusst, warum ich gelächelt habe, sie wirkte nett, aber ich getraute mich nicht einmal, Hi zu sagen.

F.

A. Ja, wir haben tatsächlich welche gesehen. Ich vermute, dass man sie direkt von nebenan hereingebracht hat. Das

Gefängnis ist, glaube ich, direkt im Nachbarhaus, und möglicherweise gibt es da einen unterirdischen Gang. Egal – wenn ich mich richtig erinnere, dann sind, gerade als ich am Morgen hereinkam und auf den Aufzug wartete, ein paar im Gänsemarsch durch eine andere Tür in den Flur im Keller gekommen und die Stufen neben dem Aufzug hochgestiegen. Ein Polizist ging vor ihnen her, ein zweiter hinter ihnen. Und als wir dann alle zu Mittag gingen und im Aufzug hinunterfuhren und durch diese Seitentüren hinausgingen, hat man sie ebenfalls hinunter- und durch die Tür im Flur des Kellers weggebracht. Und als wir dann vom Mittagessen zurück hereingekommen sind, hat man sie wieder hinaufgebracht. Ich hab' sie nicht gesehen, als wir am Nachmittag weggingen. Vermutlich waren sie in einem Gerichtssaal.

F.

A. Es waren vier oder fünf, alles Männer in orangenen Overalls. Sie waren in Handschellen, und jeder hatte eine Aktenmappe, die er vor sich hertrug. Sie redeten nicht und sahen ziemlich niedergeschlagen aus. Sie gingen im Gänsemarsch einer hinter dem anderen. Sie mussten alle ihre Arme und Hände mit diesen Aktenmappen wegen der Handschellen in der gleichen Position halten. Darum wirkten sie ein bisschen wie in einer Bühnenshow, aufeinander eingespielt.

F.

A. Ja, ich hatte dadurch noch mehr das Gefühl, gut beziehungsweise nicht schlecht zu sein. Dass alles ganz einfach war: manche Menschen waren gut, und manche Menschen waren nicht so gut. Es gab eben Leute, die ihr Leben anständig führten, und das konnte durch ein paar Fragen nachgewiesen werden. Und dann gab es Leute, die ihr Leben nicht anständig führten.

F.

A. Obwohl man eine starke Verbindung zu den anderen spürte, als wir während einer Pause alle draußen im Freien herumstanden. Das Gefühl, dass alle in einem Boot saßen, zufällig zusammengewürfelt.

F.

A. Ja, zu Mittag, als wir alle gleichzeitig hinausgingen, da hat mich das an etwas erinnert, aber ich wusste nicht genau an was. Und dann begriff ich, es waren Marienkäfer. Man kann eine Lieferung Marienkäfer bestellen, und dann bekommt man ein Paket mit ein paar hundert drin. Man bewahrt sie im Kühlschrank auf, bis es wärmer wird, und dann lässt man sie raus, damit sie im Garten futtern. Ein paar bleiben in der Nähe und futtern, und ein paar fliegen weg. Und genau so ist es auch gewesen. Man hat uns alle gleichzeitig in der Nähe rausgelassen, wir waren beinahe zweihundert, den meisten war die nähere Umgebung nicht vertraut, und so sind wir hinaus und haben uns nach einer Futterstelle umgesehen. Der Großteil blieb da und aß in der Nähe des Gerichtsgebäudes.

F.

A. Es war zwei Uhr, als wir endlich nach Hause fuhren. Sie hatten uns nach dem Mittagessen warten lassen – für den Fall, dass es eine weitere Auswahl für einen weiteren Prozess geben sollte, aber es gab keine weitere Auswahl, also hat man uns ziehen lassen. Sie haben uns aufgetragen, noch am selben Abend nach sechs Uhr anzurufen und in der Folge an jedem weiteren Abend dieser Woche, damit wir uns vergewissern, ob wir am Tag darauf hineinzukommen hätten. Ich rief in dieser Woche jeden Abend an, aber ich brauchte nicht wieder hineinzukommen. In gewisser Weise war auch das eine Art Therapie oder Disziplinierung. So als müsste ich darauf vorbereitet werden, die gleiche Arbeit wieder zu tun, und wenn ich vorbereitet war und das Richtige tat, dann konnte ich der Erfüllung meiner Pflicht enthoben werden. Also tat ich jeden Abend das Richtige, und jeden Abend enthob man mich meiner Pflicht und erlaubte mir, am nächsten Tag zu Hause zu bleiben.

F.

A. Nein, eigentlich nicht. Ich wäre gerne in einer Jury gewesen. Es hätte mich sehr interessiert. Gleichzeitig hatte ich aber zu Hause jede Menge Dinge zu erledigen.

F.

A. Ja, das war alles. Sonst brauchte ich nichts zu tun. Und in den nächsten zwei Jahren werde ich nicht in die Auswahl kommen.

F.

A. Ja.

Glückliche Erinnerungen

Ich stelle mir vor, dass ich, wenn ich alt bin, allein sein und Schmerzen haben werde und dass meine Augen zum Lesen zu schwach sein werden. Ich fürchte mich vor diesen langen Tagen. Ich mag es, wenn meine Tage glücklich sind. Ich versuche mir vorzustellen, auf welche Art und Weise ich diese schwierigen Tage glücklich verbringen könnte. Mag sein, dass das Radio genügt, um diese Tage auszufüllen. Ein alter Mensch hat sein Radio, habe ich sagen hören. Und ich habe sagen hören, dass er, zusätzlich zu seinem Radio, seine glücklichen Erinnerungen hat. Wenn seine Schmerzen nicht zu groß sind, kann er seine glücklichen Erinnerungen an sich vorüberziehen lassen und sich mit ihnen trösten. Aber dazu muss er glückliche Erinnerungen haben. Was mich beunruhigt, ist, dass ich nicht sicher bin, wie viele glückliche Erinnerungen ich haben werde. Ich bin nicht einmal sicher, was eine glückliche Erinnerung überhaupt ausmacht, eine, die einerseits tröstlich ist und mir andererseits Freude bereiten wird, wenn ich nichts anderes tun kann. Allein die Tatsache, dass ich mich jetzt über etwas freue, bedeutet noch nicht, dass daraus eine glückliche Erinnerung wird. Ich weiß de facto, dass viele Dinge, an denen ich mich jetzt erfreue, später keine guten, glücklichen Erinnerungen ergeben werden. Ich bin glücklich über meine Arbeit hier und jetzt, alleine an einem Schreibtisch. Diese Arbeit nimmt den Großteil jeden Tages in Anspruch. Aber wenn ich alt und die ganze Zeit alleine bin – wird es dann genügen, über die Arbeit nachzudenken, die ich früher getan habe? Was ich ebenfalls genieße, ist, am Abend, für mich allein ein Bonbon zu essen, während ich ein Buch lese, aber ich glaube, dass auch daraus noch keine gute, glückliche Erinnerung wird. Ich spiele gerne Klavier, ich beobachte gerne die Pflanzen, die im März in meinem Garten zu sprießen beginnen, ich führe gerne meinen Hund aus und schaue gerne zu ihm hinunter in sein Gesicht, in sein gutes Auge und in sein schlechtes Auge, ich sehe gerne den spätnachmittäglichen Himmel, besonders im November, ich streichle gerne meine Katzen, höre sie gerne maunzen und halte sie gerne im Arm. Aber ich fürchte, dass auch die Erinnerung an meine Haustiere nicht ausreichen wird, obwohl ich sie liebe. Es gibt Dinge, die mich zum Lachen bringen, aber oft sind es makabre Dinge, und aus denen wird auch keine gute, glückliche Erinnerung werden, es sei denn, ich teile sie mit jemand anderem. Dann ist es nicht der Spaß, sondern das Teilen der Erinnerung, das aus ihr eine glückliche Erinnerung macht. Mir scheint, als brauchte es für eine glückliche Erinnerung andere Menschen. Ich denke an all die verschiedenen Leute. Ich denke an die guten Begegnungen mit Leuten. Die meisten Menschen, mit denen ich am Telefon spreche, sind freundlich, selbst wenn ich mich in der Nummer geirrt habe. Ich habe eine glückliche Erinnerung daran, wie ich meinen Wagen an der Straßenseite angehalten habe, um mich mit einer Frau über ihren Garten zu unterhalten. Ich unterhalte mich mit den Leuten, die im Postamt und im Drogeriemarkt arbeiten, und ich habe mich regelmäßig mit den Leuten in der Bank unterhalten, bevor sie in der Vorhalle einen Geldautomaten aufgestellt haben. Als ein Mann kam, um den Luftentfeuchter im Untergeschoss zu reparieren, unterhielten wir uns über die Geschichte dieser Stadt. Ich genieße die Unterhaltung mit dem Bibliothekar weiter unten an der Straße. Ich freue mich über die freundlichen Nachrichten, die mich von Antiquariaten erreichen. Aber ich glaube nicht, dass aus irgendeiner dieser Begegnungen, wenn ich alt bin, eine Erinnerung werden wird, die mich tröstet. Vielleicht gibt es mit Menschen, die einem fremd sind oder mit denen man nur oberflächlich befreundet ist, gar keine glückliche Erinnerung. Es kann nicht sein, dass man im hohen Alter und in Schmerzen mit Erinnerungen zurückgelassen wird, die nur Leute betreffen, die einen vergessen haben. Die Leute in deinen glücklichen Erinnerungen müssen dieselben sein, die dich in *ihren* glücklichen Erinnerungen haben wollen. Aus einer beschwingten Dinnerparty wird noch keine gute, glückliche Erinnerung, wenn sich keiner der Anwesenden groß um die anderen gekümmert hat. Ich denke an die paar guten oder wichtigen Male des Zusammenseins mit mir Nahestehenden, um mich zu vergewissern, dass das gute, glückliche Erinnerungen ergeben würde. Einen Freund an einem sonnigen Tag an einer Eisenbahnstation abzuholen scheint zu einer guten, glücklichen Erinnerung geworden zu sein, obwohl wir später über ein paar problematische Dinge sprachen, wie Hunger oder Dehydrierung. Es gab Waldspaziergänge mit Freunden, mit denen man Pilze suchen ging, aus denen glückliche Erinnerungen werden könnten. Ein paarmal haben wir als Familie Gartenarbeiten erledigt, und das könnte eine gute, glückliche Erinnerung ergeben. Wie wir uns einmal zu einem gemeinsamen, mühseligen Kochabend zusammengefunden haben, das ist bis heute eine glückliche Erinnerung geblieben. Dann dieser gute Ausflug zu einem Department Store. Am Bett eines Sterbenden zu sitzen, das mag wirklich eine gute, glückliche Erinnerung ergeben. Meine Mutter und ich brachten einmal gemeinsam ein Stück Kohle in der Eisenbahn nach Newcastle. Als wir eines verschneiten Morgens auf ein einlaufendes Schiff warteten, spielten meine Mutter und ich mit einem Hafenarbeiter Karten. Als ich einst in einer fremden Stadt lebte, suchte ich immer wieder einen Botanischen Garten auf, um mir eine Libanonzeder anzusehen – und das ist eine glückliche Erinnerung, obwohl ich damals alleine war. Meine Nachbarin von der anderen Straßenseite brachte mir während einer Zeit der Trauer einmal einen Teller mit Kuchen zu meinem Hintereingang. Aber mir ist klar, dass, würden wir beide eines Tags uns einander entfremden, die glückliche Erinnerung Schaden nehmen könnte. Mir ist klar, dass glückliche Erinnerungen ausgelöscht werden können. Eine glückliche Erinnerung kann ausgelöscht werden, wenn man an einem anderen Tag ein und dasselbe tut und dabei nicht glücklich ist – beispielsweise wenn man mit jemandem an einem anderen Tag gemeinsam gärtnert oder kocht und ein schlechtes Gefühl dabei hat. Mir ist klar, dass eine Erfahrung keine glückliche Erinnerung ergibt, wenn sie sich gut anließ aber schlecht ausging. Es gibt keine gute Erinnerung, wenn an einer Erfahrung etwas Gutes war, aber zugleich etwas Problematisches, weil ihr zwei Spaß an einem Ausflug hattet, aber der dritte zu Hause saß, verärgert, weil ihr so spät zurückgekommen seid. Man muss sich irgendwie vergewissern, dass nichts die Sache verdirbt, während sie passiert, und dass keine spätere Erfahrung sie wieder auslöscht. Ich könnte glückliche Erinnerungen haben. Mir ist klar, dass das, was ich mit einem anderen Menschen unternehme, und zwar mit einem Gefühl der Wärme für diesen Menschen und mit einem Menschen, der mich in seine oder ihre glückliche Erinnerung miteinschließen möchte, eine glückliche Erinnerung ergeben könnte, während Dinge, die ich alleine unternehme, und das besonders mit einem Gefühl von Ehrgeiz oder Stolz oder Macht, auch wenn sie in sich selbst gut sind, keine glückliche Erinnerung ergeben werden. Es ist in Ordnung, wenn man ein Bonbon isst und man das genießt, aber ich sollte daran denken, dass die Erinnerung an das Bonbon keine glückliche sein wird. Wenn ich mit mir Nahestehenden ein Brettspiel spiele und wir zusammen glücklich sind, muss ich aufpassen, dass wir nicht streiten, bevor das Spiel zu Ende ist. Ich muss aufpassen, dass wir nicht zu einem späteren Zeitpunkt ein anderes Brettspiel spielen, das ungut ausgeht. Ich sollte mich dann und wann vergewissern, dass ich nicht zu viel alleine oder nicht zu oft zusammen mit anderen Menschen unglücklich bin. Ich sollte sie dann und wann zusammenzählen: Was sind, bis jetzt, meine glücklichen Erinnerungen.

Mündlich überlieferte Geschichte (mit Schluckauf)

Meine Schwester verstarb vergangenes Jahr und hinterließ zwei Tö   chter. Mein Mann und ich beschlossen, die Mädchen zu ad   optieren. Die ältere ist dreiunddreißig und Ei   nkäuferin für einen Department Store, und die jü   ngere, die soeben dreißig geworden ist, arbeitet in der Finanzbehörde des Bu   ndesstaates. Wir haben ein K   ind, das immer noch bei uns lebt, und das Haus ist nicht g   roß, also wird es sehr eng werden, aber wir sind bereit, es ihnen z   uliebe zu tun. Wir werden unseren Sohn, der elf ist, aus seinem Z   immer in das kleine Zimmer umsiedeln, das ich immer als N   ähzimmer benutzt habe. Ich werde meine Maschine u   nten im Wohnzimmer aufstellen. Wir werden für die Mädchen in das ehemalige Zimmer meines S   ohnes ein Stockbett stellen. Es ist ein ziemlich großes Zimmer mit einem W   andschrank und einem Fenster, und Bad und Toilette sind gleich daneben im Flur. Wir werden sie bitten müssen, nicht alle ihre H   abseligkeiten mitzunehmen. Ich nehme an, sie sind b   ereit, dieses Opfer zu bringen, um Teil dieser Familie zu sein. Sie werden auch darauf a   chten müssen, was sie bei T   isch sagen. In Anwesenheit unseres jüngeren Sohnes wollen wir keinen offenen K   onflikt. Was mir Sorgen bereitet, das sind ein p   aar politische D   inge. Meine ältere Nichte ist F   eministin, während mein Mann und ich der Meinung sind, dass sich das Blatt neuerdings gegen die Männer gewendet hat. Dazu ist meine jüngere Nichte wahrscheinlich regierungsfreundlicher als sowohl meine ältere Nichte als auch mein Mann und ich. Allerdings wird sie oft für ihren Job unterwegs sein. Und mit unseren eigenen Kindern haben wir einiges Verhandlungsgeschick entwickelt, also sollte es uns gelingen, es mit den beiden auch hinzubekommen. Wir werden versuchen, bei unserer Linie zu bleiben, aber fair, wie wir es immer mit unserem älteren Jungen gehalten haben, bevor er von uns wegzog. Wenn wir es nicht sofort hinbekommen, können sie jederzeit zur Abkühlung auf ihr Zimmer gehen, bis sie bereit sind, wieder herauszukommen und sich wie zivilisierte Menschen zu benehmen. Entschuldigung.

Ein Mann aus ihrer Vergangenheit

Ich glaube, meine Mutter flirtet mit einem Mann aus ihrer Vergangenheit, und es ist nicht Vater. Ich sage mir: Mutter sollte keine unschickliche Beziehung zu diesem Mann unterhalten, Franz. Franz ist ein Europäer. Ich meine, es ist unschicklich, sich mit diesem Mann zu verabreden, während Vater weg ist. Aber ich bringe eine alte Wirklichkeit und eine neue Wirklichkeit durcheinander: Vater wird nicht mehr nach Hause kommen. Er wird im Pflegeheim Vernon Hall bleiben. Was Mutter angeht: Sie ist vierundneunzig. Wie kann es zu einer Frau von vierundneunzig Jahren eine unschickliche Beziehung geben? Aber offenbar bringe ich Folgendes durcheinander: Obwohl ihr Körper alt ist, ist ihre Fähigkeit zu betrügen noch immer jung und frisch.

Durchgeistigt

Ich weiß nicht, ob ich mit ihr befreundet bleiben kann. Ich habe noch und noch darüber nachgedacht – sie wird niemals erraten, wie sehr. Ich habe es ein letztes Mal versucht. Ich habe sie nach einem Jahr angerufen. Aber mir gefiel der Gesprächsverlauf nicht. Das Problem ist, dass sie nicht eben sehr durchgeistigt ist. Oder sollte ich sagen, dass sie für mich nicht durchgeistigt genug ist. Sie ist jetzt fast fünfzig und, soweit ich sehe, nicht mehr durchgeistigt als vor zwanzig Jahren, als wir uns kennenlernten und uns hauptsächlich über Männer unterhielten. Damals machte es mir nichts aus, wie wenig durchgeistigt sie war, vielleicht weil ich selbst nicht so durchgeistigt war. Ich glaube, ich bin heute durchgeistigter, und zweifellos durchgeistigter als sie, obwohl ich weiß, dass so etwas zu sagen nicht eben davon zeugt, dass man sehr durchgeistigt ist. Aber ich will es sagen, und daher hebe ich mir für später auf, durchgeistigt zu sein, wenn ich nur weiterhin so etwas über eine Freundin sagen kann.

Kafka kocht ein Abendessen

Ich bin ganz verzweifelt, weil der Tag näher rückt, an dem meine liebe Milena kommt. Ich habe kaum erst angefangen, eine Entscheidung zu treffen, was ich ihr aufwarten werde. Ich habe mich kaum noch mit dem Gedanken daran auseinandergesetzt, habe ihn nur umflogen, wie die Mücke das Licht und mir das Köpfchen mehrere Male verbrannt.
Ich fürchte so sehr, dass mir nichts anderes einfällt als Kartoffelsalat, und das ist keine Überraschung mehr für sie. Das darf nicht sein.
Der Gedanke an dieses Essen beschäftigt mich schon die ganze Woche in einem fort und lastet in der gleichen Weise auf mir, so wie im tiefen Meer kein Plätzchen ist, das nicht immerfort unter schwerstem Drucke steht. Dann und wann nehme ich meine ganze Kraft zusammen und arbeite an dem Menü, so als wäre ich beauftragt, einen Nagel in einen Stein zu hämmern, Arbeiter und Nagel zugleich. Aber dann sitze ich wieder am Nachmittag hier und lese, Myrte im Knopfloch, und es gibt so schöne Passagen in dem Buch, dass man glaubt, man müsse auch so schön werden.
Ebenso könnte ich im Irrenhausgarten sitzen und blödsinnig vor mich hinstieren. Und doch weiß ich, dass ich mich letztlich für ein Menü entscheiden und die Zutaten einkaufen und das Essen zubereiten werde. Diesbezüglich, denke ich, bin ich wie ein Schmetterling: Das Zickzack seines Flugs ist so

unberechenbar und er flattert so wild, dass es einen beim Zuschauen weh tut, und sein Flug ist das genaue Gegenteil einer geraden Linie, trotzdem legt er Meile um Meile erfolgreich zurück, um ans Ziel zu kommen, ergo muss er effizienter oder zumindest entschlossener sein, als er scheint.
Natürlich, mich selbst zu foltern ist auch kläglich. Alexander hat den gordischen Knoten, als er sich nicht lösen wollte, nicht etwa gefoltert. Ich habe das Gefühl, unter all diesen Gedanken lebendig begraben zu sein, und glaube doch still liegen zu müssen, denn vielleicht bin ich doch wirklich tot.
Heute Morgen zum Beispiel hatte ich kurz vor dem Aufwachen, es war auch kurz nach dem Einschlafen, einen Traum, der mich noch immer nicht loslässt: Ich hatte einmal einen Maulwurf gefangen und trug ihn in den Hopfengarten, wo er, wie wenn er in Wasser tauche, in die Erde verschwand. Wenn ich an dieses Abendessen denke, dann möchte ich in der Erde verschwinden wie dieser Maulwurf. Ich möchte mich in die Schublade des Wäschekastens dort stopfen, dann warten, dann die Schublade ein wenig aufziehen, um nachzusehen, ob ich schon erstickt bin. Noch viel erstaunlicher ist, dass man überhaupt jeden Morgen aufsteht.

Ich weiß, Rote-Rüben-Salat wäre besser. Ich könnte ihr sowohl Rote Rüben als auch Kartoffeln servieren und dazu eine Scheibe Rindfleisch, sofern ich auch Fleisch dazu tue. Andererseits braucht es zu einer anständigen Scheibe Rindfleisch gar keine Beilage, am besten, man isst es ohne was dazu, also könnte zuerst die Beilage kommen und wäre dann gar keine Beilage, sondern eine Vorspeise. Aber was ich auch mache, gut möglich, dass sie von meinen Bemühungen nicht viel halten wird, vielleicht wird ihr auch beim Anblick dieser Rüben zunächst sogar ein wenig schlecht und sie findet sie gar nicht anregend. Erstenfalls würde ich mich furchtbar schämen, im zweiten Fall wüsste ich mir nicht zu helfen – wie auch? –, sondern würde mir bloß eine simple Frage stellen: Will sie, dass ich das ganze Essen wieder vom Tisch abtrage?

Nicht, dass mich das Essen in Panik versetzt. Ich habe ja letztlich einiges an Fantasie und Energie, und so wird es mir vielleicht auch gelingen, ein Essen auf den Tisch zu stellen, das ihr schmeckt. Es hat andere und erträgliche Abendessen gegeben – seit jenem unseligen Essen, das ich für Felice kochte, obwohl es vielleicht mehr Gutes als Schlechtes nach sich zog.

Es war letzte Woche, dass ich Milena eingeladen habe. Sie war in Begleitung eines Freundes. Wir trafen uns zufällig auf der Straße, und ich redete hitzig drauflos. Ihr Begleiter hatte ein gutes, freundliches, dickes, dabei reichsdeutsch korrektes Gesicht. Nachdem ich die Einladung ausgesprochen hatte, ging ich lange in der Stadt herum, wie auf einem Friedhof, so sehr war ich in Frieden mit mir.

Dann fing ich mit meiner Selbstfolterung an, wie eine Blume im Blumenkasten, die der Wind peitscht, ohne dass sie dabei auch nur ein Blütenblatt verliert.

Wie ein von oben bis unten mit Bleistift korrigierter Brief, so habe auch ich meine Mängel. Angefangen damit, dass ich nicht eben kräftig bin, und ich glaube, selbst Herkules fiel einmal in Ohnmacht. Ich bemühe mich den ganzen Tag bei der Arbeit nicht an das zu denken, was vor mir liegt, aber es kostet mich so viel Kraft, dass für meine Arbeit nichts mehr übrig bleibt. Auch telefoniere ich überhaupt so schlecht, dass sich das Telefonfräulein meistens weigert, die Verbindung herzustellen. Deshalb sollte ich mir besser sagen: Also mach schon und bring das Tafelsilber auf Hochglanz, dann leg es auf die Anrichte, damit es zur Hand ist, und basta. In meiner Vorstellung polier' ich es nämlich den ganzen Tag – und eben das bereitet mir Folterqualen (sauber wird das Silberbesteck davon allerdings nicht).

Ich liebe deutschen Kartoffelsalat aus guten, alten Kartoffeln und Essig, obwohl er schwer und ein solcher Hammer ist, dass es mir, bevor ich überhaupt noch davon gekostet habe, schon ein wenig schlecht wird – so als würde ich eine bedrückende und fremdartige Kultur an meine Brust drücken. Wenn ich Milena das anbiete, dann gebe ich vielleicht einen ekelhaften Teil von mir preis, den ich ihr mehr als alles andere ersparen sollte, einen Teil von mir, den sie noch nicht kennt. Ein französisches Gericht könnte ich wiederum – trotz größerer Bekömmlichkeit – vor mir selbst nicht vertreten, und dieser Verrat wäre vielleicht unverzeihlich.

Ich bin voll guter Vorsätze, und trotzdem untätig – wie an dem Tag im letzten Sommer, als ich auf dem Balkon saß und dem Käfer zusah, der auf den Rücken gefallen war und mit den Beinen zappelte, unfähig, sich aufzurichten. Ich hätte ihm gerne geholfen, und trotzdem schaffte ich es nicht aus dem Stuhl, um ihm zu helfen. Er hörte auf sich zu bewegen und rührte sich lange Zeit nicht mehr, so dass ich glaubte, er wäre schon hinüber. Dann kroch eine Eidechse über ihn hinweg, glitt an ihm herunter und richtete ihn auf, und er lief an der Wand hinauf, als wäre nichts geschehen. Gestern kaufte ich mir auf der Straße von einem Mann mit Karren das Tischtuch.

Er war ein kleiner, fast winziger, schwacher, bärtiger, einäugiger Mann. Von einer Nachbarin lieh ich mir die Kerzenhalter aus, oder sollte ich sagen, sie borgte sie mir.

Ich werde ihr nach dem Essen einen Espresso anbieten. Während der Vorbereitung für dieses Essen ist mir etwa so wie Napoleon, wie es Napoleon hätte sein müssen, wenn er beim Entwerfen der Pläne für den russischen Feldzug gleichzeitig ganz genau den Ausgang gewusst hätte.
Ich sehne mich, mit Milena zusammen zu sein, nicht nur jetzt, sondern für immer. Warum bin ich ein Mensch? frage ich – was für eine höchst unsichere Stellung! Warum kann ich nicht der glückliche Schrank in ihrem Zimmer sein?
Bevor ich meine liebe Milena kannte, dachte ich, ich könne das Leben nicht ertragen. Dann trat sie in mein Leben und zeigte mir, dass es nicht so war. Es stimmt, unsere erste Begegnung war nicht sehr vielversprechend, denn ihre Mutter machte die Tür auf– was für eine steinerne Stirn sie hat und in was für Goldlettern dort geschrieben steht: »Ich bin tot, und wer nicht auch tot ist, den verachte ich.« Milena schien erfreut über mein Kommen, aber noch mehr freute sie sich, als ich wieder ging. An diesem Tag fiel mein Blick zufällig auf einen Stadtplan. Einen Augenblick lang erschien es mir unbegreiflich, dass man eine so große Stadt aufgebaut hat, während sie doch nur ein Zimmer braucht.

Vielleicht wäre es letztendlich am einfachsten, genau das für sie zu kochen, was ich für Felice gekocht habe, nur mit mehr Umsicht, damit nichts schief geht, und ohne die Schnecken oder Champignons. Ich könnte sogar den Sauerbraten auftischen, wie für Felice, obwohl ich damals noch Fleisch gegessen habe. Damals machte mir der Gedanke, dass auch ein Tier ein Recht auf ein gutes Leben hat und, was vielleicht noch wichtiger ist, auf einen guten Tod, noch nicht zu schaffen. Heute kann ich nicht einmal Schnecken essen. Mein väterlicher Großvater war Fleischhauer, und ich muss so viel Fleisch nicht essen, als er geschlachtet hat. Ich habe jetzt schon lange kein Fleisch mehr gegessen, obwohl ich Milch und Butter esse – aber für Milena würde ich wieder Sauerbraten machen.

Ich selbst habe nie großen Appetit. Ich bin dünner, als ich sein sollte, bin aber schon seit langer Zeit dünn. So ruderte ich zum Beispiel vor ein paar Jahren oft in einem kleinen Boot auf der Moldau. Ich ruderte hinauf und fuhr dann ganz ausgestreckt auf dem Boden des Bootes mit der Strömung hinunter. Ein Freund, der mich eben so einmal von der Brücke sah, sagte, es hätte so ausgesehen wie vor dem Jüngsten Gericht, und mein Sargdeckel sei schon abgehoben gewesen. Andererseits war er selbst damals schon geradezu fett, massig, und hatte wenig Ahnung von dünnen Menschen, außer davon, dass sie eben dünn waren. Zumindest gehört dieses Gewicht auf meinen Füßen tatsächlich mir.

Sie wird vielleicht überhaupt nicht mehr kommen wollen, nicht weil sie zickig ist, sondern erschöpft, was verständlich ist. Es wäre falsch zu sagen, sie würde mir fehlen, wenn sie nicht kommt, weil sie in meiner Vorstellung immer da ist. Und doch wird sie woanders sein, und ich werde, das Gesicht in den Händen, an meinem Küchentisch sitzen.

Wenn sie kommt, werde ich immerfort nur lächeln, das habe

ich von einer alten Tante von mir geerbt, die auch unablässig gelächelt hat, aber beide tun wir es eher aus Verlegenheit als aus guter Laune oder Mitgefühl. Ich werde kein Wort herauskriegen, nicht einmal glücklich werde ich sein, weil mir nach den Essensvorbereitungen die Kraft fehlen wird. Und wenn ich, mit dem Ausdruck des Bedauerns wegen des ersten Gangs, der in der Schüssel wartet, die ich in Händen halte, zögere, die Küche zu verlassen und das Esszimmer zu betreten, und wenn sie, die in diesem Augenblick meine Verlegenheit spürt, zögert, aus dem Wohnzimmer und von der anderen Seite das Esszimmer zu betreten, ja, dann wird das schöne Zimmer während dieser langen Pause leer sein. Nun gut – einer kämpft eben bei Marathon, der andere in der Küche.

Trotzdem: Ich habe jetzt meine Entscheidung fast das gesamte Menü betreffend gefällt und angefangen, unser Essen zuzubereiten, indem ich es mir in jeder kleinsten Einzelheit von Anfang bis zum Ende ausmale. Sinnlos und zähneklappernd wiederhole ich den folgenden Satz: »Dann laufen wir in den Wald.« Sinnlos, denn es gibt hier keinen Wald, und von Laufen kann ohnehin nicht die Rede sein.

Ich glaube, sie wird kommen, aber mein Glaube wird von der gleichen Angst begleitet, die meinen Glauben immerzu begleitet, die Angst alles Glaubens seit jeher.

Felice und ich waren zum Zeitpunkt dieses unseligen Abendessens nicht verlobt, obwohl wir uns drei Jahre davor verlobt hatten und uns eine Woche darauf wieder verloben sollten – wenn auch sicher nicht wegen dieses Essens, es sei denn Felices Mitgefühl wäre aufgrund der Vergeblichkeit meiner Anstrengungen, eine gute Buchweizen-Kascha, Kartoffelpuffer und Sauerbraten zu kochen, von neuem erwacht. Andererseits gibt es für unseren endgültigen Bruch mehr Erklärungen als tatsächlich nötig wären – das ist zwar lächerlich, aber gewisse Kenner der Materie meinen, dass selbst die Luft in dieser Stadt die Neigung zur Wankelmütigkeit verstärken könnte.

Ich war ganz aus dem Häuschen, wie man's eben immer ist, wenn etwas neu für einen ist, und natürlich hatte ich auch ein bisschen die Hosen voll. Ich hielt ein traditionelles deutsches oder tschechisches Essen für das Beste, auch wenn es für den Juli eher heavy war. Eine Zeit lang konnte ich mich nicht entschließen, selbst in meinen Träumen nicht. Irgendwann gab ich dann einfach auf und dachte daran, aus der Stadt wegzuziehen. Dann entschloss ich mich aber doch zu bleiben, freilich: wie ein Entschluss kam mir das einfache Auf-dem-Balkon-liegen-Bleiben nicht vor. Zu solchen Zeiten bin ich vor Unentschlossenheit wie gelähmt, und gleichzeitig klopfen die Gedanken in meinem Schädel wie verrückt – wie eine Libelle, die reglos in der Luft zu hängen scheint, mit ihren Flügeln aber wie toll gegen die stetige Brise ankämpft. Dann riss ich mich heraus, so wie ein fremder Mensch einen fremden Menschen aus dem Bett zerrt.

Die Tatsache, dass ich das Essen sorgfältig plante, war wahrscheinlich bedeutungslos. Ich wollte etwas Bekömmliches kochen, weil sie zu Kräften kommen musste. Ich erinnere mich, dass ich frühmorgens die Champignons suchte und zwischen Bäumen herumkroch – direkt unter den Blicken zweier ältlicher Schwestern, denen ich oder mein Korb zutiefst missfiel. Oder vielleicht missfiel ich ihnen auch deshalb, weil ich

im Wald einen guten Anzug trug. Aber ihr Beifall hätte auch keinen Unterschied gemacht.
Als die Stunde dann da war, fürchtete ich kurz, dass sie nicht kommen würde, anstatt – wozu mehr Anlass bestand – zu fürchten, dass sie tatsächlich kommen könnte. Zunächst hatte sie gesagt, sie würde vielleicht nicht kommen. Seltsam, dass sie das getan hat. Ich kam mir vor wie ein Laufbursch, der nicht mehr laufen kann, sich aber immer noch auf irgendeine Anstellung Hoffnungen machte.
Genau so wie ein sehr kleines Tier, das auf dem Waldboden unter Blättern und Zweigen aus Angst einen Riesenlärm und einen Mordswirbel macht und zu seinem Loch eilt, oder sogar wenn es keine Angst hat, sondern bloß Nüsse sucht, so dass man meinen könnte, ein Bär würde gleich auf die Lichtung hinaus preschen, während es sich doch bloß um eine Maus handelt – das entsprach genau meinem Gefühlszustand: so klein und doch so laut. Ich bat sie, komm doch bitte nicht zum Essen, aber dann sagte ich, sie solle doch bitte nicht auf mich hören, sondern trotzdem kommen. Unsere Worte sind so oft die irgendeines unbekannten Wesens, eines Alien. Ich glaube keinen Reden mehr, noch in der schönsten ist ein Wurm.

Einmal, als wir zusammen in einem Restaurant zu Abend aßen, schämte ich mich wegen des Essens so sehr, als hätte ich es selbst gekocht. Der erste Gang verdarb uns den Appetit für alles Weitere, selbst wenn es essenswert gewesen wäre: fette, weiße Leberknödel, die in einer dünnen, mit Fettaugen gesprenkelten Brühe schwammen. Das war zweifellos ein deutsches Gericht, eher jedenfalls als ein tschechisches. Aber weshalb auch sollte es etwas Komplizierteres zwischen uns geben als still nebeneinander in einem Park zu sitzen und einem Kolibri zuzuschauen, der von den Petunien in die Krone einer Birke aufsteigt, um darin auszuruhn?

Am Abend unseres Essens sagte ich mir, dass ich, sollte sie nicht kommen, die Leere der Wohnung genießen wollte, denn wenn es für das Leben selbst notwendig ist, allein in einem Zimmer zu sein, so ist es für das Glück notwendig, allein in einer Wohnung zu sein. Man hatte mir die Wohnung für diesen Anlass leihweise überlassen. Aber ich hatte das Glück der leeren Wohnung noch nicht ausgekostet. Es ist vielleicht gar nicht die Leere der Wohnung, die mir so gut tut, oder nicht hauptsächlich sie, sondern der Besitz zweier Wohnungen überhaupt. Sie kam dann aber doch, wenn auch verspätet. Sie erklärte mir, sie habe sich verspätet, weil sie mit einem Mann hatte sprechen wollen und warten musste, der seinerseits schon ungeduldig auf das Ende einer Debatte um die Eröffnung eines neuen Kabaretts wartete. Ich glaubte ihr nicht.
Als sie zur Tür hereinkam, war ich beinahe enttäuscht. Sie wäre so viel glücklicher gewesen, hätte sie mit einem anderen Mann zu Abend gegessen. Sie hatte mir eigentlich eine Blume bringen wollen, erschien aber ohne. Und doch erfüllte mich, allein weil ich mit ihr zusammen war, eine solche Glückseligkeit – wegen ihrer Liebe und ihrer Freundlichkeit, die so hell und heiter war wie das Summen einer Fliege auf dem Zweig einer Linde.
Obwohl wir uns unbehaglich fühlten, machten wir mit Essen weiter. Als ich in die leere Schüssel starrte, klagte ich über meine Schwäche, klagte ich über das Geborenwerden, klagte ich über das Licht der Sonne. Wir aßen etwas, das leidiger-

weise nicht von unseren Tellern verschwinden wollte, es sei denn, wir schluckten es. Ich war gerührt und zugleich beschämt, glücklich und zugleich traurig, weil sie offensichtlich mit Genuss aß – beschämt und traurig einzig deshalb, weil ich ihr nichts Besseres zu bieten hatte, gerührt und glücklich, weil offenbar genügend da war, zumindest dieses eine Mal. Es war bloß die gütige und liebenswerte Art, mit der sie jede einzelne Speise dieses Menüs verzehrte, und die Feinfühligkeit ihrer Komplimente, die ihm Wert verliehen – es war nämlich grottenschlecht. Sie hätte an seiner Stelle wirklich irgendsowas wie gebackene Scholle oder Fasanenbrust mit Fruchteis und Obst aus Spanien verdient. Hätte ich ihr denn nicht so etwas auftischen können?
Und als ihre Komplimente zögerlicher wurden, wurde die Sprache selbst für sie geschmeidig und schöner, als man mit Recht erwarten durfte. Hätte ein ahnungsloser Fremder Felice reden gehört, hätte er gedacht: Was für ein Mann! Er muss Berge versetzt haben! – und dabei tat ich nichts, als die Kascha nach Ottlas Anweisungen zuzubereiten. Ich hoffte, dass sie, nachdem sie gegangen war, einen Platz finden würde, irgendwo in einem Garten im Halbschatten, in dem sie sich in einen Liegestuhl legen und ausruhen konnte. Was mich betrifft: Dieser Krug war zerbrochen – schon lange ehe er zum Brunnen ging.

Und dann noch dieser Vorfall. Erst als ihre Füße direkt vor meinen Augen waren, wurde mir bewusst, dass ich kniete. Überall auf dem Teppich waren Schnecken, und überall roch es nach Knoblauch.
Kann sein, dass wir uns trotzdem gleich nach dem Essen

am Tisch an die Lösung kniffliger arithmetischer Aufgaben machten – ich erinnere mich nicht, kurze Additionen und dann lange, während ich zum Fenster hinaus und zum Gebäude auf der anderen Straßenseite hinüberschaute. Vielleicht hätten wir auch zusammen Musik gemacht, aber ich bin unmusikalisch.

Unsere Unterhaltung war stockend und holprig. In meiner Nervosität schweifte ich immerzu sinnlos ab. Schließlich sagte ich, ich hätte mich verrannt, aber das machte nichts, denn wenn sie so ein weites Stück des Wegs mit mir gegangen war, dann waren wir beide verloren. Es gab so viele Missverständnisse, selbst wenn ich bei der Sache blieb. Und doch hätte sie nicht befürchten müssen, dass ich wütend auf sie sei, sondern im Gegenteil: dass ich es nicht war.

Sie dachte, ich hätte eine Tante Klara. Es stimmt, ich habe eine Tante Klara, natürlich hat jeder Jude eine Tante Klara, aber die meine ist schon lange tot. Sie sagte, die ihre sei etwas merkwürdig und neige dazu, Erklärungen abzugeben, zum Beispiel, dass man seine Briefe richtig frankieren und nichts zum Fenster hinauswerfen soll, lauter unanfechtbare Dinge, aber nicht einfach. Wir sprachen über die Deutschen. Sie hasst die Deutschen so sehr, aber ich sagte ihr, die Deutschen sollte sie nicht gar so sehr hassen, die Deutschen sind wunderbar. Vielleicht war es – heilige Eitelkeit! – ein Fehler, damit zu prahlen, ich hätte unlängst eine Stunde und mehr Holz gehackt. Ich fand, sie sollte mir dankbar sein – immerhin widerstand ich der Versuchung, etwas Unfreundliches zu sagen.

Noch ein Missverständnis, und sie würde aufstehen und gehen. Wir versuchten auf jede mögliche Art und Weise zu sagen, was wir dachten, aber in diesem Augenblick waren wir ja keine Liebenden, sondern bloß Grammatiker. Selbst Tiere lassen alle Vorsicht fahren, wenn sie miteinander streiten: Eichhörnchen rennen wie verrückt über eine Wiese oder Straße und zurück und vergessen ganz, dass Raubtiere in der Nähe sein könnten, die sie beobachten. Ich erklärte ihr, das Einzige, was mir daran gefiele, wenn sie wieder gehen sollte, wäre der Abschiedskuss. Sie versicherte mir, dass es, obwohl wir im Zorn auseinandergingen, bis zum nächsten Wiedersehen nicht lange hin sein würde, aber für mich in meinem Kopf bedeutete ›bald‹ anstatt ›nie mehr‹ trotzdem nur ›nie mehr‹. Dann ging sie.

Durch diesen Verlust war ich sogar noch mehr Robinson als Robinson selbst – er hatte wenigstens noch die Insel und Freitag, seine Vorräte, seine Ziegen, das Schiff, das ihn holte, seinen Namen. Aber was mich anging, so stellte ich mir vor, von einem Chefarzt zwischen die Knie genommen zu werden und an den Fleischklumpen zu würgen, die er mir mit den Karbolfingern in den Mund stopft und dann entlang der Gurgel hinunterdrückt.

Der Abend war vorbei. Eine Göttin ging aus dem Kino, und ein kleiner Gepäckträger stand verlassen auf dem Perron – und das sollte unser Abendessen gewesen sein? Schmutzig bin ich – darum mache ich ein solches Geschrei um Reinheit. Niemand singt so rein, als die, welche in der tiefsten Hölle sind – was wir für den Gesang der Engel halten, ist ihr Gesang. Trotzdem entschloss ich mich, noch eine Weile weiter zu leben, wenigstens noch diese Nacht.

Letztlich bin ich nicht elegant. Jemand hat einmal gesagt, dass ich wie ein Schwan schwimme, aber das war kein Kompliment.

Anmerkung des Übersetzers

An über 40 Stellen zitiert die Autorin Stellen aus der englischen Ausgabe von Kafkas Briefen an Milena und schlug vor, für die Übersetzung dieser Geschichte die Originalzitate zu verwenden, von denen die englische Übersetzung allerdings bisweilen stark abweicht – so dass auch die deutsche Übersetzung von »Kafka kocht ein Abendessen« an einigen Stellen von der Originalfassung abweicht.

Tropischer Sturm

Wie ein tropischer Sturm
werde auch ich eines Tages vielleicht »besser organisiert« sein.

Tabuthemen

Bald wird beinahe jedes Thema, über das sie vielleicht reden wollten, mit einer weiteren unerfreulichen Szene in Verbindung gebracht und wird zu einem Thema, über das sie nicht reden können, so dass es im Lauf der Zeit immer weniger gibt, worüber sie gefahrlos reden können, so dass zum Schluss kaum noch etwas übrig ist außer den Nachrichten und dem, was sie gerade lesen, wenn auch nicht alles, was sie gerade lesen. Sie können auch nicht über verschiedene Mitglieder ihrer Familie reden, seine Arbeitszeiten, ihre Arbeitszeiten, Hasen, Mäuse, Hunde, bestimmte Lebensmittel, bestimmte Universitäten, heißes Wetter, heiße und kalte Raumtemperaturen während der Tages- und der Nachtzeit, das Einschalten und das Ausschalten des Lichts an Sommerabenden, das Klavier, Musik im Allgemeinen, wie viel Geld er verdient, wie viel sie verdient, wie viel sie ausgibt etc. Aber eines Tages, als sie über ein Tabuthema geredet hatten, wenn auch nicht über das gefährlichste aller Tabuthemen, begreift sie, dass es, manchmal, möglich sein könnte, ruhig und bedachtsam über ein Tabuthema zu reden, so dass es eines Tages vielleicht wieder ein Thema werden konnte, über das man reden konnte, um dann ruhig und bedachtsam etwas über ein anderes Tabuthema zu sagen, so dass es ein weiteres Thema gibt, über das man wieder wird reden können, und dass es, sobald es mehr Themen gibt, über die man wieder reden kann, schrittweise mehr Gespräche zwischen ihnen geben wird und dass das Vertrauen wachsen wird, sobald es mehr Gespräche gibt, und dass sie es, sobald genügend Vertrauen da wäre, wagen könnten, sich selbst die gefährlichsten Tabuthemen vorzunehmen.

Die Sinne

Viele Leute behandeln ihre fünf Sinne mit einem gewissen Respekt und mit Bedacht. Sie nehmen ihre Augen in ein Museum mit, ihre Nase zu einer Blumenausstellung, ihre Hände in ein Stoffgeschäft für Samt und Seide; sie überraschen ihre Ohren mit einem Konzert und begeistern ihren Mund mit einem Essen im Restaurant.

Aber die meisten Leute lassen ihre Sinne Tag für Tag schwer für sich arbeiten: Lies mir diese Zeitung vor! Pass auf, Nase, falls das Essen anbrennt! Ohren, tut euch jetzt zusammen und horcht, ob es an der Türe klopft!

Ihre Sinne haben Aufgaben zu erledigen, und das tun sie, meistens – die Ohren der Tauben tun's nicht, die Augen der Blinden auch nicht.

Die Sinne ermüden. Manchmal – lange vor dem Ende – sagen sie, ich gebe auf – ich mach mich aus dem Staub, *jetzt*. Und dann ist der Betroffene weniger imstande, sich der Welt zu stellen, und bleibt mehr zuhause und hat so manches nicht, was er braucht, wenn er weitermachen soll.

Wenn ihn alles im Stich lässt, ist er wirklich einsam: im Dunkel, in der Stille, mit tauben Händen, mit nichts im Mund, nichts in der Nase. Er fragt sich: Hab ich sie falsch behandelt? Haben sie's nicht gut gehabt bei mir?

Fragen der Grammatik

Also: Kann ich, während er gerade stirbt, sagen: »Er lebt hier«?

Wenn mich jemand fragt: »Wo lebt er?« – soll ich dann antworten: »Nun, im Augenblick lebt er nicht, er ist gerade dabei zu sterben«?

Wenn mich jemand fragt: »Wo lebt er?« – kann ich dann sagen: »Er lebt im Pflegeheim Vernon Hall«? Oder sollte ich vielmehr sagen: »Er stirbt gerade im Pflegeheim Vernon Hall«?

Wenn er tot ist, dann werde ich, die Vergangenheitsform verwendend, sagen können: »Er hat im Pflegeheim Vernon Hall gelebt.« Und ich werde auch sagen können: »Er ist im Pflegeheim Vernon Hall gestorben.«

Wenn er tot ist, wird alles, was ihn betrifft, die Vergangenheitsform haben. Das heißt, der Satz »Er ist tot« wird in der Gegenwart stehen, und auch Fragen wie: »Wohin bringen sie ihn?« oder: »Wo ist er jetzt?«

Dann aber wüsste ich nicht, ob die Verwendung der Worte *er* und *ihn* im Präsens korrekt ist. Ist er, wenn er einmal tot ist, noch immer *er*, und, wenn ja, wie lange ist er dann noch *er*?

Die Leute reden vielleicht von »der Leiche« und sagen dann »sie« zu ihr. Von »der Leiche« werde ich ihn betreffend nicht sprechen können, weil er für mich noch nicht etwas ist, was man als »die Leiche« bezeichnen würde.

Manche Leute sagen vielleicht »seine Leiche«, aber auch das scheint nicht korrekt. Es ist nicht »seine« Leiche, weil er sie nicht besitzt, wenn er nicht mehr aktiv und damit nicht imstande ist, etwas zu besitzen.

Ich weiß nicht, ob es einen »er« gibt, auch wenn die Leute sagen: »Er ist tot.« Es scheint aber korrekt zu sagen: »Er ist tot.« Das ist vielleicht das letzte Mal, dass er noch im Präsens »er« ist. Andererseits: Das letzte Mal ist es nicht, denn ich sage auch: »Er liegt im Sarg.« Ich werde ebenso wenig wie sonst jemand sagen: »Sie liegt im Sarg«, oder: »Die Leiche liegt in ihrem Sarg.«
Ich werde, wenn er gestorben ist, weiterhin von ihm als von »meinem Vater« reden. Aber tu ich das nur, wenn ich in der Vergangenheitsform spreche, oder tu ich das auch im Präsens?
Er kommt in eine Büchse, nicht in einen Sarg. Und wenn er in dieser Büchse ist, sage ich dann: »Das, in der Büchse – das ist mein Vater«, oder: »Das, in der Büchse, das war mein Vater«, oder sage ich dann: »In dieser Büchse da – das war mein Vater«?
Ich werde immer noch von »meinem Vater« sprechen, aber vielleicht werde ich es nur tun, solange er wie mein Vater aussieht, oder annähernd wie mein Vater. Werde ich, wenn er die Form von Asche angenommen hat, auf die Asche zeigen und sagen: »Das ist mein Vater«? Oder werde ich sagen: »Das war mein Vater«? Oder aber: »Die Asche da – das war mein Vater«? Oder: »Diese Asche da ist das, was einmal mein Vater war«?
Wenn ich später auf den Friedhof gehe, werde ich dann hin-

zeigen und sagen: »Hier liegt mein Vater«, oder werde ich sagen: »Hier liegt die Asche meines Vaters«? Aber die Asche wird nicht meinem Vater gehören, er wird sie nicht besitzen. Es wird »die Asche« sein, »die einmal mein Vater war«.

In der Redewendung: »Er stirbt gerade« suggeriert das Wort »gerade« in Verbindung mit dem Präsens, dass er dabei ist, aktiv etwas zu *tun*. Er ist aber nicht aktiv, wenn er stirbt. Das einzige, was er noch aktiv tut, ist atmen. Es sieht aus, als atme er mit Absicht, weil er sich dabei so viel Mühe gibt und die Stirn leicht in Falten legt. Er gibt sich dabei viel Mühe, aber er hat zweifellos keine andere Wahl. Manchmal sind die Falten auf seiner Stirn momentlang tiefer, als ob ihm etwas weh täte oder als ob er sich stärker konzentrieren würde. Obwohl ich errate, dass er die Stirn wegen eines Schmerzes in seinem Körper oder einer sonstigen Veränderung runzelt, wirkt er verwirrt oder so, als würde ihm etwas nicht passen oder als würde er etwas missbilligen. Ich habe diesen Ausdruck auf seinem Gesicht in meinem Leben oft gesehen, allerdings nie zusammen mit diesen halb geöffneten Augen und dem offenen Mund.

»Er stirbt gerade« klingt aktiver als »Er wird bald tot sein«. Wahrscheinlich liegt es an dem Wort *sein* – wir können etwas »sein«, ob wir uns dafür entscheiden oder nicht. Ob ihm das passt oder nicht – er wird bald tot »sein«. Er isst nicht.

»Er isst nicht« klingt ebenfalls nach Aktivität. Aber es hat nichts mit seiner freien Entscheidung zu tun. Ihm ist nicht bewusst, dass er nicht isst. Nichts ist ihm bewusst. Aber: »Er isst nicht« klingt in seinem Fall korrekter als »stirbt gerade«, wegen der Verneinung. Dass er etwas »nicht tut«, scheint, zumindest zum jetzigen Zeitpunkt, sowieso korrekt, weil es so aussieht, als würde er etwas verweigern, weil er die Stirn runzelt.

Hand

Jenseits der Hand, die dieses Buch hält, das ich gerade lese, sehe ich eine andere Hand, die untätig da liegt, ein wenig außerhalb meines Fokus – meine Extra-Hand.

Kinderhüten

Die Reihe ist an ihm, aufs Baby zu schauen. Er ist sauer. Er sagt: »Ich komme mit meiner Arbeit nie nach.«
Auch das Baby ist schlechter Laune.
Er gibt dem Baby ein Fläschchen mit Saft und setzt es bequem in einen großen Fauteuil.
Er setzt sich in einen anderen Fauteuil und schaltet den Fernseher an.
Gemeinsam sehen sie sich *Ein seltsames Paar* an.

Einen fahren lassen

Sie wusste nicht, ob er's war oder der Hund. Sie war's nicht. Der Hund lag zwischen ihnen auf dem Wohnzimmerteppich, sie saß auf dem Sofa, und ihr etwas angespannt wirkender Besucher war tief in einen niedrigen Fauteuil zurückgesunken, und der Geruch strich sachte durch die Luft. Sie glaubte zunächst, er sei's gewesen, und war überrascht, weil Leute in Gesellschaft nicht sehr oft einen fahren lassen oder, wenn doch, dann nicht so, dass man es merkt. Während sie sich weiter unterhielten, dachte sie weiterhin, er sei es gewesen. Er tat ihr ein wenig leid, weil sie dachte, er sei in ihrer Gesellschaft verlegen und nervös, und dass er deshalb den Wind hatte streichen lassen. Dann kam ihr plötzlich der Gedanke, dass es vielleicht doch nicht er gewesen war, sondern der Hund, und schlimmer noch, dass er, wenn es der Hund gewesen war, vielleicht meinte, sie sei's gewesen. Richtig, der Hund hatte am Morgen einen ganzen Laib Brot gestohlen und gefressen und ließ nun vielleicht seine Winde streichen, etwas, was er sonst nicht tat. Sie wollte ihn auf der Stelle irgendwie wissen lassen, dass es zumindest nicht *sie* gewesen war. Natürlich war auch möglich, dass er es gar nicht bemerkt hatte, aber er war intelligent und aufgeweckt, und nachdem sie es bemerkt hatte, war es ihm wahrscheinlich auch nicht anders ergangen, es sei denn, er war zu nervös, es zu bemerken. Das Problem war, wie sie es ihm beibringen sollte. Sie konnte zur Entschuldigung etwas über den Hund sagen. Aber es war vielleicht gar nicht der Hund gewesen, vielleicht war er es gewesen. Sie konnte nicht schlankweg zu ihm sagen: »Schauen Sie, wenn Sie soeben gefurzt haben, so geht das in Ordnung; ich möchte nur, dass klar ist, dass ich es *nicht* war.« Sie könnte sagen: »Der Hund hat heute Morgen einen ganzen Laib Brot gefressen, und ich glaube, er furzt.« Aber wenn er es gewesen war und nicht der Hund, dann würde ihn das verlegen machen. Obwohl, vielleicht auch nicht. Vielleicht war er, wenn er es gewesen war, ohnehin schon verlegen, und das würde ihm aus seiner Verlegenheit helfen. Aber nun hatte sich der Geruch längst verflüchtigt. Vielleicht würde der Hund noch einmal furzen, wenn er es denn gewesen war. Das war das Einzige, woran sie denken konnte – der Hund würde noch einmal furzen, wenn es der Hund gewesen war, und dann würde sie sich bloß für den Hund entschuldigen, ob der es nun gewesen war oder nicht, und das würde ihm aus seiner Verlegenheit helfen, wenn er es denn gewesen war.

Meg und der Stock

Meg konnte ihren Spazierstock nicht finden.
Ach, welch ein Schock, ihr Spazierstock war weg! Der Stock mit dem Knauf und dem Hundekopf drauf. Aber dann fiel Meg ein: Ihren Stock hatte Peg. Peg war sie einmal besuchen gekommen und hatte ihren Spazierstock genommen (um wieder sicher nach Hause zu kommen). Lang, lang war's her. So rief Meg bei Peg an. Peggy-Peg, sag an: Wo ist mein Stock? Du nahmst ihn mir weg, also bring ihn zurück! Und wirklich, klock acht knockt Peg an die Tür, im Gepäck Megans Stock. Aber Meg war so müde. Sie lag müde im Bett und drehte sich weg, sah nicht hin zu dem Stock, sondern sagte zu Peg: Stell ihn drüben ins Eck. Peg tat wie geheißen, und weg ging's, nach Haus. Da stieg Meg aus dem Bett und besah sich den Stock. Doch nun dieser Schock: Es war nicht ihr Stock! Das war nur ein kunstloser Wanderstock. Meg rief bei Peg an und heulte ins neue Festtelefon: Welch ein Hohn, Peggy-Peg! Das ist nicht der Stab, den ich dir gab, hol ihn gleich wieder ab! Aber Peg war zu müde, zu müde zum Streiten. Sie schickte sich an, sich im Bett auszubreiten. Doch schon am Tag drauf, macht' sie wieder sich auf und brachte Megs Stock. Meg stieg aus dem Bett. Sie besah sich den Stock. In der Tat, das war er, ihr Lieblingsstock, ihr Stock mit dem Knauf und dem Hundekopf drauf. Peg kehrte heim mit dem eigenen Stock, dem dummen und kunstlosen Wanderstock. Doch kaum war

sie weg, schon beklagte sich Meg: Warum brachte denn Peg meinen Stock nicht zurück? Warum kam sie zurück, den falschen Stock im Gepäck? – Meg hatte genug. So genug von dem Spuk wegen Peg und dem Stock.

Geistig abwesend

Die Katze weint vor dem Fenster. Sie will ins Haus. Du denkst drüber nach, wie dich das Zusammenleben mit einer Katze und die Ansprüche einer Katze über simple Dinge nachdenken lassen, etwa über das Bedürfnis einer Katze, ins Haus hinein zu kommen, und wie gut das ist. Du denkst darüber nach und bist zu beschäftigt, darüber nachzudenken, um die Katze herein zu lassen, und so vergisst du darauf, die Katze herein zu lassen, und sie weint immer noch vor dem Fenster. Du bemerkst, dass du die Katze nicht herein gelassen hast, und du denkst daran, wie sonderbar das ist, dass du, während du über die Bedürfnisse der Katze nachgedacht hast und darüber, wie gut es doch ist, mit den simplen Bedürfnissen einer Katze zu leben, die Katze nicht herein gelassen hast, sondern sie weiter vor dem Fenster hast weinen lassen. Dann lässt du, während du daran denkst, wie sonderbar das ist, die Katze herein, ohne dass dir bewusst ist, dass du sie gerade herein lässt. Nun springt die Katze auf die Arbeitsplatte in der Küche und bettelt um Futter. Du bemerkst, dass die Katze um Futter bettelt, aber du denkst nicht daran, sie zu füttern, weil du darüber nachdenkst, wie sonderbar es ist, dass du die Katze herein gelassen hast, ohne dir dessen bewusst zu sein. Dann bemerkst du, dass sie um Futter bettelt, aber du nicht daran denkst, sie zu füttern, und während du das bemerkst und denkst, dass es sonderbar ist, dass du sie nicht betteln gehört hast, fütterst du die Katze, ohne dass dir bewusst ist, dass du sie fütterst.

Unterwegs in den Süden, liest Auf in den Abgrund

Sonne in den Augen, blickt nach Osten, wartet auf Bus in Richtung Süden, um Flugzeug aus Richtung Westen abzupassen. Hält ein Buch in der Hand: *Worstward Ho – Auf in den Abgrund.*[1]

Im Bus, Richtung Süden, sitzt auf rechter oder westlicher Seite, Sonne durch Fenster herein von Osten. Highway überquert mäandernden Fluss, unten einmal aus Nordost, dann aus Nordwest kommend, und überquert ihn in entgegengesetzter Richtung. Liest *Worstward Ho – Auf in den Abgrund*: Weiter. Weiter sagen. Gesagt sei weiter. Irgendwie weiter. Bis nirgendwie weiter. Gesagt sei nirgendwie weiter.[2]

1 Sie wartet in der Nähe des Highways vor dem Eingang des HoJo auf den Bus, der nach Süden fährt. Sie fährt nach Süden, um auf ein Flugzeug zu warten, das aus Westen kommt. Mit ihr wartet eine dünne, dunkelhaarige junge Frau, die in einem fort nervös neben ihrem Gepäck auf und ab geht. Sie sind beide früh da und warten schon eine Weile. In ihrer Handtasche hat sie zwei Bücher, *Worstward Ho – Ab in den Abgrund* und *Westwärts mit der Nacht*. Wenn es still ist und sie munter ist, liest sie, unterwegs in den Süden, *Auf in den Abgrund, Westwärts mit der Nacht* kann sie auf dem Weg zurück nach Norden lesen, wenn es später ist und sie müde sein wird.

2 Der Bus kommt und sie achtet darauf, dass sie auf der richtigen Seite sitzt, so dass die Sonne, wenn sie nach Süden fahren, nicht durch ihr Fenster hereinkommt, sondern durch die Fenster auf der anderen Seite des Ganges. Es ist früher Morgen, und die Sonne fällt vom Osten her durch die Fenster herein. Als sie später am Tag in den Norden zurückfährt, denkt sie, dass es dann spät genug sein mag und die Sonne aus dem Westen durch die Fenster hereinfallen wird.

Straße macht einen Bogen und Bus biegt nach Osten und dann nach Nordosten, Sonne in den Augen, hört auf, *Worstward Ho – Auf in den Abgrund* zu lesen.[3]
Straße macht einen Bogen und Bus biegt wieder nach Osten und Süden, Schatten auf Buchseite, liest: Wie nun mittels irgendwie weiter wo in dem nirgendwo alle zusammen?[4]
Straße und Bus biegen kurz nach Norden, Sonne auf rechter Schulter, Licht nicht in den Augen, sondern flimmernd auf

Der Highway, auf dem sie fährt, überquert einen mäandernden Fluss und überquert ihn in entgegengesetzter Richtung, der fließt jetzt aus Nordost, jetzt aus Nordwest unter ihr durch. Solange sie allein hinten im Bus sitzt, liest sie nicht, sondern schaut zum Fenster hinaus.
Bald danach fährt der Bus vor einem Einkaufszentrum vor. Die nervöse junge Frau mit dem dunklen Haar steht sofort auf und bleibt im Mittelgang stehen, sieht sich die anderen Fahrgäste an und zum Fenster hinaus. Zwei Frauen kommen an Bord des Busses. Sie riechen stark nach Gesichtspuder, als sie an ihr vorbeigehen, um sich hinten im Bus in ihrer Nähe hinzusetzen. Nun, da sie nicht mehr allein ist, beginnt sie zu lesen.
Im Bus ist es still, sie liest *Worstward Ho – Auf in den Abgrund.* Es beginnt mit den Worten: »Weiter. Weiter sagen. Gesagt sei weiter. Irgendwie weiter. Bis nirgendwie weiter. Gesagt sei nirgendwie weiter.« Diese Worte gefallen ihr nicht sehr.

3 Aber kurz darauf liest sie einen Satz, der ihr besser gefällt: »Wohin dereinst woher keine Rückkehr.« Danach gefallen ihr manche Sätze, andere nicht.
Der Bus fährt auf dem Highway fast genau Richtung Süden. Manchmal verlässt er den Highway, um anzuhalten und weitere Passagiere einsteigen zu lassen, und die Sonne zieht hinter ihrem Rücken einen Kreis um sie herum. Bei jedem Halt steht die nervöse junge Frau auf und blickt gebieterisch in die Runde. Die zusteigenden Passagiere sind hauptsächlich Frauen.
Sie liest mehrere Meilen in Ruhe weiter, aber als die Straße einen Bogen macht und der Bus dem Bogen folgt, nach Osten und dann nach Nordosten, hat sie die Sonne in den Augen und kann nicht *Worstward Ho – Auf in den Abgrund* lesen.

4 Sie wartet, und als die Straße wieder nach Osten biegt und danach nach Süden, fällt ein Schatten auf die Buchseite, und sie kann lesen. Sie hat Schwierigkeiten zu lesen, obwohl das Licht gut ist, liest sie Worte wie: Wie nun mittels irgendwie weiter wo in dem nirgendwo alle zusammen?

Seite von *Worstward Ho – Auf in den Abgrund*, liest: Was, wenn Worte vergangen? Keine für was dann.[5]

Bus biegt ab von Highway, Sonne im Rücken, Sonne rundum und im Fenster und auf der Buchseite, liest nicht.

Bus Fahrtrichtung Osten, reglos in Busstation, unter Baumschatten, liest: Aber mittels irgendwie weiter sagen irgendwie mit Sehen zu tun.[6]

Bus Fahrtrichtung Süden, fährt, liest: So Mindestheit weiter.

Bus biegt ab von Highway, Sonne im Rücken, Sonne rundum und im Fenster und auf Buchseite, liest nicht.

Bus Fahrtrichtung Osten, dann Nordosten, reglos bei baumloser Tankstelle, nicht im Schatten, Sonne im Gesicht, liest nicht.[7]

5 Wenn der Bus kurz nach Norden abdreht, so dass die Sonne auf ihrer rechten Schulter liegt, dann ist das Licht nicht mehr in den Augen, aber es flimmert auf der Buchseite, und das Flimmern beleuchtet und verwirrt zugleich die bereits verwirrenden Worte noch mehr: »Was, wenn Worte vergangen? Keine für was dann.«

6 Nun erlaubt ihr der Schatten eines Baumes neben einer kleinen Tankstelle weiterzulesen: »Aber mittels irgendwie weiter sagen irgendwie mit Sehen zu tun.« Während der Fahrer telefoniert, verlässt eine Frau den Bus, um ein funktionierendes Klo zu finden, findet keins und kehrt zum Bus zurück.

Der Bus schlägt nun wieder die Richtung Süden ein, und sie liest mit Gefallen und etwas Verständnis: »Jetzt um zu sagen wie schlimmst auch immer nur sie nur sie.« Und dann, mit größerem Gefallen: »Mit höchstvermindernden Worten Mindestes Bestschlimmeres sagen. Mangels schlimmerem Schlimmstem. Unverminderbar Mindestes Bestschlimmeres.« Und bald ist da etwas ein wenig anders: »So mindestwärts weiter. So lang wie noch Trübe. Ungetrübte Trübe. Oder noch mehr zu trüben getrübte. Bis zu höchsttrüber Trübe. Äußerster Trübe. Höchstmindest in äußerster Trübe. Unverschlimmerbar Schlimmstes.«

Die Sonne hindert sie an einer anderen kleinen Tankstelle am Lesen, Hitze und Gleißen dringen durch ihr Fenster, welches das Westfenster war, als der Bus nach Süden fuhr, muss zum gegenwärtigen Augenblick aber vielleicht als Ostfenster angesehen werden. Während der Fahrer neuerlich telefoniert, verlassen zwei Frauen den Bus jetzt auf der Suche nach einer funktionierenden Toilette, finden keine und kehren zum Bus zurück.

7 Fahrtrichtung abermals Süden.

Bus wendet, Sonne von vorn, Sonne rundum und im gegenüberliegenden Fenster, Schatten auf der Buchseite, Bus Fahrtrichtung Süden, fährt los, liest: Der lange Verlangen verlorene sogesagte Geist verlangend. Der so missgesagte. Spur von langem Verlangen verlorenen Verlangen. Gesagt ist missgesagt. Wann immer gesagt gesagt gesagt missgesagt.[8]

Bus biegt ab von Highway, Sonne im Rücken, Sonne rundum und im Fenster und auf der Buchseite, liest nicht.[9]

Bus biegt letztes Mal wieder auf den Highway, Sonne von vorn, Sonne rundum und im gegenüberliegenden Fenster,

8 Obwohl sie schon einige Seiten weiter gekommen ist, sind manche Worte wieder die gleichen: »Dann scheitern sehen sagen wie ungetrübte Trübe zu verschlimmern. Wie nirgendwie außer noch mehr zu trüben. Nicht mehr als eine Schattierung mehr damit wenn nach nirgendwie irgendwie weiter noch mehr zu trüben.«

Dann steht am Ende der Seite etwas Neues: »Der lange Verlangen verlorene sogesagte Geist verlangend. Der so missgesagte. Soweit so missgesagte. Spur von langem Verlangen verlorenen Verlangen.«

Dann eine Kombination: »Verlangend dass alles vergehe. Trübe vergehe.«

Bald danach liest sie, verwirrt: »Gesagt ist missgesagt. Wann immer gesagt gesagt gesagt missgesagt.« Sie missversteht es und liest noch einmal: »Wann immer gesagt gesagt gesagt missgesagt.« Dann ein drittes Mal, und als sie sich eine Pause in der Mitte vorstellt, versteht sie es besser.

9 An der nächsten Haltestelle ruft der Busfahrer die »Herrschaften Benson und Goodwin« aus. Das Ehepaar Benson und der allein reisende Goodwin, die vorne im Bus sitzen, geben sich zu erkennen als: »Zweimal Benson und einmal Goodwin«. Der Fahrer braucht sehr lange, bis er ihre Papiere gefunden hat. Während er sucht, verlassen jetzt drei Frauen den Bus, auf der Suche nach einer funktionierenden Toilette, finden eine und kehren zum Bus zurück.

Jedes Mal, wenn der Bus nun hält, bleibt er so stehen, dass die Sonne durch das ehemalige Westfenster fällt, das nun aber das Ostfenster ist, macht sich bereit, nach rechts abzubiegen und in Richtung Süden und wieder der Sonne entgegenzufahren. Sie hat sich jetzt daran gewöhnt zu warten, die Sonne auf ihrem Gesicht und auf die Buchseite, und schaut den Asphalt draußen und die Passagiere drinnen an, bis der Bus dreht und wieder nach Süden fährt.

Schatten auf der Buchseite, liest: Kein einst. Kein einst in vergangenheitslosem Jetzt.

Bus verlässt Highway letztes Mal, Sonne von vorn, Sonne rundum und im Fenster, liest nicht.[10]

Bus am weitesten im Süden, reglos im Schatten, Fahrtrichtung Norden, liest letzte Worte: »Gesagt nirgendwie weiter.«[11]

Anmerkung des Übersetzers

Samuel Becketts Text *Worstward Ho,* aus dem Jahr 1983, ist eine sarkastische Anspielung auf den zukunftsgläubigen 1855 erschienenen Reise- und Abenteuerroman *Westward Ho, The Voyages and Adventures of Sir Amyas Leigh* von Charles Kingsley. Die Übersetzung »Auf in den Abgrund« im Titel von Lydia Davis' Text erschien mir brauchbarer als »Aufs Schlimmste zu«, der Titel der deutschen Übersetzung von Erika Tophoven-Schöningh. Sämtliche anderen Zitate aus Becketts Text sind Tophoven-Schöninghs Übersetzung entnommen. – Das zweite Buch im Gepäck der Ich-Erzählerin, *Westwärts mit der Nacht,* ist von Beryl Markham (*West with the Night*) und enthält die Erinnerungen der Autorin an ihre Jugend in Kenya. Beryl Markham hat als erste Frau den Atlantik von Osten nach Westen im Flugzeug überquert.

10 Gegen Ende des Buches liest sie: »Kein einst. Kein einst in vergangenheitslosem Jetzt.«, und gerade da fährt der Bus an einem Friedhof in der Nähe des Flughafens vorbei, und sie sieht eine Menge weißer Steinengel, die ihre Flügel ausgebreitet haben.

11 Als sie am Ende ihrer Reise in den Süden angekommen ist, am südlichsten Punkt der Route des Busses, von wo aus er wieder nach Norden aufbrechen wird, hat sie das Buch, das nicht lange ist, fertig gelesen. Obwohl ihr viele der Worte gefallen hatten, die dazwischen gestanden hatten, sagten ihr die letzten Worte: »Gesagt nirgendwie weiter« so wenig wie die ersten »Weiter. Weiter sagen. Gesagt sei weiter. Irgendwie weiter.«

Der Spaziergang

Eine Übersetzerin und ein Kritiker waren zufällig gleichzeitig in der großen Universitätsstadt Oxford, nachdem man sie eingeladen hatte, an einer Konferenz über Übersetzung teilzunehmen. Die Konferenz dauerte einen ganzen Samstag lang, und danach aßen die beiden zusammen zu Abend, wenn auch nicht ganz aus freien Stücken. Alle anderen Teilnehmer oder Besucher der Konferenz waren abgefahren, sogar die Organisatoren. Nur sie beide hatten beschlossen, eine zweite Nacht in den für sie reservierten Zimmern des Colleges zu verbringen, wo die Konferenz stattgefunden hatte, zwei heruntergekommene Gebäude mit vergammelten Teppichen in den Gängen, mit Schimmelgeruch in den Gästezimmern und quietschenden Bettgestellen aus Eisen.
Das Restaurant war licht und luftig, rundum verglast wie ein Gewächshaus. Das Essen war gut, und die meiste Zeit unterhielten sie sich lebhaft. Sie stellte ihm viele Fragen, und er redete viel über sich selbst. Sie wusste etwas über ihn, denn sie hatten im Lauf der Jahre hin und wieder korrespondiert – sie hatte ihn in der einen oder anderen Frage um Hilfe gebeten; er hatte einen Essay von ihr bewundert; sie hatte einen Erinnerungsbericht von ihm hoch gelobt; er hatte freundlicherweise einen Ausschnitt aus ihrer letzten Übersetzung in eine Anthologie aufgenommen. Er hatte einen bestimmten, beinahe servilen Charme. Er sprach gerne über sich selbst und

wollte wenig über sie wissen. Sie nahm das Ungleichgewicht wahr, aber es machte ihr nichts aus. Beide waren einander wohlwollend gesonnen, aber aufgrund seiner negativen Reaktion auf ihre Übersetzung war auch eine unterschwellige Spannung da.

Er fand, sie halte sich zu sehr an das Original. Er zog die wohlüberlegten Kadenzen einer früheren Version vor und hatte ihr das persönlich und in gedruckter Form mitgeteilt. Sie fand, er bewundere Lyrismen und leere rhetorische Schnörkel, die auf Kosten von Genauigkeit und Treue gegenüber dem Original gingen, das stilistisch viel schlichter und klarer war, wie sie sagte, als die blumige und nebulöse frühere Version. Während der Konferenz hatte sie den eigenen Ansatz in aller Form dargelegt, und er hatte nicht darauf reagiert, obwohl sie von ihrem Rednerpult aus von seinem Gesichtsausdruck – halb amüsiert, halb spöttisch – und seinem gelegentlichen Zusammenzucken, wenn er in seinem Sitz hin und her rutschte, ablesen konnte, dass er sich sehr alterierte. Für die eigene Präsentation hatte er sich entschlossen, die Sprache der Übersetzungskritik zu thematisieren, auch die eigene, und hatte – aus Boshaftigkeit oder Böswilligkeit – als Beispiele die Kritiken der Übersetzungen der Konferenzteilnehmer gewählt. Damit hatte er bei allen Unbehagen und Verlegenheit ausgelöst und sie in ihrem Stolz getroffen, denn nur einer von ihnen hatte keine schlechten Kritiken bekommen.

Als sie ihr Essen beendet hatten, war es draußen immer noch hell, denn bis zur Sommersonnenwende waren es nur ein paar Tage. Da der Himmel noch ein paar Stunden hell bleiben würde und sie den ganzen Tag im Konferenzsaal eingesperrt gewesen waren und verschiedentlich einmal unter Langeweile gelitten, dann unter Spannungen gestanden hatten, wofür häufig er die Ursache gewesen war, und da sie die Gesellschaft des anderen trotz allem bis zu einem gewissen Grad genossen, waren sie sich einig, dass ein Spaziergang ihnen beiden gut tun würde.

Vom College, in dem die Konferenz abgehalten worden war, und vom Restaurant, das in seiner Nähe lag, ging man zu Fuß gut zehn Minuten, und so beschlossen sie, in die Stadt zu spazieren, ein wenig durch die Straßen zu schlendern und danach wieder zurück zu gehen. Er war schon Jahre nicht mehr in der Stadt gewesen und war neugierig, wie sie jetzt aussah. Sie hatte sie schon gleich nach ihrer Ankunft am Tag davor selbstständig erkundet, aber weder sehr gründlich noch zu ihrer Zufriedenheit, weil sie voller Touristen und die Mittagssonne zu heiß war, als dass sie sich wohlfühlen hätte können. Sie hatte zwei Stadtrundfahrten im Bus gemacht, oder richtiger, zwei ganze und eine halbe Stadtrundfahrt, zweimal die Hauptstraße hinunter, zweimal vorbei am botanischen Garten, zweimal hinaus zu den Colleges, die außerhalb der Stadt lagen, und wieder zurück, und noch einmal hinaus zu den Colleges, um wieder zurück zu ihrer Unterkunft zu kommen, und so war sie mit der Stadt besser vertraut als er. Sie einigten sich stillschweigend darauf, dass sie den Stadtführer machte. Sie fühlten sich beide wie Kolonialbewohner im Mutterland, die sie auch waren – sie mit einem Akzent, der für die Ohren der Einheimischen unangenehm war, er mit einem anderen Akzent, den sie nicht lokalisieren konnten.

Auf dem Gang in die Stadt floss ihre Unterhaltung ruhig dahin, immer noch ging es vor allem um ihn, um seinen akademischen Status, seine Studenten, seine Kinder und wie er sie großzog, und um seine Frau, die ihm fehlte. Er und seine Frau hatten einmal versucht sich zu trennen, aber nach ein paar Wochen war sie zu ihm zurückgekehrt. Er sei, erzählte er, in diesen Wochen in tiefe Verzweiflung gestürzt. Wenn man zu zweit war, dann beschloss man so vieles gemeinsam, wie zum Beispiel, in welches Zimmer man sich zum Frühstückskaffee setzen wollte. Wenn man allein war, sagte er, war es so scheußlich schwer, diese kleinen Entscheidungen zu fällen.

Die Straßen waren relativ leer, obwohl es Samstagabend war. Es waren nicht viele Touristen unterwegs, bloß ein paar Familien und Pärchen. Die Gehsteige waren so leer, als hätte man die Menschenmengen weggefegt. Ab und zu eilten, in Gruppen oder einzeln, Studenten in Abendkleidung auf dem Weg zu einer universitären Feierlichkeit an ihnen vorüber. Sie hatten beide das sonderbare Gefühl, die Stadt sei voll mit Menschen, die aber allesamt an Veranstaltungen teilnahmen, die, ihren Blicken entzogen, hinter geschlossenen Türen stattfanden. Im Augenblick gehörten die Straßen ihnen. Die Sonne hing tief am Himmel, knapp über dem Horizont, und ging so langsam unter, dass ihr Untergang kaum wahrnehmbar war, und sie überschüttete die gelben Steine der alten Gebäude mit honigfarbenem Licht. Der Himmel über den Dächern war unermesslich, in ein blasses Blau getaucht.

Am Ende einer langen mit Steinen gepflasterten Fußgängerstraße hörten sie den mächtigen Gesang eines Chors von Stimmen, die in die stille Abendluft hinausströmten. Das Konzert fand in einem kreisrunden, rosenroten Saal statt. Sie stiegen die Treppe zu einem Seiteneingang hinauf, in der Hoffnung, sie könnten für den Rest des Konzerts durch ihn hineinschlüpfen. Er, ein verwöhntes jüngstes Kind, war nicht der Typ, der sich an Regeln hielt, und obwohl sie sich jetzt ein wenig wie eine freundliche Tante vorkam, die ihm und seinen himmelschreienden Behauptungen mit Nachsicht begegnete, hielt sie es mit der Gesetzestreue für gewöhnlich ebenso wenig genau wie er. Besonders hier, im Mutterland, wo sie sich weniger proper vorkamen als die einheimische Bevölkerung, waren sie versucht, sich weniger proper zu verhalten.

Allerdings blockierten zwei mittelaltrige, korpulente Frauen in langen Röcken und mit klobigen Absätzen den Eingang, die miteinander schwatzten und lachten und ihnen höflich, aber entschieden mitteilten, dass sie nicht hinein dürften. Sie standen eine Zeitlang still neben den Frauen und genossen das Auf und Ab des Gesangs, während sie in das ehemalige Herzstück der ursprünglichen Universität hinunterblickten, einen kleinen, jahrhundertealten Hof, dessen Frontseite mit der bescheidenen Fassade der ersten Universitätsbibliothek abschloss.

Jede der kurzen Straßen der Nachbarschaft überraschte, als sie weiterspazierten, mit einem weiteren alten College, an dem man häufig ein eigenes Zugangstor, einen mit Eisenspitzen bewehrten Zaun, einen Hof oder irgendwelches Maßwerk oder Kragsteine oder einen Glockenturm bewundern konnte. Manchmal wollten sie beide die gleiche Straße hinaufgehen, dann wieder nur einer von beiden, während der andere höflich nebenherging. Für sie war es eine interessante Übung, einen Ort mit einem Menschen zu erkunden, den sie nicht gut kannte, und nicht nur ihren eigenen Impulsen nachzugeben, sondern auch seinen.

Da sie beide viele Jahre verheiratet gewesen waren, hatte dieses gemeinsame Herumschlendern etwas von der wohltuenden Vertrautheit einer langen Angewohnheit, und doch hatte es auch etwas von der Unbeholfenheit eines ersten Rendezvous, da sie einander schließlich nicht wirklich gut kannten. Er war klein, und seine Bewegungen und Gesten waren anmutig und elegant. Sie achtete darauf, nicht zu nahe neben ihm her zu gehen, und schloss aus seiner zeitweiligen leichten Unsicherheit, dass er wahrscheinlich ebenso sehr darauf achtete, eine bestimmte Distanz zu ihr zu halten.

Nachdem mehr als eine Stunde vergangen war, beschlossen sie zu ihrem College zurückzukehren. Nun bot sie ihm an, zur Abwechslung eine andere Strecke zu gehen, durch eine Straße, die parallel zu der verlief, auf der sie hergekommen waren, und in diese kurz vor dem Ziel wieder einmünden würde. Sie erklärte ihm das nicht des Langen und Breiten, sondern versicherte ihm einfach, dass die Straße, in die sie gleich einbiegen würden, zurück zu ihrem College führen werde. Er vertraute sich ihrer Führung an und achtete kaum darauf, wohin sie gingen, während er weiterredete.

Er sprach mit Emphase und verwendete dabei starke Adverbien, brachte häufig seinen Unwillen zum Ausdruck und gab zu, dass, wie er es formulierte, manche seiner Meinungen vom Neidvirus befallen seien: Bestimmte Dinge waren seiner Meinung nach geradezu schamlos offensichtlich oder beschämend ungenau oder schlichtweg lächerlich; andere waren natürlich großartig, herrlich, zauberhaft. Er verdammte ein bestimmtes Verlagshaus und bemerkte – obwohl er nicht alt genug war, um am Zweiten Weltkrieg teilgenommen zu haben –, dass sich an dessen Frontlinie Inkompetenz und Unehrlichkeit vermehrten wie Läuse in den Schützengräben der Infanterie und dass die Administratoren der oberen Etage hin und wieder aus ihren Schützengräben herausgeholt und mit etwas Geruh- und Erholsamem beschäftigt werden sollten, wie etwa mit dem Zusammenheften von Seiten. Es passte ihr, bloß Zuhörerin zu sein, und sie dachte mehrmals, wie absolut passend dieser Abschluss – ihr relativ passives Verhalten und die leichte körperliche Anstrengung – für den langen, anstrengenden Tag doch war.

Die Straße war ihr großteils vertraut, weil sie sie schon dreimal entlanggefahren war, als der Bus auf seiner Tour die Stadt hinter sich gelassen hatte, aber sie wurde auf dem Rückweg nach zehn Minuten etwas unruhig, weil sie nicht sicher war, wo sie nach links abbiegen sollte. Schließlich waren die Dinge beim Blick aus dem Busfenster relativ rasch an ihr vorbeigeflogen. Er meldete zweimal leichte Zweifel an, und beim zweiten Mal gab sie zu, dass sie unsicher war. Doch als sie dann korrekt nach links ab- und korrekt fast unmittelbar gegenüber dem Restaurant, in dem sie gegessen hatten, wieder in ihre ursprüngliche Straße einbogen und sie ein Gefühl der Befriedigung auskostete, realisierte er nicht, wo sie waren, sondern ging einfach auf der dem Restaurant gegenüberliegenden Seite neben ihr her, bis sie darauf zeigte. Da war er nun tatsächlich erstaunt, so als hätte er sich vorgestellt, sie seien von dieser Straßenecke weit entfernt und als hätte sie sie aus ihrer Jackentasche hervorgezaubert.

Nun, dachte sie, würde er eine Parallele zu einer Szene in dem Buch, das sie übersetzt hatte, erkennen, aber das tat er nicht; sie dachte, er sei vielleicht zu sehr damit beschäftigt, seine Orientierung wiederzufinden. In der von ihm bevorzugten Version lautete die Stelle so:

Wir kehrten über den Boulevard de la Gare zurück, an dem sich die attraktivsten Villen der Stadt befanden. In jedem ihrer Gärten verstreute das Mondlicht, das die Kunst von Hubert Robert kopierte, seine zerborstenen Stufen aus weißem Marmor, seine Springbrunnen, seine einladend offen stehenden schmiedeeisernen Gartentore. Seine Strahlen hatten das Telegraphenamt weggewischt. Das einzige, was von ihm geblieben war, war eine halb zerbrochene Säule, die jedoch die Schönheit einer Ruine bewahrte, die die Zeiten für immer überdauert. Ich schleppte da schon schwer an meinen ermatteten Gliedern und war drauf und dran, vor Müdigkeit umzufallen; der balsamische Duft der Linden war gleichsam eine Belohnung, die man sich nur durch große Mühsal verdiente – ein Preis, der die Anstrengung nicht wert war. Aus den weit voneinander entfernten Gartentoren stimmten die Wachhunde, die von unseren in der Stille widerhallenden Schritten geweckt worden waren, einen bellenden Wechselgesang an, wie ich ihn bisweilen immer noch abends höre und in den der Boulevard de la Gare (als die öffentlichen Parks von Combray auf diesem Areal angelegt wurden) Eingang gefunden haben muss, denn wo auch immer ich bin, wenn sie mit ihren sich abwechselnden Anrufungen und Antworten beginnen, sehe ich ihn wieder vor mir mit seinen Lindenbäumen und dem im Mondschein schimmernden Trottoir. Plötzlich ließ uns mein Vater innehalten und fragte meine Mutter – »Wo sind wir?« Von dem Spaziergang erschöpft, aber immer noch stolz auf ihren Gatten, gestand sie liebevoll ein, dass sie nicht die mindeste Ahnung habe. Er zuckte die Schultern und lachte. Und dann zeigte er, so als hätte er sie mit dem Hausschlüssel aus seiner Westentasche hervorgezaubert, auf die rückwärtige Pforte unseres eigenen Gartens unmittelbar vor unserer Nase, die uns, zusammen mit der vertrauten Ecke der Rue du Saint-Esprit, am Ende unserer Wanderschaft auf unbekannten Pfaden willkommen hieß.

Da er es nicht bemerkt hatte, wollte sie es in Kürze erwähnen, aber im Augenblick war es ihr wichtiger, ihn auf ein Haus hinzuweisen, an dem sie gleich vorbeikommen sollten. Es hatte einst Charles Murray, dem großen Herausgeber des *Oxford English Dictionary*, gehört.

Als sie am Tag davor in der Stadt angekommen war, war ihr größter Wunsch gewesen, sich nicht die berühmteren Sehenswürdigkeiten anzusehen, sondern das Haus, in dem dieser Herausgeber während des Abschlusses des Hauptteils seiner Arbeit gelebt hatte, über die sie einen persönlichen Bericht seiner Enkelin gelesen hatte. Sie hatte große Mühe darauf verwandt, jeden, mit dem sie zusammentraf, zu fragen, ob er oder sie wisse, wo das Haus stünde. Niemand hatte es ihr sagen können, und da die Zeit davonlief, gab sie die Suche auf. Am Ende des Tages und ihrer Besichtigungstouren und gerade als der Bus zum dritten Mal in ihre Straße einbog und anhielt, um sie vor dem Pförtnerhäuschen des Colleges aussteigen zu lassen, hatte der Führer etwas über eben diesen Herausgeber und sein Haus gesagt. Sie war bereits die Stufen hinuntergestiegen und halb aus dem Bus, als sie es hörte, und konnte den Führer nicht weiter befragen. Sie konnte nicht glauben, dass sie das Haus direkt vor ihrer Nase haben sollte, in unmittelbarer Nachbarschaft ihrer Unterkunft, und so fragte sie am nächsten Tag wieder jeden, mit dem sie zusammenkam, wo das Haus sein mochte. Nachdem sie ihr Referat bei der Konferenz gehalten hatte, trat ein kleiner, untersetzter Mann mit geistesabwesender und beinahe zorniger Miene an sie heran, der seine ganze Aufmerksamkeit auf sie konzentrierte und alle anderen um sie herum ignorierte und ihr mehrere sachbezogene Fragen stellte und mehrere präzise Kommentare zu ihrem Referat abgab. Er stellte sich aus Gründen der Bescheidenheit nicht vor, und als sie ihn fragte, wer er sei, sagte er, er sei soeben als Bibliothekar dieses Colleges in den Ruhestand getreten und würde sich wirklich sehr freuen, mit ihr eine Führung durch die Bibliothek zu machen. Da er höchst kompetent und über großes Faktenwissen zu verfügen schien, beschloss sie, ihn das zu fragen, was sie seit gestern jeden gefragt hatte. Der Bibliothekar sagte, selbstverständlich kenne er das Haus – es stehe direkt gegenüber, auf der anderen Straßenseite. Und er führte sie sofort hinaus an die Straßenecke und zeigte es ihr. Da stand es, samt Obergeschoß und Dach, welche die Ziegelmauer überragten – als hätte es der Bibliothekar aus seiner Rocktasche gezaubert und nur dahin gestellt, um ihr eine Freude zu bereiten.

Die Situation war natürlich nicht identisch, weil sie der Bibliothekar nicht auf magische Weise nach Hause gebracht, sondern stattdessen genau das Haus, nach dem sie suchte, herbeigezaubert hatte. Nun aber erzählte sie diese Geschichte dem Kritiker, dem sie sich nun, da sie so lange mit ihm herumgegangen war und ihn sicher zurückgebracht hatte, näher fühlte. Sie dachte, nun würde er die Situation wiedererkennen und an ihren Spaziergang und an die Stelle in dem Buch denken, das er so gut kannte.

In ihrer Version las sich die Szene so:

> Wir kehrten auf der breiten Bahnhofstraße zurück, an der die hübschesten Häuser des Pfarrsprengels standen. In jeden ihrer Gärten verstreute das Mondlicht – wie Hubert Robert – seine zerborstenen Stufen aus weißem Marmor, seine Springbrun-

nen, seine halb offenen Gartenpforten. Sein Licht hatte das Telegrafenamt ausgelöscht. Nur eine einzige Säule war übrig, die, halb zerbrochen, dennoch die Schönheit einer unvergänglichen Ruine in sich bewahrte. Ich schleppte mich auf meinen Füßen, ich war zum Umfallen müde, der Duft der Lindenbäume, der die Luft erfüllte, erschien mir wie eine Belohnung, die sich nur um den Preis völliger Erschöpfung verdienen ließ, und das war nicht die Mühe wert. Hinter weit auseinander stehenden Gartenpforten feuerten Hunde, die von unseren einsamen Schritten erwachten, abwechselnd Gebellsalven ab, wie ich sie heute noch abends manchmal höre und in die die Bahnhofstraße (zur Zeit, als der öffentliche Park von Combray auf diesem Areal entstand) Eingang gefunden haben muss, denn egal, wo ich bin, kaum fangen sie an anzuschlagen und zu erwidern, sehe ich sie wieder vor mir, mit ihren Linden und ihren mondbeschienenen Trottoirs.

Plötzlich hielt uns mein Vater an und fragte meine Mutter: »Wo sind wir?« Erschöpft von dem Spaziergang, aber voll Stolz auf ihn, gab sie sanftmütig zu, dass sie absolut keine Vorstellung habe. Er zuckte die Schultern und lachte. Dann zeigte er uns, als hätte er sie zusammen mit dem Schlüssel aus seiner Rocktasche gezogen, die kleine rückwärtige Pforte unseres Gartens, die da, neben der Straßenecke der Rue du Saint-Esprit, am Ende jener unbekannten Straßen schon auf uns wartete.

Er aber war mehr an dem großen Herausgeber interessiert und am Haus und dem Briefkasten unmittelbar vor dem Haus, der hier eigens zum Gebrauch durch den Herausgeber aufgestellt worden war und von dem aus so viele Bitten um Zitate zur Post gegangen waren. Sie dachte, sie würde sich zu einem späteren Zeitpunkt, in einem Brief, zu dieser Parallele äußern, und vielleicht wäre er dann darüber amüsiert.

Es war spät. Die Sonne war schließlich untergegangen, obwohl der Himmel immer noch von dem zurückbleibenden kühlen Sommersonnwendlicht erfüllt war. Nachdem er mit etwas Mühe den Eingang zum College mit dem ihm ungewohnten Schlüssel geöffnet hatte, wünschten sie einander in der Tür gute Nacht und gingen jeder seiner Wege, er hinauf über die Treppe, sie den Korridor entlang, in ihre muffigen Zimmer.

Es war ihr schon zu spät, allein in ihrem Zimmer zu sitzen, wie sie es nach einem langen Tag gewöhnlich gerne tat; sie musste früh aufstehen. Und außerdem war es ohnehin nicht der Typ von Zimmer, in dem man die Stille genießen und ausruhen konnte, weil es so dürftig ausgestattet war – mit seinem kleinen, hinfälligen Kleiderschrank, dessen Tür immerzu aufging, seiner unpraktischen Lampe, seinen harten, flachen Kissen und diesem hartnäckigen Modergeruch. Es stimmte schon: das Badezimmer war im Gegensatz dazu mit altem Marmor und Porzellan ausgestattet, und sein einziges schmales Fenster blickte auf einen hübschen Garten hinaus, aber es mangelte auch ihm am nötigen Inventar: Bald nachdem er am Tag zuvor angekommen war, während sie durch die Stadt tourte, hatte er, obwohl sie sich noch nicht begegnet waren, in seiner Panik eine Nachricht an ihrer Tür hinterlassen, in der er sie um ein Stück Seife bat.

Als sie in Gedanken die ganze Sache noch einmal durchging, stellte sie fest, dass sie nicht enttäuscht war. Sie war nun im Bett, hatte ein Buch vor sich aufgeschlagen und versuchte beim Schein der unzureichenden Lampe zu lesen, aber jedes Mal, wenn ihr Blick wieder auf die Seite fiel, beschäftigte sie ein anderer hartnäckiger Gedanke und ließ sie innehalten.

Sie wäre enttäuscht gewesen, hätte sie zu guter Letzt nicht doch noch Murrays Haus gesehen, oder hätte sie nicht doch die Bibliothek gesehen, deren Alarmanlage sie beinahe ausgelöst hätte, als sie am oberen Ende einer historischen Treppe über eine absolut leere Fläche ging. Sie wäre von dem Gebäude enttäuscht gewesen, wäre der Konferenzsaal mit seiner hohen Decke und den dunklen Eichenbalken nicht so elegant gewesen, und sie wäre vielleicht von der Konferenz selbst enttäuscht gewesen, hätte nicht einer der Redner so interessante Beispiele aus den Rohentwürfen des großen Schriftstellers vorgebracht. Sie war enttäuscht, dass einige Teilnehmer im Anschluss nicht wenigstens kurz noch dageblieben waren, sondern dass sie es vielmehr so eilig gehabt zu haben schienen, wieder abzufahren.

Dann aber war da dieser lange Spaziergang und dann ihre sich verändernden Eindrücke von der Stadt, die am Mittag des Tags davor so überfüllt, heiß und bedrückend gewesen war und an diesem Abend so heiter – mit ihren leeren Straßen, den leeren Höfen und Hintergärten, der Dunkelheit der sich vor dem Himmel abhebenden Kirch- und Glockentürme, mit ihren kurzen Hintergässchen und schmalen Gassen und ihren weichen Steinen, die in ihrer Erinnerung den Himmel in korallenroten Tönen reflektiert hatten, die im Verlauf der Stunden in der kühlen Nacht ein paar Schattierungen dunkler wurden.

Der abendliche Friede und die Leere der Stadt waren brüchig und vorläufig erschienen; am nächsten Tag würde sie einmal mehr in der aufgeheizten Menschenmenge untergehen. Und da sie so viele Rundtouren aus der Stadt heraus absolviert hatte, im Bus und später zu Fuß, war es ihr auch so, als läge das Hauptgewicht ihrer Erfahrungen mit dieser Stadt auf dem hier, auf dieser Entfernung von ihr, so als müsste die Stadt immer aus der Entfernung von genau dieser Länge jener zwei Straßen erfahren werden, die hier begannen und hier auseinanderliefen und in sie einmündeten.

Zuletzt wurden die Abstände zwischen ihren Gedanken länger, und sie las mehr als sie innehielt, um nachzudenken. Dann las sie länger, als sie beabsichtigt hatte, und nach und nach vergaß sie die Lampe, das Zimmer und die Konferenz, obwohl der Spaziergang dablieb, irgendwo hinter oder unter ihrer Lektüre, bis sie völlig entspannt war und, nun ungestört vom harten Kissen, einschlief.

Als sie am nächsten Morgen mit ihrem Koffer herauskam, war auch er da und stand in einem für seine Körpergröße eine Spur zu großen weißen Sommeranzug neben dem Pförtnerhäuschen. Am Tag zuvor hatten sie beide für dieselbe Stunde Taxis bestellt, und die beiden Fahrer standen tratschend am Bordstein in der Morgensonne. Er fuhr praktisch in den gleichen Stadtteil, wenn auch nicht zum Bahnhof, aber weder er noch sie hatte vorgeschlagen, gemeinsam ein Taxi zu nehmen. Sie wartete, während er sich noch ein paar Minuten mit dem Portier unterhielt, und dann nahmen sie voneinander Abschied, bevor jeder in sein eigenes Taxi stieg. Als er vorsichtig in seines einstieg, sprach er, wie sie fand, feierliche und beinahe ahnungsvolle Abschiedsworte, wie sie bisher noch niemand zu ihr gesprochen hatte, die sie nichtsdestoweniger für durchaus zutreffend hielt, da er auf der anderen Seite des Erdballs lebte: »Wir werden uns wahrscheinlich nicht wiedersehen.« Dann machte er eine elegante Handbewegung, an die sie sich später nicht genau erinnerte und deren Bedeutung sie nicht so recht erfasste, obwohl sich in ihr ein Abschiedsgruß mit der Hinnahme von etwas Unausweichlichem zu verbinden schien, und sein Taxi rollte langsam die Straße hinunter und kurz dahinter ihres.

Formen der Verstörung

Seit mehr als vierzig Jahren höre ich nun, was meine Mutter sagt, und erst seit fünf Jahren höre ich, was mein Mann sagt, und oft habe ich gedacht, sie hat recht und er nicht, aber nun denke ich öfter, er hat recht, besonders an einem Tag wie heute, nach einem langen Telefongespräch mit meiner Mutter über meinen Bruder und meinen Vater und einem anschließenden kürzeren Telefongespräch mit meinem Mann über das Telefongespräch mit meiner Mutter.
Meine Mutter machte sich Sorgen, denn sie hatte die Gefühle meines Bruders verletzt, als er ihr am Telefon erklärte, er wolle einen Teil seiner Urlaubszeit dafür verwenden, zu ihnen zu kommen, um ihnen zu helfen, da meine Mutter gerade erst aus dem Krankenhaus zurück war. Obwohl sie damit nicht die Wahrheit sagte, sagte sie zu ihm, er solle nicht kommen, denn sie könne wirklich niemanden im Haus gebrauchen, weil sie sich dann verpflichtet fühle, zum Beispiel etwas zu essen herzurichten, obwohl sie sich mit den Krücken ohnehin schon schwer genug tue. Er entgegnete: »Darum geht es doch gar nicht!«, und nun geht er nicht ans Telefon. Sie hat Angst, es könnte ihm etwas zugestoßen sein, aber ich sage ihr, dass ich das nicht glaube. Er habe die Urlaubszeit, die er für sie reserviert hatte, möglicherweise doch selbst konsumiert, um ein paar Tage alleine wegzufahren. Sie vergesse, dass er ein Mann von beinahe fünfzig Jahren sei, obwohl es mir leid tue,

dass sie ihn so verletzen mussten. Kurz nachdem sie den Hörer aufgelegt hat, rufe ich meinen Mann an und wiederhole alles für ihn.

Meine Mutter verletzte die Gefühle meines Bruders, indem sie bestimmte Gefühle meines Vaters dadurch schützte, dass sie auf bestimmten anderen eigenen Gefühlen beharrte, und während es mir schwer fiel, die ganz bestimmten Gefühle meines Vaters, die mir alle wohlbekannt sind, zu leugnen, fiel es mir ebenso schwer, nicht zu glauben, dass es keine andere Möglichkeit geben sollte, anders zu handeln, so dass die angebotene Hilfeleistung meines Bruders nicht zurückgewiesen und er nicht verletzt sein würde.

Sie verletzte die Gefühle meines Bruders, als sie meinen Vater vor gewissen Gefühlen der Verstörung beschützte, die dieser für den Fall der Ankunft meines Bruders kommen sah, indem sie auf bestimmten Gefühlen der Verstörung ihrerseits beharrte, die etwas anderer Natur waren. Nun hat mein Bruder dadurch, dass er nicht ans Telefon ging, neue Gefühle der Verstörung sowohl bei meiner Mutter als auch bei meinem Vater ausgelöst, Gefühle, die den Gefühlen beider entsprechen oder fast entsprechen, die sich aber von jenen Gefühlen der Verstörung unterscheiden, die mein Vater kommen sah, und jenen, die meine Mutter meinem Bruder gegenüber zu Unrecht behauptete. Nun hat mich meine Mutter in ihrer Verstörung angerufen, um mir von den durch meinen Bruder bei meinem Vater und ihr ausgelösten Gefühlen der Verstörung zu erzählen, und indem sie das tat, hat sie auch in mir Gefühle der Verstörung ausgelöst, wenn auch schwächere und andere als die, die nun sie und mein Vater erfuhren, und andere als die, die mein Vater kommen sah, und andere als die von ihr zu

Unrecht behaupteten. Wenn ich diese Unterhaltung meinem Mann schildere, dann löse ich auch bei ihm Gefühle der Verstörung aus, stärkere als meine eigenen und in der Art andere als jene meines Vaters und meiner Mutter und insbesondere als die von ihnen vorausgesehenen und behaupteten. Mein Mann ist verstört, dass meine Mutter sich geweigert hat, die Hilfe meines Bruders anzunehmen, und bei ihm deshalb eine Verstörung ausgelöst hat, und dass sie dadurch, dass sie mir davon berichtete, bei mir eine Verstörung ausgelöst hat, die, wie er meint, größer sei, als mir bewusst sei, und allgemeiner aufgrund der allgemeineren Verstörung, die sie nicht nur bei meinem Bruder ausgelöst hat, sondern auch bei mir, größer, als mir bewusst sei, und häufiger ausgelöst, als mir bewusst sei, und dadurch, dass er mich darauf hinweist, löst das in mir eine noch andere Verstörung aus, die in Art und Grad anders ist als die in mir durch die Erzählung meiner Mutter ausgelöste, denn diese Verstörung betrifft nicht nur mich selbst und meinen Bruder und nicht nur meinen Vater und die von ihm vorausgeahnte und gegenwärtige Verstörung, sondern auch und vor allem meine Mutter selbst, die nun und ganz allgemein, wie mein Mann zurecht feststellt, eine so große Verstörung ausgelöst hat, ihrerseits aber nur von einem kleinen Teil der Verstörung betroffen ist.

Wie man es macht

Im Biologiebuch eines Kindes gibt es eine Beschreibung des Liebesakts, die alles ziemlich klar macht und einem hilft, wenn man zu vergessen anfängt. Es beginnt mit Zuneigung zwischen einem Mann und einer Frau. Das Blut geht in ihre Genitalien, wenn sie einander küssen und streicheln, dieses Anschwellen erzeugt in diesen Teilen ein Verlangen nach weiterer Berührung, der Penis des Mannes wird größer und ziemlich steif, und die Vagina der Frau feucht und glitschig. Der Penis kann nun in die Vagina der Frau geschoben werden, und die Teile bewegen sich »sanft und angenehm« und im Gleichklang, bis Mann und Frau zum Orgasmus kommen – »nicht unbedingt gleichzeitig«. Der Artikel endet allerdings mit einer vorsichtigen Korrektur der einleitenden Bemerkung, die Zuneigung betreffend. Heutzutage, steht da, machen viele Leute Liebe, die einander nicht lieben und nicht einmal Zuneigung zueinander empfinden, und ob das gut ist oder nicht, wissen wir noch nicht.

Schlaflosigkeit

Mein Körper schmerzt so –
Es muss dieses schwere Bett sein, das von unten gegen mich drückt.

Familienmitglieder verbrennen

Zuerst haben sie sie verbrannt – das war im vergangenen Monat. Eigentlich gerade mal vor zwei Wochen. Nun lassen sie ihn verhungern. Wenn er tot ist, werden sie auch ihn verbrennen. Oh, was für ein Spaß! Dieses Verbrennen von Familienmitgliedern zur Sommerszeit.

Es sind natürlich nicht die gleichen »sie«. »Sie« haben sie Tausende von Meilen von hier verbrannt. Die »sie«, die ihn hier verhungern lassen, sind andere.

Moment mal. – Sie sollten ihn doch verhungern lassen, aber jetzt füttern sie ihn.
Sie füttern ihn entgegen den Anweisungen des Arztes?
Ja. Wir hatten gesagt: Also gut, lassen Sie ihn sterben. Die Ärzte haben es geraten.
Er war krank?
Er war nicht wirklich krank.
Er war nicht krank, aber sie wollten ihn sterben lassen?
Er war gerade krank gewesen, er hatte eine Lungenentzündung gehabt und es ging ihm besser.
Es ging ihm also besser, und da beschlossen sie, ihn sterben zu lassen?
Nun, er war alt, und sie wollten ihn nicht schon wieder wegen einer Lungenentzündung behandeln.

Sie dachten, es sei besser für ihn zu sterben als wieder krank zu werden?
Ja. Dann haben sie im Pflegeheim einen Fehler gemacht und ihm sein Frühstück gebracht. Sie dürften die Anweisungen des Arztes nicht gekannt haben. Sie haben uns gesagt: »Er hat ein gutes Frühstück gehabt!« Gerade als wir darauf gefasst waren, dass er zu sterben beginnt.

Nun gut. Jetzt haben sie's kapiert. Sie geben ihm nichts mehr zu essen.
Alles läuft wieder nach Fahrplan.

Früher oder später wird er sterben müssen.
Er nimmt sich ein paar Tage Zeit dafür.

Es war nicht sicher, dass er gestorben wäre, bevor sie ihm das Frühstück brachten. Er aß es. Sie sagten, es habe ihm geschmeckt! Aber jetzt ist er schon jenseits von essen oder nicht essen. Er wacht nicht einmal auf.
Dann schläft er also?
Nun, nicht ganz. Seine Augen sind offen, ein bisschen. Aber er sieht nichts – seine Augen bewegen sich nicht. Und wenn man ihn anspricht, gibt er keine Antwort.
Aber du weißt nicht, wie lange es noch brauchen wird.

Ein paar Tage danach werden sie ihn verbrennen.
Nach was?
Nachdem er gestorben ist.
Du wirst veranlassen, dass sie ihn verbrennen.
Wir werden sie bitten, ihn zu verbrennen. Wir werden sie sogar fürs Verbrennen bezahlen.

Warum verbrennt ihr ihn nicht gleich?
Bevor er stirbt?
Nein, nein. Warum hast du gesagt: »ein paar Tage danach«?
Laut Gesetz müssen wir mindestens achtundvierzig Stunden warten.
Selbst im Falle eines unschuldigen alten Buchhalters?
Er war nicht so unschuldig. Denk an seine Zeugenaussage.
Du meinst, wenn er an einem Donnerstag stirbt, wird man ihn nicht vor Montag verbrennen.

Sobald er tot ist, schaffen sie ihn weg. Sie schließen ihn irgendwo weg, und dann bringen sie ihn dahin, wo er verbrannt wird.
Wer begleitet ihn und wird bei ihm sein, wenn er tot ist?
Niemand, eigentlich.
Niemand begleitet ihn?
Nun, irgendwer wird ihn wegbringen, aber wir kennen denoder diejenige nicht.
Ihr kennt die Person nicht?
Es wird ein Angestellter sein.
Wahrscheinlich mitten in der Nacht?
Ja.
Und wahrscheinlich wisst ihr auch nicht, wohin sie ihn bringen werden?
Nein.
Und da wird auch niemand bei ihm sein?
Nun, er lebt ja nicht mehr.
Du denkst also nicht, dass das wichtig ist.

Sie werden ihn in einen Sarg tun?
Nein, de facto ist es eine Pappkartonschachtel.

Eine Pappkartonschachtel?
Ja, eine kleine. Eng und klein. Sie wog nicht viel – nicht einmal als er drin war.
War er klein?
Nein, aber als er älter wurde, wurde er kleiner. Und leichter.
Trotzdem, sie hätte größer sein sollen.
Bist du sicher, dass er in der Schachtel war?
Ja.
Hast du nachgesehen?
Nein.
Warum nicht?
Sie geben einem eigentlich gar keine Gelegenheit.

Also haben sie etwas in einer Pappkartonschachtel verbrannt, und du *vertraust* darauf, dass dein Vater drin war?
Ja.

Wie lange hat es gebraucht?
Stunden über Stunden.
Verbrennt den Buchhalter! Was für ein Fest!

Wir wussten nicht, dass sie aus Pappkarton sein würde. Wir wussten nicht, dass sie so klein sein würde, oder so leicht.
Ihr wart »überrascht«.

Ich weiß nicht, wohin er gegangen ist, nun, nachdem er tot ist.
Ich frage mich, wo er ist.

Das fragst du jetzt? Warum hast du das nicht früher gefragt?
Nun, ich hab es getan. Ich bekam keine Antwort. Jetzt ist es dringlicher.
»Dringlicher.«

Ich wollte glauben, er sei noch immer in der Nähe. Ich wollte das wirklich glauben. Wenn er in der Nähe ist, dann schwebt er, dachte ich.
Schwebt?
Für mich geht er nicht. Ich sehe ihn ein paar Fuß über dem Boden in der Luft dahintreiben.
Du sagst: »Ich sehe ihn« – du kannst in einem bequemen Stuhl sitzen und sagen, dass du ihn »siehst«. Wo ist er deiner Meinung nach?

Aber wenn er hier in der Nähe herumschwebt, ist er dann in der Verfassung, in der er immer war, oder so, wie er am Ende war? Er konnte sich an alles immer genau erinnern. Kriegt er seine Erinnerung wieder, bevor er die Rückreise antritt? Oder ist er in der Verfassung, in der er kurz vor seinem Ende war, wo viele Erinnerungen weg waren?
Wovon redest du?
Zuerst stellte ich ihm immer eine Frage, und er sagte darauf: »Nein, ich erinnere mich nicht.« Dann schüttelte er bloß den Kopf, wenn ich ihn fragte. Aber auf seinem Gesicht lag ein kleines Lächeln, so als würde es ihm nichts ausmachen, dass er sich nicht erinnert. Er sah drein, als hielte er das für interessant. Er schien sich über die Aufmerksamkeit zu freuen. Damals machte es ihm immer noch Spaß, Dinge zu beobachten. An einem regnerischen Tag sa-

ßen wir draußen vor dem Eingang zum Heim, unter einer Art Vordach.
Moment mal. Was nennst du »Heim«?
Das Pflegeheim, wo er am Ende lebte.
Das ist kein Heim.
Er beobachtete die Spatzen, die auf dem nassen Asphalt herumhüpften. Dann fuhr ein Junge auf einem Fahrrad vorbei. Dann ging eine Frau mit einem grellbunten Regenschirm vorüber. Er zeigte mit dem Finger auf sie. Auf die Spatzen, den Jungen auf dem Fahrrad, die Frau mit dem farbenfrohen Regenschirm im Regen.
Natürlich nicht. Du möchtest dir vorstellen, dass er noch immer hier in der Nähe herumschwebt.
Nein, ich glaube nicht, dass er immer noch hier ist.
Du könntest ruhig hinzusetzen, dass er noch immer im Besitz seines Erinnerungsvermögens ist. Das müsste er wohl. Wäre er das nicht, würde er sein Interesse verlieren und einfach davonfliegen.
Ich glaube fest, dass er nachher noch drei Tage lang da war.
Ich glaube das fest.
Warum drei?

Ausgaben reduzieren

Das ist ein Problem, das Sie eines Tages haben könnten. Es ist das Problem eines mir bekannten Paares. Er ist Arzt, was sie tut, weiß ich nicht genau. Ich kenne die beiden eigentlich nicht sehr gut. Um die Wahrheit zu sagen: Ich kenne sie gar nicht mehr. Es passierte vor Jahren. Ein Bulldozer, der ständig beim Nachbarhaus ein und aus fuhr, ging mir auf die Nerven, also kriegte ich raus, was da los war. Die Nachbarn hatten ein Problem, weil ihre Feuerversicherung sehr teuer war. Sie wollten versuchen, die Versicherungsprämien herabzusetzen. Das war eine gute Idee. Keiner will, dass die laufenden Ausgaben zu hoch sind – oder höher, als sie sein müssten. Sie werden sich beispielsweise keine Immobilie kaufen wollen, für die hohe Steuern zu bezahlen sind, weil Sie nichts dazu tun können, sie zu senken, Sie werden sie immer bezahlen müssen. Ich versuche mir das vor Augen zu halten. Man könnte das Problem dieses Paares auch dann verstehen, wenn man selbst keine hohe Feuerversicherung hat. Auch wenn man nicht genau das gleiche Problem hat, so könnte man doch eines Tages ein ähnliches Problem haben – laufende Ausgaben, die zu hoch zu werden drohen. Ihre Versicherung war hoch, weil sie ein großes Sortiment sehr guter Weine besaßen. Das Problem war nicht das Sortiment an und für sich, sondern wo sie sie einlagerten. Sie hatten in der Tat tausende Flaschen von sehr gutem und hervorragendem Wein. Sie hatten ihn in ihrem Keller gelagert, und das war zweifellos das Richtige. Sie hatten einen richtigen Weinkeller. Aber ihr Problem war, dass dieser Weinkeller nicht gut genug oder nicht groß genug war. Ich habe ihn nie gesehen, aber einmal sah ich einen anderen, einen sehr kleinen. Er hatte die Größe eines kleinen Abstellraums, und doch war ich beeindruckt. Aber einmal, da habe ich ein paar ihrer Weine verkostet. Ich kann allerdings den Unterschied zwischen einer Flasche um $ 100,00 und einer um $ 30,00 oder gar einer Flasche um $ 500,00 nicht wirklich erkennen. Bei dem Dinner damals haben sie vielleicht einen Wein kredenzt, der sogar noch teurer war. Nicht für mich im Speziellen, sondern für ein paar von den anderen Gästen. Ich bin sicher, dass sehr teure Weine an die meisten Leute verschwendet sind, das gilt auch für mich. Ich war damals sehr jung, aber selbst heute wäre ein sehr guter Wein für mich wahrscheinlich reine Verschwendung. Dieses Paar erfuhr, dass – sollten sie ihren Weinkeller vergrößern und in mehrerlei Hinsicht verbessern – ihre Versicherungsprämie niedriger sein würde. Sie fanden das eine gute Idee, obwohl sie diese Verbesserungen Geld kosten würden – zunächst. Die Kosten für die Bulldozer und andere Maschinen und Arbeitskräfte, die ich vor dem Fenster des Hauses sah, in dem ich wohnte und das mir ein Freund, der auch ihr Freund war, vorübergehend überlassen hatte, mussten in die Tausende gehen, aber ich bin sicher, dass sich das Geld, das sie ausgaben, innerhalb weniger Jahre oder gar binnen einem Jahr durch die niedrigen Prämien wieder amortisiert hat. Ich kapiere also, dass es ein kluger Schachzug von ihnen war. So etwas kann jeder in jeder beliebigen Angelegenheit tun – es muss nicht unbedingt ein Weinkeller sein. Die Sache ist die, dass jede Verbesserung klug ist, mit der man sich letzten Endes Geld erspart. Das ist jetzt lange her. Sie müssen sich durch die von ihnen vorgenommenen Veränderungen im Laufe der Zeit eine ganze Menge erspart haben. Aber inzwischen sind viele Jahre vergangen, so dass das Haus heute wahrscheinlich verkauft ist. Es kann auch sein, dass der Preis des Hauses durch den umgebauten Weinkeller in die Höhe gegangen ist und dass sie sich so vielleicht noch mehr Geld erwirtschaftet haben. Ich war nicht nur jung, sondern sehr jung, als ich den Bulldozer durchs Fenster beobachtete. Der Lärm ging mir nicht wirklich auf die Nerven, wo es doch so viele andere Dinge gab, die mir auf die Nerven gingen, wenn ich zu arbeiten versuchte. Um ehrlich zu sein, wahrscheinlich war mir der Anblick des Bulldozers sogar willkommen. Ich war beeindruckt von ihrem Wein, und von den guten Bildern, die sie ebenfalls hatten. Es waren nette, freundliche Leute, auch wenn ich von ihren Möbeln oder Kleidern nicht viel hielt. Ich verbrachte lange Zeit damit, zum Fenster hinaus zu schauen und über sie nachzudenken. Ich weiß nicht, wozu das gut war. Wahrscheinlich war's Zeitverschwendung. Nun bin ich viel älter, aber sieh da, immer noch denke ich über sie nach. Es gibt eine Menge anderer Dinge, die ich vergessen habe, aber die beiden und ihre Feuerversicherung habe ich nicht vergessen. Ich muss wohl geglaubt haben, ich könnte etwas von ihnen lernen.

Mutters Reaktion auf meine Reisepläne

Gainsville! Zu schade, dass dein *Cousin* tot ist!

Wie werde ich um sie trauern?

Werde ich das Haus so sauber halten, wie L.?
Werde ich eine unhygienische Gewohnheit entwickeln, wie K.?
Werde ich beim Gehen leicht hin und her schwanken, wie C.?
Werde ich Leserbriefe schreiben, wie R.?
Werde ich mich untertags häufig auf mein Zimmer zurückziehen, wie R.?
Werde ich alleine in einem großen Haus leben, wie B.?
Werde ich meinen Mann kühl und abweisend behandeln, wie K.?
Werde ich Klavierstunden geben, wie M.?
Werde ich die Butter den ganzen Tag draußen lassen, bis sie weich ist, wie C.?
Werde ich Probleme mit den Farbbändern der Schreibmaschine haben, wie K.?
Werde ich mich nachdrücklich weigern, Säfte zu trinken, wie K.?
Werde ich gegen viele und vieles einen Groll hegen, wie B.?
Werde ich dem Bäcker große Weißbrotwecken abkaufen, wie C.?
Werde ich in meinem Tiefkühlschrank kübelweise Muscheln aufbewahren, wie C.?
Werde ich mir im falschen Augenblick ein schlechtes Wortspiel erlauben, wie R.?

Werde ich nachts im Bett Kriminalromane lesen, wie C.?
Werde ich mich meiner selbst mit liebender Fürsorge annehmen, wie L.?
Werde ich unmäßig rauchen und trinken, wie K.?
Werde ich unmäßig trinken und ab und zu rauchen, wie C.?
Werde ich Leute einladen, mich zuhause zu besuchen und zu bleiben, wie C.?
Werde ich über viele Dinge gut informiert sein, wie K.?
Werde ich die Klassiker kennen, wie K.?
Werde ich Briefe mit der Hand schreiben, wie B.?
Werde ich schreiben »Liebste Beide«, wie C.?
Werde ich viele Ausrufezeichen setzen und Wörter mit großen Anfangsbuchstaben schreiben, wie C.?
Werde ich meinem Brief ein Gedicht beilegen, wie B.?
Werde ich häufig Wörter im Wörterbuch nachschlagen, wie R.?
Werde ich das Bild der schönen Präsidentin von Island bewundern, wie R.?
Werde ich häufig Etymologien nachschlagen, wie R.?
Werde ich als Geschenk eine eingetopfte Tulpe beim Hintereingang abgeben, wie L.?
Werde ich kleine Dinnerpartys geben, wie M.?
Werde ich in meinen Händen eine harmlose Arthritis bekommen, wie C.?
Werde ich eine graue Taube und einen grauen Jagdhund halten, wie L.?
Werde ich das Radio die ganze Nacht neben meinem Bett laufen lassen, wie C.?
Werde ich am Ende des Sommers im gemieteten Haus zu viel Essen zurücklassen, wie C.?

Werde ich zum Abendessen oft eine einzelne gebackene Kartoffel essen, wie Dr. S.?

Werde ich einmal im Jahr Eiscreme essen, wie Dr. S.?

Werde ich, selbst bei schlechtestem Wetter, alleine in der Bucht schwimmen, wie C.?

Werde ich das Kochwasser vom Gemüse trinken, wie C.?

Werde ich meine Ordner mit zittriger Hand beschriften, wie R.?

Werde ich mein Essen langsam und sorgfältig kauen, wie Dr. S.?

Werde ich am Kanal entlanggehen, wie B.?

Werde ich mit meinen Gästen am Kanal entlanggehen, wie B.?

Werde ich für meine Gäste Taglilienknospen in den Salat tun, wie B.?

Werde ich am Morgen hübsch angezogen aus dem Haus treten, nachdem ich mein Bett gemacht habe, wie R.?

Werde ich meine erste Tasse Kaffee um elf Uhr trinken, wie R.?

Werde ich für meine Gäste die Gabeln in einem Fächer und die Servietten in einer Reihe auflegen, wie L.?

Werde ich mir auf Reisen morgens Pfannkuchen machen, wie C.?

Werde ich im Urlaub im Kofferraum meines Autos alkoholische Getränke mitnehmen, wie C.?

Werde ich zu Silvester einen Austerneintopf machen, der voller Sand ist, wie C.?

Werde ich ein Messer einer anderen Person reichen, vorsichtig, den Griff voran, wie R.?

Werde ich meinem Mann vor dem Lebensmittelhändler widersprechen, wie C.?

Werde ich beim Lesen immer einen Bleistift zur Hand haben, wie R.?

Werde ich meine trauernden Kinder zu lange und zu oft umarmen, wie C.?

Werde ich Gesundheitswarnungen ignorieren, wie B.?

Werde ich mit Geldgeschenken freizügig sein, wie C.?

Werde ich Geschenke mit Tiermotiven machen, wie C.?

Werde ich in meinem Kühlschrank eine kleine geruchsbindende Plastikrobbe aufbewahren, wie C.?

Werde ich Probleme haben, auf meinem Arm zu schlafen, wie R.?

Werde ich unmittelbar vor dem Sterben mein Hemd ausziehen, wie B.?

Werde ich nur schwarz und weiß tragen, wie M.?

Ein sonderbarer Impuls

Ich blickte von meinem Fenster aus hinunter auf die Straße. Die Sonne schien und die Ladenbesitzer waren herausgetreten, wärmten sich in der Sonne und beobachteten die Vorbeigehenden. Warum aber hielten sich die Geschäftsinhaber die Ohren zu? Und warum liefen die Leute auf der Straße umher, als wäre ihnen eine schreckliche Spukgestalt auf den Fersen? Bald ging alles wieder den normalen Gang: der Zwischenfall war nicht mehr gewesen als ein kurzer Ausbruch von Wahnsinn, in dem die Menschen die Frustration ihres Lebens nicht ertragen konnten und einem sonderbaren Impuls nachgegeben hatten.

Plötzlich verängstigt

weil sie das Wort dafür, was sie war, nicht aufschreiben konnte: eine Fa Auf Rauf Aur Fura

Hirn, Herz

Herz weint.
Hirn versucht Herz zu helfen,
Hirn erklärt Herz noch einmal, wie es ist:
Du wirst die, die du liebst, verlieren. Sie werden alle fortgehen.
Aber selbst die Erde wird, eines Tages, fort sein.
Herz fühlt sich nun besser.
Aber Hirns Worte bleiben nicht lange in Herzens Ohren.
Herz ist ein solcher Neuling auf diesem Gebiet.
Ich will sie wiederhaben, sagt Herz.
Hirn ist alles, was Herz hat.
Hilf, Hirn. Hilf Herz.

Das Hundehaar

Der Hund ist weg. Er fehlt uns. Wenn die Türglocke läutet, bellt keiner. Wenn wir spät nach Hause kommen, erwartet uns keiner. Wir finden im Haus und an unseren Kleidern immer noch hier und da seine weißen Haare. Wir zupfen sie ab. Wir sollten sie wegwerfen. Aber sie sind alles, was uns von ihm geblieben ist. Wir werfen sie nicht weg. Wir haben eine unsinnige Hoffnung – wenn wir bloß ausreichend von ihnen aufsammeln, können wir den Hund wieder zusammensetzen.

Idee für einen Anstecker

Zu Beginn einer Bahnfahrt suchen sich die Leute einen guten Sitzplatz, und manche von ihnen sehen sich die Leute, die in der Nähe bereits ihren Sitzplatz gefunden haben, genau daraufhin an, ob sie gute Sitznachbarn abgeben werden.
Es wäre vielleicht hilfreich, wenn jeder von uns einen kleinen Anstecker trüge, auf dem zu lesen ist, inwiefern wir andere Passagiere wahrscheinlich oder wahrscheinlich nicht stören werden, wie z. B.: Werde nicht mit dem Handy telefonieren; werde keine übelriechenden Nahrungsmittel essen.
Auf meinem stünde unter anderem: Werde überhaupt nicht mit dem Handy telefonieren, ein kurzes Gespräch mit meinem Mann zu Beginn der Heimreise vielleicht ausgenommen, in dem ich meinen Besuch in der Stadt zusammenfasse, oder, seltener, auf der Fahrt in den Süden, einen raschen Hinweis an eine Freundin, dass ich mich verspäten werde; werde aber fast während der ganzen Fahrt die Lehne meines Sitzes so weit wie möglich nach hinten stellen, außer wenn ich meinen Lunch esse oder eine Kleinigkeit zu mir nehme; verstelle sie vielleicht aber während der ganzen Fahrt hin und wieder ein wenig nach oben und hinten; werde früher oder später etwas essen, gewöhnlich ein Sandwich, manchmal Salat oder einen Becher Reispudding, das heißt, zwei – wenn auch kleine – Becher Reispudding; das Sandwich, fast immer mit Schweizer Käse, wenn auch mit sehr wenig Käse, in Wahrheit mit einer

einzigen Scheibe, und mit grünem Salat und Tomate, wird keinen nennenswerten Geruch entwickeln, zumindest soweit ich das beurteilen kann; passe beim Salat auf, so gut es geht, obwohl Salat essen mit einer Plastikgabel riskant und kompliziert ist; passe gut beim Reispudding auf, indem ich kleine Bissen nehme, aber wenn ich den Deckel vom verschlossenen Becher entferne, kann es einen Moment lang ein Reiß-Geräusch geben; werde den Verschluss meiner Wasserflasche vielleicht mehrmals aufschrauben, um einen Schluck Wasser zu trinken, besonders während ich mein Sandwich esse und etwa eine Stunde danach; bin vielleicht etwas unruhiger als andere Fahrgäste und werde meine Hände während der Fahrt mehrere Male mit einem Desinfektionsmittel aus einer kleinen Flasche reinigen, um sie danach manchmal mit einer Lotion einzureiben, was heißt, dass ich in meine Handtasche greife, einen kleinen Kulturbeutel herausnehme, den Reißverschluss auf- und, wenn ich fertig bin, wieder zuziehe und ihn in die Handtasche zurückgebe; werde aber vielleicht ein paar Minuten oder mehr absolut ruhig dasitzen und zum Fenster hinausschauen; tue während des Großteils der Fahrt nichts anderes als ein Buch zu lesen, ausgenommen das eine Mal, wenn ich die Toilette aufsuche und den Gang entlang- und wieder zurückgehe; vielleicht aber lege ich an einem anderen Tag das Buch alle paar Minuten aus der Hand, nehme ein kleines Notizbuch aus der Handtasche, entferne den Gummiring drumherum und schreibe etwas in mein Notizbuch; oder ich reiße während der Lektüre einer alten Nummer einer Literaturzeitschrift ein paar Seiten heraus, um sie aufzubewahren, werde mich aber bemühen, das jeweils nur dann zu tun, wenn der Zug in einer Station anhält; werde schlussendlich vielleicht nach einem Tag in der Stadt meine Schnürsenkel aufbinden und die Schuhe während eines Teils der Reise ausziehen, besonders dann, wenn die Schuhe nicht sehr bequem sind, um meine nackten Füße dann auf die Schuhe anstatt direkt auf den Boden zu stellen, oder werde – äußerst selten – die Schuhe ausziehen und, sofern ich welche dabei habe, Pantoffeln anziehen und diese, bis knapp vor dem Erreichen meines Ziels, anbehalten; Füße sind aber weitgehend sauber und Zehennägel mit einem schönen, dunkelroten Nagellack lackiert.

Die beiden Davis und der Teppich

Sie hießen beide Davis, aber sie waren nicht miteinander verheiratet und sie waren nicht blutsverwandt. Sie waren allerdings Nachbarn. Sie waren beide unentschlossene Menschen oder, richtiger, sie konnten in bestimmten Dingen sehr entschlussfreudig sein – in wichtigen Dingen oder in Dingen, die mit ihrer Arbeit zu tun hatten –, aber in Kleinigkeiten konnten sie sehr unentschlossen sein und ihre Meinung vom einen Tag zum nächsten ändern, immer von neuem, wobei sie an einem Tag von einer Sache vollständig überzeugt waren, um sich am nächsten ebenso überzeugt gegen sie zu entscheiden.
Das wussten sie voneinander nicht, bis sie sich dazu entschloss, ihren Teppich zum Verkauf anzubieten.
Es war ein bunter, rot, weiß und schwarz gemusterter Wollteppich, mit knalligem Rautendessin und ein paar schwarzen Streifen. Sie hatte ihn in der näheren Umgebung der Stadt, in der sie früher gelebt hatte, in einem kleinen indianischen Laden gekauft, fand nun aber heraus, dass es kein indianischer Teppich war. Er lag im Zimmer ihres abwesenden Sohnes auf dem Fußboden, und sie war seiner müde geworden, weil er etwas schmutzig und an den Ecken eingerollt war, und sie beschloss, ihn bei einer Gruppenauktion zum Fundraising für einen guten Zweck zu verkaufen. Als man ihn aber bei der Auktion sehr bewunderte – mehr als sie erwartet hatte –, und als der Ausrufungspreis von einem Sachverständigen von

zehn auf fünfzig Dollar angehoben wurde, überlegte sie es sich anders und hoffte, er würde keinen Käufer finden. Die Zeit schritt voran, aber sie ging mit dem Preis für den Teppich – anders als andere um sie herum – nicht herunter, und obwohl man ihn weiterhin bewunderte, kaufte ihn keiner.

Der andere Davis kam früh am Morgen zur Auktion und war sofort von dem Teppich eingenommen. Er zögerte allerdings, weil das Muster so knallig und die Farben so grellrot, -weiß und -schwarz waren, weshalb er dachte, er würde sich in seinem Haus vielleicht nicht gut machen, obwohl sein Haus schlicht und modern möbliert war. Er bekundete unüberhörbar seine Bewunderung für den Teppich, sagte aber zu ihr, er sei nicht sicher, ob er in sein Haus passe, und verließ die Auktion, ohne ihn zu kaufen. Während aber im Verlauf des Tages keiner den Teppich kaufen wollte und sie den Preis nicht senkte, dachte er über den Teppich nach und kam später wieder, um den Teppich ein weiteres Mal anzuschauen und zu sehen, ob er noch da war, und zu entscheiden, ob er ihn kaufen würde oder nicht. Die Auktion war allerdings zu Ende, und alles war entweder verkauft oder als Sachspende verpackt oder eingepackt und nach Hause zurückgebracht worden, und die große Wiese vor der Terrasse des Pfarrhauses, auf der die Auktion stattgefunden hatte, lag wieder blitzblank und glatt in der spätnachmittäglichen Sonne da.

Der andere Davis war überrascht und enttäuscht, und als er der einen Davis am nächsten oder übernächsten Tag im Postamt über den Weg lief, sagte er, er habe seine Meinung bezüglich des Teppichs geändert, und fragte, ob er verkauft worden sei, und als sie verneinte, fragte er sie, ob er ihn probeweise

in seinem Haus auflegen dürfe, um zu sehen, ob er sich gut machen würde.
Die eine Davis war sofort unangenehm berührt, weil sie sich inzwischen entschlossen hatte, den Teppich doch lieber zu behalten, ihn reinigen zu lassen und da und dort im Haus aufzulegen, um zu sehen, wie er sich machen würde. Aber als nun der andere Davis so großes Interesse an dem Teppich bekundete, war sie nicht mehr sicher, ob sie es so machen sollte. Schließlich hatte sie ihn ja verkaufen wollen und gedacht, er sei nur zehn Dollar wert. Sie bat den anderen Davis um eine Frist von ein paar weiteren Tagen, um sich zu entschließen, ob sie sich von ihm trennen wollte. Der andere Davis zeigte Verständnis dafür und sagte, es sei in Ordnung, wenn sie ihn von ihrem Entschluss verständigen würde, falls sie den Teppich nicht behalten wollte.
Eine Zeit lang ließ sie ihn im Zimmer ihres Sohnes liegen, wo er ursprünglich gelegen hatte. Sie warf hin und wieder einen Blick auf ihn. Mit den eingerollten Ecken sah er immer noch ein wenig schmutzig aus. Sie fand ihn immer noch irgendwie attraktiv und gleichzeitig irgendwie unattraktiv. Dann dachte sie, sie sollte ihn hinausbringen, wo sie ihn jeden Tag sehen würde, so dass sie sich eher zu der Entscheidung durchringen konnte, ob sie ihn nun behalten wollte oder nicht. Sie wusste, dass der andere Davis wartete.
Sie legte ihn auf den Treppenabsatz zwischen Erdgeschoss und erstem Stock und fand, dass er sich unter dem Bild an der Wand gut mache. Aber ihr Mann fand, er sei zu grell. Sie ließ ihn trotzdem da liegen, und jedes Mal, wenn sie die Treppen hinauf- oder hinunterging, dachte sie wieder über ihn nach. Der Tag nahte, an dem sie, obwohl sie ihn ziemlich attraktiv

fand, den festen Entschluss fasste, ihn dem anderen Davis ganz oder wenigstens zur Probe zu überlassen, da er ihm gefiel und er sich in seinem Haus wahrscheinlich besser machen würde. Doch am nächsten Tag – bevor sie ihren Entschluss ausführen konnte – kam eine Freundin zu ihr ins Haus, die gerade an diesem Teppich besonderen Gefallen fand: Sie dachte, der Teppich sei neu, und fand ihn sehr hübsch. Nun fragte sich die eine Davis, ob sie ihn letztlich nicht doch behalten sollte.

Inzwischen aber vergingen die Tage, und sie machte sich wegen des anderen Davis große Sorgen. Sie hatte das Gefühl, dass er den Teppich definitiv ausprobieren wollte und sie ihn aus purem Egoismus zurückbehielt, obwohl sie bereit gewesen war, ihn zu verkaufen – und das um ganze zehn Dollar. Sie hatte das Gefühl, dass er ihn wahrscheinlich wirklich haben wollte oder ihn bewunderte, mehr als sie selbst. Und doch wollte sie nicht weggeben, was sie einmal so sehr bewundert hatte, dass sie es überhaupt gekauft hatte, und das andere gleichfalls bewunderten und das ihr, wäre es erst einmal gereinigt, vielleicht sehr gefallen würde.

Nun ging ihr der Teppich oft durch den Kopf, und fast täglich versuchte sie, zu einem Entschluss zu kommen, und fast täglich änderte sie ihren Entschluss. Sie verfolgte verschiedene Argumentationsketten, um herauszufinden, was sie tun sollte. Der Teppich war ein schönes Stück – das hatte ihr ein Experte erklärt; sie hatte ihn gekauft, weil er ihr in dem indianischen Laden gefallen hatte, obwohl es offenbar kein indianischer Teppich war; ihrem Sohn gefiel er bei den seltenen Gelegenheiten, an denen er zu Besuch kam; er würde ihr noch immer gefallen, wenn er ein wenig sauberer wäre; andererseits hatte sie früher nicht auf seine Sauberkeit geachtet und würde es wahrscheinlich weiterhin nicht tun; und wenn sie danach ging, wie der andere Davis ihr das Innenleben seines Hauses präsentiert hatte – alles tipptopp sauber und klug arrangiert –, würde er ihn reinigen und gut auf ihn aufpassen; sie war bereit gewesen, ihn zu verkaufen, und der andere Davis war bereit gewesen, ihn zu kaufen. Der andere Davis wäre wahrscheinlich gewillt, die fünfzig Dollar für ihn zu bezahlen, und sie würde sie dann für den guten Zweck spenden. Behielt sie den Teppich, dann würde sie ihrer Einschätzung nach wahrscheinlich fünfzig Dollar für den guten Zweck spenden, wo sie doch bereit gewesen war, ihn zu verkaufen, und keiner ihn gekauft hatte – obwohl sie dann fünfzig Dollar für etwas bezahlen würde, das ihr ohnehin schon gehörte, es sei denn, man konnte es, nachdem sie es für den guten Zweck versteigern hatte lassen wollen, nicht mehr als ihren Besitz ansehen.

Eines Tages bekam sie vom Sohn eines Freundes eine große Schachtel mit frischem Gemüse geschenkt: Es war unterdessen Hochsommer geworden, und er hatte in seinem Garten sogar mehr Gemüse, als er verkaufen konnte. In der Schachtel war zu viel Gemüse für ihren Mann und sie selbst, und sie entschloss sich, es mit ein paar Nachbarn zu teilen, die keinen Garten hatten. Einen Teil des Gemüses gab sie einem Nachbarn um die Ecke, einem Berufstänzer, der unlängst mit seinem blinden Hund in ihrer Nachbarschaft eingezogen war. Als sie von ihm weggegangen war, brachte sie das restliche Gemüse zu dem anderen Davis und seiner Frau auf der gegenüberliegenden Straßenseite.

Als sie sich nun in der Einfahrt über dieses und jenes unterhielten, darunter auch über den Teppich, musste sie eingestehen, dass es ihr oft schwer falle, eine Entscheidung zu treffen, nicht nur den Teppich betreffend. Daraufhin gab der andere Davis zu, auch ihm falle es schwer, Entscheidungen zu treffen. Seine Frau sagte, es sei erstaunlich, wie fest sich ihr Mann zu etwas entschließen konnte, bevor er seine Meinung änderte und ebenso fest das Gegenteil beschloss. Sie sagte, es sei ihm eine Hilfe bei seinen Entschlüssen, egal, worum es dabei ging, wenn er mit ihr darüber redete. Sie sagte, ihre Antworten folgten gewöhnlich eine Zeit lang diesem Muster: »Ja, ich glaube, du hast recht«, »Tu, was du willst«, »Mir ist es egal«. Sie sagte, dadurch, dass beide Davis' so untentschlossen waren, begann der Teppich in diesem Falle ein Eigenleben zu führen. Sie sagte, sie sollten ihm einen Namen geben. Diese Idee gefiel beiden Davis', aber im Moment fiel ihnen kein Name ein.

Die eine Davis verblieb mit dem Wunsch, es möge ein Salomon auftauchen, an den sie sich um ein Urteil wenden konnten: denn die Frage war in Wahrheit wahrscheinlich nicht, ob sie den Teppich behalten wollte oder nicht, sondern, in einem allgemeineren Sinn, wer von ihnen beiden den Teppich höher schätzte: Sie dachte, dass der andere Davis den Teppich haben sollte, wenn er seinen Wert höher schätzte als sie, und dass sie ihn behalten sollte, wenn sie ihn höher schätzte. Vielleicht sollte die Frage aber auch ein wenig anders lauten, da es gewissermaßen bereits »ihr« Teppich war: Vielleicht sollte sie bloß beschließen, dass sie den Wert des Teppichs höher schätzte als früher, gerade um so viel höher, dass sie ihn behalten sollte. Dann wiederum dachte sie: Nein, wenn der Teppich dem anderen Davis wirklich besser gefiel als ihr, dann sollte er ihn haben. Vielleicht, dachte sie, sollte sie dem anderen Davis vorschlagen, er solle ihn nehmen und eine Zeit lang in seinem Haus behalten, um zu ermessen, ob er ihm sehr gefiel oder ob er ihm einfach nur irgendwie gefiel oder ob er ihn in Wahrheit überhaupt nicht haben wollte. Wenn er ihm gefiel, sollte er ihn behalten; wenn er ihm nicht gefiel, würde sie ihn behalten; wenn er ihm bloß irgendwie gefiel, würde sie ihn behalten. Aber sie war auch nicht sicher, ob das die beste Lösung war.

Kontingenz (versus Notwendigkeit)

Es könnte unser Hund sein.
Aber es ist nicht unser Hund.
Also bellt er uns an.

Kurze Begebenheit betreffend das kurze *a*, das lange *a* und den Schwa-Laut

Aschfahler Kater betrachtet entspannt lange, schwarze Ameise. Mann starrt angespannt Kater und Ameise an. Ameise naht entlang Pfad. Ameise halt! Ratlos. Ameise Abgang – gradaus katerwärts. Kater: Alarm! Abstand. Mann starrt standhaft, lacht. Ameise auf und davon. Kater, abermalen entspannt, betrachtet Ameise andermals.

Alleine Fisch essen

Für gewöhnlich esse ich Fisch ganz alleine. Bei mir daheim esse ich nur dann Fisch, wenn außer mir niemand im Haus ist – wegen des starken Geruchs. Ich bin allein mit Sardinen auf Weißbrot, mit Majonäse und grünem Salat, allein mit geräuchertem Lachs auf gebuttertem Roggenbrot, oder mit Thunfisch und Sardellen in einem Salade Niçoise, oder mit Dosenlachs-Sandwich mit Salat oder manchmal in Butter sautierten Lachsfrikadellen.

Auch wenn ich auswärts esse, bestelle ich für gewöhnlich Fisch. Ich bestelle ihn, weil er mir schmeckt und weil es kein Fleisch ist, denn das esse ich selten, oder Pasta, die gewöhnlich zu üppig ist, oder ein vegetarisches Gericht, das ich wahrscheinlich nur allzu gut kenne. Ich habe ein Buch bei mir, obwohl das Licht über dem Tisch zum Lesen oft nicht optimal ist und weil ich zu abgelenkt bin, um zu lesen. Ich versuche einen Tisch mit gutem Licht zu finden, bestelle mir dann ein Glas Wein und hole mein Buch heraus. Ich möchte mein Glas Wein immer auf der Stelle haben und warte schon mit großer Ungeduld darauf. Wenn es kommt und ich zum ersten Mal daran nippe, lege ich das Buch neben meinen Teller und studiere die Speisekarte, und jedes Mal visiere ich ein Fischgericht an.

Ich liebe Fisch, aber viele Fische sollte man nicht mehr essen, und es ist eine schwierige Entscheidung geworden, welchen

Fisch ich essen darf. In meiner Brieftasche trage ich einen kleinen Folder, den die *Audubon Society* herausgegeben hat und der empfiehlt, welche Fische ich vermeiden und welche ich mit Vorsicht genießen soll und welche ich bedenkenlos essen kann. Beim Essen in Gesellschaft anderer Leute hole ich diese Liste nicht aus der Brieftasche, weil es nicht eben lustig ist, mit einer Frau zu Abend zu essen, die vor ihrer Bestellung eine solche Liste aus der Brieftasche zieht. Ich muss mich einfach ohne sie begnügen, obwohl ich mich gewöhnlich nur daran erinnern kann, dass ich keinen Zucht- oder Wildlachs essen soll, ausgenommen Wildlachs aus Alaska, der nie auf der Speisekarte steht.

Wenn ich aber alleine bin, hole ich meine Liste heraus. Kein Mensch an einem der Nebentische wird auf die Idee verfallen, es sei diese Liste, die ich da durchsehe. Die Schwierigkeit ist die, dass man die meisten Fische auf der Speisekarte eines Restaurants nicht ohne Bedenken essen kann. Da gibt es Fische, die man überhaupt nicht essen darf, unter keinen Umständen, und andere, die man nur essen darf, wenn sie aus der entsprechenden Gegend kommen und die Fangpraktiken korrekt sind. Ich frage die Kellnerin nicht, wie man den Fisch gefangen hat, aber ich frage oft, woher der Fisch kommt. Gewöhnlich weiß sie das nicht. Das heißt, dass sie an diesem Abend niemand sonst gefragt hat – entweder weil niemand sonst daran interessiert ist, oder aber weil ein Teil nicht daran interessiert ist und der andere Teil die Antwort bereits kennt. Wenn die Kellnerin die Antwort nicht weiß, verschwindet sie und erkundigt sich beim Küchenchef und kommt danach mit einer Antwort zurück, die in der Regel allerdings nicht die ist, die ich erhofft hatte.

Ich habe einmal eine völlig sinnlose Frage den Heilbutt betreffend gestellt. Ich begriff nicht, wie sinnlos sie war, bis die Kellnerin gegangen war, um sich beim Küchenchef zu erkundigen. Der Heilbutt aus dem Pazifik ist gut, der aus dem Altantik nicht. Obwohl ich an der Atlantikküste lebe, beziehungsweise in Küstennähe, fragte ich sie, woher der Heilbutt komme, so als hätte ich vergessen, wie groß die Entfernung zum Pazifik war, oder als würde der Heilbutt bloß aus gesundheitlichen Gründen oder wegen guter Fangpraktiken den ganzen Weg von der pazifischen Küste zum Atlantik transportiert. Der Zufall wollte es, dass in dem Restaurant viel los war und sie darauf vergaß, den Küchenchef zu fragen, und bis sie wiederkam, hatte ich den Entschluss gefasst, nicht den Heilbutt zu bestellen, sondern vielmehr Jakobsmuscheln. Jakobsmuscheln, hieß es auf meiner Liste, müsse man weder vermeiden, noch sollte man sie unbedacht essen, sondern mit Vorsicht genießen. Ich wusste nicht, was Vorsicht im Kontext eines Restaurants bedeuten sollte, es sei denn, dass man der Kellnerin und dem Küchenchef ein paar Fragen mehr stellen sollte als üblich. Aber da man sogar schon auf einfache Fragen oft keine sehr befriedigenden Antworten erhielt, erwartete ich mir keine befriedigenden Antworten auf detaillierte Fragen. Darüber hinaus wusste ich, dass weder die Kellnerin noch der Küchenchef die Zeit für detaillierte Fragen hatten. Sicherlich würde weder die Kellnerin noch der Küchenchef, wenn Jakobsmuscheln auf der Speisekarte standen, erklären, diese seien vom Aussterben bedroht oder nicht in Ordnung, und mir abraten, welche zu essen. Ich bestellte und aß sie, und sie waren in Ordnung, obwohl ich mich ein wenig unbehaglich fühlte und mich fragte, ob sie wohl richtig gefangen

worden waren oder irgendwelche toxische Substanzen enthielten.
Wenn ich alleine esse, habe ich keinen Gesprächspartner und bin mit nichts als mit Essen und Trinken beschäftigt, weshalb ich bei jedem einzelnen Bissen und jedem einzelnen Schluck ein wenig übervorsichtig bin. Immerzu denke ich: Zeit für den nächsten Bissen, oder: Mach langsam, das Essen ist fast schon weg, die Mahlzeit wird gleich vorbei sein. Ich versuche in meinem Buch zu lesen, um etwas Zeit vor dem nächsten Bissen oder dem nächsten Schluck verstreichen zu lassen. Aber ich erfasse kaum, was auf der Seite steht, weil ich immer nur so wenig in einem Zug lese. Auch werde ich durch die anderen Personen im Raum abgelenkt. Ich beobachte die Kellner und Kellnerinnen und andere Gäste gerne ganz genau, auch wenn sie nicht wirklich interessant sind.
Häufig steht der Fisch auf der Speisekarte des Restaurants nicht auf meiner Liste. In einem sehr guten französischen Restaurant in der Nähe meiner Wohnung hat man eines Abends Steinbutt in Champagner-Sauce angeboten, aber das stand nicht auf meiner Liste. Ich hätte ihn wählen können, aber der Kellner erklärte, es sei ein sehr zart schmeckender Fisch, und so dachte ich, er schmecke wohl nicht nach viel. Außerdem wurde er in einer Käsekruste serviert. Ich sagte, die Kruste sei meiner Meinung nach zu fett. Der Kellner sagte, die Kruste sei sehr dünn. Trotzdem entschied ich mich dagegen. Es gab noch andere Fische auf der Speisekarte: einen Red Snapper, von dem mir meine Liste abriet; Kabeljau vom Atlantik, eine gefährdete Spezies; und Lachs, aber kein Wildlachs aus Alaska. Ich ließ den Fisch sein und bestellte die Spezialität des Hauses, einen Teller mit diversem Gemüse,

und es kamen dann kleine Portionen unterschiedlicher Arten von Gemüse, inklusive Fenchelknollen, im Uhrzeigersinn um ein wunderschönes goldbraunes Kartoffelplätzchen herum angeordnet. Die verschiedenen Aromen des Gemüses waren eine unerwartete Gaumenfreude, obwohl es sich in der Mehrzahl um Wurzelgemüse handelte – nicht bloß Möhren und Kartoffeln, sondern auch sautierter Rettich, Steckrüben und Pastinaken.

Das Restaurant gehörte einem Paar aus Frankreich. Die Frau begrüßte die Gäste und überwachte den Service, und der Mann kochte. Als ich an diesem Abend aus dem Restaurant ging, kam ich auf dem Weg zum Parkplatz an den Fenstern zur Küche vorbei. Sie war hell erleuchtet, und ich hielt inne, um einen Blick hineinzuwerfen. Der Koch war allein. Er war in weiß und trug seine Kochhaube; er war schlank und eifrig über seinen Hackstock gebeugt. Soweit ich das aus der Entfernung ausmachen konnte, waren seine Gesichtszüge fein modelliert und filigran, sein Gesichtsausdruck konzentriert. Während ich ihm zusah, legte er seinen Kopf ein wenig nach hinten und warf einen Happen schwungvoll in seinen Mund und unterbrach seine Arbeit, um ihn auf der Zunge zergehen zu lassen. Ein jüngerer Mann kam von der linken Seite herein und trug ein Tablett mit irgendwas drauf, setzte es ab und ging wieder hinaus. Er schien mit dem Kochen nichts zu tun zu haben. Der Küchenchef war wieder alleine. Ich hatte noch nie einem richtigen Küchenchef bei der Arbeit zugeschaut und hätte nie gedacht, dass ein Koch ganz allein in seiner Küche arbeitet. Ich hätte ihm noch lange zusehen können, aber ich hatte das Gefühl, es wäre indiskret zu bleiben, und ging weg.

Das letzte Mal, dass ich alleine aß, war in einem Restaurant, für das ich mich aus Mangel an Alternativen entschieden hatte. Es war weit draußen auf dem Land und war das einzige, das offen hatte. Ich glaubte nicht, es würde gut sein. Im Eingangsbereich befand sich eine laute, sehr beliebte Bar. Diesmal bestellte ich ein Bier und warf einen Blick auf die Speisekarte. Das Fischgericht des Tages war Schwertfisch. Ich versuchte mich zu erinnern, was Schwertfisch war. Schwertfisch war mir schon lange nicht mehr eingefallen. Dann hatte ich vor Augen, wie der Fisch durch die Luft segelte, mit seiner großen Rückenflosse, und ich war mir fast sicher, dass er bei Sportfischern beliebt war, aber ich hatte keine Vorstellung, wie er schmecken würde. Er stand nicht auf meiner Liste, aber ich bestellte ihn nichtsdestoweniger. Da er meines Wissens nicht auf der schwarzen Liste war, bestand die Chance, dass er in Ordnung war. Und selbst wenn er nicht in Ordnung war, so konnte ich mir selbstverständlich dann und wann trotzdem einen Fisch genehmigen, den ich nicht essen sollte.

Als mir die Kellnerin den Fisch brachte, überbrachte sie mir eine Mitteilung vom Küchenchef, der erfahren wollte, wie mir der Fisch geschmeckt habe. Es sei ein so wunderbares Steak, sagte er. Ich war von seinem Enthusiasmus beeindruckt und aß aufmerksamer als sonst. Der Koch hatte vermutlich Zeit für sein Interesse an dem Schwertfisch-Steak, weil es ein Montagabend und nur noch ein weiterer Tisch im großen Speisesaal besetzt war, obwohl noch ein paar Leute mehr hereinkamen, während ich beim Essen war. Selbst an der Bar waren bloß zwei Gäste, zwei kleine alte Männer in karierten Flanellhemden. Aber wegen des lauten Fernsehers und des Gelächters der Kellnerin hinter der Bar, die auch die Besitzerin und Frau des Kochs war, war es dennoch lärmig.

Der Schwertfisch war gut, wenn auch ein wenig zäh. Als die Kellnerin vorbeikam und nachsah, ob er mir schmeckte, erwähnte ich nicht, dass er zäh war. Ich sagte, er sei sehr gut und dass ich die Kräuter in der Sauce delikat fände. An einem Punkt, während ich – diesmal ohne zu lesen – langsam weiter aß, kam der Koch aus der Küche hinten zum Vorschein. Er war ein großer Mann mit leicht gebeugten Schultern. Er ging zur Bar, genehmigte sich einen Drink und redete ein paar Worte mit seiner Frau und den alten Männern und machte wieder kehrt. Bevor er durch die Schwingtüre ging, drehte er sich einen Moment um, um quer durch den Speisesaal einen Blick in meine Richtung zu werfen, zweifellos um zu sehen, wer sein wunderbares Schwertfisch-Steak aß. Ich erwiderte seinen Blick. Ich hätte ihm gewinkt, aber bevor mir noch der Gedanken gekommen war, war er wieder durch die Tür verschwunden.

Die Portion auf meinem Teller, das Schwertfisch-Steak mit den gebackenen Kartoffeln und dem Gemüse, war generös, und ich konnte nicht alles aufessen. Ich aß zumindest das ganze Gemüse, zarte Scheiben leicht sautierter Zucchini mit dünnen Streifen rotem Paprika und Kräutern, und bat die Kellnerin, den Rest für mich einzupacken, um ihn mit nach Hause zu nehmen. Sie war beunruhigt; ich hatte nur den halben Fisch gegessen. »Aber geschmeckt hat er Ihnen doch?« fragte sie. Sie war jung. Ich hielt sie für die Tochter des Küchenchefs und der Kellnerin an der Bar. Ich bejahte nachdrücklich. Nun war ich beunruhigt: Der Chef glaubte vielleicht nicht, dass mir der Fisch wirklich geschmeckt hatte, obwohl es so war. Ich hatte dazu nichts mehr zu sagen, aber als ich meine Rechnung bezahlte, sagte ich der Kellnerin, dass mir das Gemüse wirklich geschmeckt habe. »Die meisten essen das nicht«, sagte sie trocken. Ich dachte, was für eine Verschwendung das sei und mit welcher Mühe der Küchenchef immer wieder das Gemüse zubereitete, das keiner aß. Ich zumindest hatte sein Gemüse gegessen, und er wusste nun, dass es mir geschmeckt hatte. Aber es tat mir Leid, dass ich nicht seinen ganzen Schwertfisch gegessen hatte. Ich hätte es tun können.

Die grässlichen Mucamas

Es handelt sich um zwei sture und widerspenstige Bolivianerinnen. Sie sind renitent und sabotieren, wo es nur geht.
Wir übernahmen sie mit dem Apartment, das wir untervermieten. Wegen Adelas niedrigem IQ waren sie ein Schnäppchen. Sie ist schwachsinnig.
Anfangs sagte ich zu ihnen: *Ich bin sehr froh, dass ihr bleiben könnt, und ich bin sicher, dass wir gut miteinander auskommen werden.*

Im Folgenden ein Beispiel für unsere Probleme. Es handelt sich um einen bezeichnenden Vorfall aus jüngster Zeit. Ich musste ein Stück Zwirn abschneiden und konnte meine Fünfzehn-Zentimeter-Schere nicht finden. Ich wandte mich an Adela und erklärte ihr, dass ich meine Schere nicht finden könne. Sie protestierte und sagte, sie hätte sie nicht gesehen. Ich ging mit ihr in die Küche und bat Luisa, meinen Zwirn abzuschneiden. Sie fragte mich, warum ich ihn nicht einfach abbisse. Ich sagte, wenn ich ihn abbiss, könnte ich ihn nicht einfädeln. Ich bat sie, sie möge doch – jetzt, bitte – eine Schere holen, um ihn abzuschneiden. Sie befahl Adela, die Schere von la Señora Brodie zu holen, und ich ging mit ihr ins Arbeitszimmer, um zu sehen, wo sie sie aufbewahrten. Sie holte sie aus einer Schachtel. Gleichzeitig bemerkte ich, dass von der Schachtel ein langes zerfasertes Stück Faden weghing, und fragte sie, warum sie das ausgefranste Ende nicht abschnitt, wo sie die Schere doch gerade bei der Hand hätte. Sie schrie, das sei unmöglich. Den Faden konnte man eines Tages vielleicht brauchen, um die Schachtel zusammenzubinden. Ich gebe zu, dass ich lachte. Dann nahm ich ihr die Schere weg und schnitt ihn selbst ab. Adela kreischte auf. Ihre Mutter tauchte hinter ihr auf. Ich lachte wieder, und nun kreischten beide. Dann waren sie still.

Ich habe zu ihnen gesagt: *Das Brot bitte nicht toasten, bis wir das Frühstück verlangen. Wir mögen den Toast nicht so knusprig wie die Engländer.*

Ich habe zu ihnen gesagt: *Bitte, wenn ich morgens läute, sofort unser Mineralwasser bringen. Danach das Brot toasten und gleichzeitig frischen Kaffee mit Milch zubereiten. Wir bevorzugen »Franja Blanca« oder »Cinta Azul« von Bonafide.*

Mein Ton mit Luisa war freundlich, als sie vor dem Frühstück mit dem Mineralwasser hereinkam. Aber als ich sie wegen der Toasts erinnerte, überfiel sie mich mit einer Tirade – wie ich nur denken könnte, dass sie den Toast jemals kalt oder hart werden lassen könnte? Er ist aber beinahe immer kalt und hart.

Wir haben zu ihnen gesagt: *Für uns bitte immer Las-Tres-Ñiñaso oder Germa-Milch von Kasdorf kaufen.*

Normal sprechen kann Adela nicht – sie schreit. Ich habe sie gebeten, sie möge leise sprechen und »Señora« sagen, aber sie tut es nie. Sie reden auch in der Küche sehr laut miteinander.

Oft habe ich noch keine drei Worte gesagt, und schon schreit mich Adela an: *Si si, si, si …!* – und geht aus dem Zimmer. Ehrlich, ich glaube nicht, dass ich das durchstehe.

Ich sage zu Luisa: *Nicht mich unterbrechen!* Ich sage: *No me interrumpe!*

Das Problem ist nicht, dass Adela nicht hart genug arbeitet. Aber sie kommt mit einer Nachricht von ihrer Mutter in mein Zimmer: Sie erklärt mir, dass das Essen, das ich bestellt habe, unmöglich zu machen sei, und dabei wackelt ihr Finger hin und her und sie brüllt in voller Lautstärke.

Beide, Mutter und Tochter, sind so eigensinnige, knallharte Frauen. Manchmal denke ich, das sind die reinsten Barbaren.

Ich habe zu Adela gesagt: *Wenn nötig, die Diele sauber machen, aber den Staubsauger nicht öfter als zweimal die Woche verwenden.*
Letzte Woche weigerte sie sich rundheraus, den Staubsauger aus dem Hausflur beim Eingang zu holen – gerade als wir den Besuch des Rektors von Patagonien erwarteten.

Sie haben so einen Sinn für Privilegien und dafür, wem was gehört.

Ich habe sie ersucht: *Hört erst einmal zu, was ich zu sagen habe!*

Ich habe ihnen meine Unterwäsche zum Waschen hinausgebracht. Luisa sagte sofort, es sei zu schwierig, einen Hüfthalter mit der Hand zu waschen. Ich war nicht dieser Meinung, wollte aber nicht streiten.

Adela weigert sich, am Vormittag neben dem Hausputz noch andere Arbeiten zu übernehmen.

Ich sage zu ihnen: *Wir sind eine kleine Familie. Wir haben keine Kinder.*

Wenn ich zu ihnen gehe, um mich zu erkundigen, was mit den Aufträgen ist, die ich ihnen gegeben habe, stelle ich für gewöhnlich fest, dass sie mit ihren eigenen Angelegenheiten beschäftigt sind – damit, ihre Pullis zu waschen oder zu telefonieren.
Die Bügelwäsche ist nie rechtzeitig fertig.

Heute habe ich beide daran erinnert, dass meine Unterwäsche zu waschen ist. Keine Reaktion. Ich musste mein Unterkleid schlussendlich selbst waschen.

Ich sage zu ihnen: *Wir haben bemerkt, dass ihr euch mehr Mühe gebt, vor allem auch, dass ihr unsere Wäsche jetzt schneller erledigt.*

Ich habe Adela gebeten: *Bitte den Kehricht und das Putzzeug nicht in der Diele lassen.*

Ich habe sie gebeten: *Bitte den Abfall einsammeln und sofort in den Heizungsofen tun.*

Heute habe ich zu Adela gesagt, dass ich sie bei mir in der Küche brauche, aber sie ging ins Zimmer ihrer Mutter, kam mit ihrem Pulli heraus und ging einfach aus dem Haus. Es stellte sich heraus, dass sie grünen Salat einkaufte – für sie beide, nicht für uns.
Bei jeder Mahlzeit versucht sie sich abzusetzen.

Als ich heute morgen durch das Esszimmer ging, versuchte ich wie immer, mit Adela ein paar freundliche Worte zu wechseln. Aber ich hatte noch keine zwei Worte gesagt, und schon schnappte sie zurück und erklärte, dass sie beim Tischdecken für nichts anderes Zeit habe.

Adela rennt aus der Küche ins Esszimmer, sogar wenn wir Gäste haben, und schreit: *Telefon für Sie in Ihrem Zimmer.*

Obwohl ich sie ersucht habe, in freundlichem Ton zu sprechen, tut sie es nie. Heute kam sie aus der Küche ins Esszimmer gerannt und sagte: *Telefon für Sie!*, und zeigte mit dem Finger auf mich. Später verfuhr sie mit unserem Mittagsgast, einem Professor, ebenso.

Ich sage zu Luisa: *Ich möchte gerne das Programm für die nächsten Tage durchgehen. Heute Mittag möchte ich bloß ein Sandwich und Obst. Aber el señor hätte gerne einen heilkräftigen Tee. Morgen hätten wir gerne um sechs Uhr hart gekochte Eier und Sardinen und dazu einen kraftvollen Tee; zuhause wollen wir dann nichts mehr essen.*

Mindestens einmal am Tag möchten wir gedünstetes Gemüse. Wir mögen Salate, aber wir mögen auch gedünstetes Gemüse. Es kann vorkommen, dass wir bei ein und derselben Mahlzeit sowohl Salat essen als auch gedünstetes Gemüse.
Zu Mittag brauchen wir kein Fleisch, ausgenommen zu besonderen Gelegenheiten. Omelettes – eventuell mit Käse oder Tomaten – mögen wir sehr.
Bitte die gebackenen Kartoffeln servieren, sofort nachdem sie aus dem Backrohr gekommen sind.

Zwei Wochen lang hatten wir als Abschluss unserer Mahlzeiten ausschließlich Obst. Ich bat Luisa um ein Dessert. Sie brachte mir ein paar Crêpes mit Apfelmus. Sie schmeckten gut, waren aber ziemlich kalt. Heute brachte sie uns wieder Obst.

Ich sagte zu ihr: *Luisa, man kann nicht behaupten, meine Anweisungen seien »kapriziös und unlogisch«.*

Luisa ist emotional und primitiv. Ihre Stimmungen wechseln rasch. Sie fühlt sich immer gleich beleidigt und kann rabiat werden. Sie ist so furchtbar stolz.
Adela ist einfach wild und brutal, eine Wilde mit nichts als Stroh im Kopf.

Ich sage zu Luisa: *Unser Gast, Señor Flanders, hat noch nie den Park besichtigt. Er möchte sich gern ein paar Stunden dort aufhalten. Könntest du für ihn ein paar Sandwiches mit kaltem Fleisch machen und sie ihm mitgeben? Heute ist sein letzter Sonntag bei uns.*
Dieses eine Mal legt sie keinen Protest ein.

Wenn Adela den Tisch deckt, knallt sie jedes Stück einzeln hin.

Ich sage zu Luisa: *Ich hätte gerne, dass Adela die Kerzenleuchter poliert. Wir möchten sie heute Abend auf dem Tisch stehen haben.*

Ich läute die Tischglocke, und sofort gibt es in der Küche lautes Getöse.

Ich habe zu ihnen gesagt: *Wir möchten während der Cocktails und des Essens nicht diesen Lärm aus der Küche.* Aber wieder schlagen sie aufeinander ein und kreischen.

Wenn wir während des Essens um etwas bitten, kommt Adela aus der Küche und sagt: *Gibt es nicht.*

Es ist alles so nervenaufreibend. Manchmal bin ich schon nach dem ersten Versuch, mit ihr zu reden, fix und fertig.

Luisa, sage ich, *ich möchte sichergehen, dass wir einander verstehen. Du kannst nicht während des Abendessens in der Küche das Radio laufen lassen. Außerdem gibt es in der Küche ein riesiges Geschrei. Wir wünschen uns ein bisschen Frieden im Haus.*

Wir glauben nicht, dass sie ernsthaft versuchen, es uns recht zu machen.

Adela entfernt manchmal die Tischglocke vom Esstisch und stellt sie nicht mehr zurück. Dann kann ich während des Essens nicht nach ihr läuten, sondern muss aus dem Esszimmer laut in die Küche rufen oder auf das, was ich brauche, verzichten oder selbst die Glocke holen, damit ich läuten kann. Ich frage mich: Tut sie die Glocke absichtlich nicht auf den Tisch zurück?

Ich gebe ihnen im Voraus Anweisungen: *Für die Party brauchen wir Tomatensaft, Orangensaft und Coca-Cola.*

Ich sage zu ihr: *Adela, deine Aufgabe ist es, die Türe zu öffnen und die Mäntel abzunehmen. Wenn die Damen danach fragen, zeigst du ihnen, wo die Toilette ist.*

Ich frage Luisa: *Weißt du, wie man Empanadas auf bolivianische Art zubereitet?*

Wir hätten gerne, dass die beiden *immer* Uniform tragen.

Ich sage zu Adela: *Eine Bitte: Ich hätte gerne, dass du zwischen den Gästen regelmäßig Teller mit frisch zubereiteten Hors d'œuvres herumgehen lässt.*
Wenn die Teller nicht mehr appetitlich aussehen, bring sie bitte wieder zurück in die Küche und stelle frische bereit.
Ich sage zu ihr: *Adela, eine Bitte: Ich möchte, dass immer saubere Gläser auf dem Tisch stehen, und dazu Eis und Soda.*
Ich habe zu ihr gesagt: *Bitte, lege immer ein Handtuch auf die Ablage über dem Bidet.*
Ich sage zu ihr: *Sind genug Vasen da? Kannst du sie mir zeigen? Ich möchte ein paar Blumen kaufen.*

Hier noch ein paar Details der schweigenden Kriegsführung: Ich bemerke, dass Adela auf dem Boden neben dem Bett eine lange Schnur liegen ließ. Sie ist mit dem Abfallkorb verschwunden. Ich weiß nicht, ob sie mich auf die Probe stellt. Meint sie vielleicht, ich sei zu lammfromm oder zu ignorant, um von ihr zu verlangen, dass sie sie aufhebt? Aber sie ist verkühlt und sie ist nicht eben sehr helle, und wenn sie die Schnur tatsächlich nicht bemerkt hat, möchte ich daraus keine große Affäre machen. Letztendlich beschließe ich, die Schnur selbst aufzuheben.

Wir leiden unter der Brutalität und Mitleidlosigkeit ihrer Rache.

Am Hemdkragen meines Mannes fehlte ein Knopf. Ich brachte das Hemd zu Adela. Sie wackelte mit dem Finger und sagte nein. Sie sagte, la Señora Brodie habe immer alles zum Schneider gebracht, wenn etwas auszubessern war.
Selbst einen Knopf? fragte ich. Gab es in dem Haus keine Knöpfe?
Sie sagte, es habe im Haus keine Knöpfe gegeben.

Ich sagte zu Luisa, sie könnten sonntags, schon vor dem Frühstück, ausgehen. Sie schrie mich an, sie wollten nicht ausgehen, und fragte, wohin sie denn sollten?
Ich sagte, sie könnten gerne ausgehen, aber, sollten sie nicht ausgehen, dann würden wir erwarten, dass sie uns etwas servieren, sei's auch bloß etwas Einfaches. Sie sagte ja, aber nur am Morgen, nicht am Nachmittag. Sie sagte, dass ihre beiden älteren Töchter sie sonntags immer besuchen kämen.

Ich brachte den Morgen damit zu, Luisa einen langen Brief zu schreiben, aber ich beschloss, ihn ihr nicht zu geben.
In dem Brief schrieb ich ihr: *Ich habe in meinem Leben viele Dienstmädchen angestellt.*
Ich habe ihr geschrieben, dass ich glaube, ich sei eine rücksichtsvolle, großzügige und faire Arbeitgeberin.
Ich schrieb ihr, ich sei überzeugt, alles werde klappen, sobald sie die Situation akzeptiere, so wie sie eben ist.

Wenn sie ihre Einstellung grundsätzlich ändern würden, würden wir ihnen gerne helfen. Wir würden beispielsweise auf unsere Kosten Adelas Zähne herrichten lassen. Sie schämt sich so wegen ihrer Zähne.
Aber bisher hat es noch keine grundsätzliche Änderung in ihrer Einstellung gegeben.

Wir halten es auch für möglich, dass Verwandte heimlich bei ihnen hinter der Küche wohnen.

Ich lerne und übe einen Satz, den ich an Luisa austesten will, obwohl er vielleicht hoffnungsvoller klingt, als mir zumute ist: *Con el correr del tiempo, todo se solucionará.*

Aber sie werfen uns so finstere indianische Blicke zu!

Ihre Geografie: Alabama

Einen Augenblick lang denkt sie, Alabama sei eine Stadt in Georgia:
Sie heißt Alabama, Georgia.

Die Kühe

Jeder neue Tag, an dem sie aus dem hinteren Teil des Stalls hervorkommen, ist es wie der nächste Akt oder der Beginn eines gänzlich neuen Stücks.

Vom hinteren Ende des Stalls schlendern sie mit rhythmisch eleganten Schritten ins Blickfeld – und es ist ein Ereignis: wie der Beginn einer Parade.

Manchmal schließen die zweite und die dritte in würdevollem Prozessionszug auf, nachdem die erste innegehalten hat und nun da steht und starrt.

Sie treten hinter dem Stall hervor, als würde gleich etwas passieren, und dann passiert nichts.

Oder wir ziehen morgens den Vorhang zur Seite, und da stehen sie schon im frühen Sonnenlicht.

Ihre Farbe ist ein tiefes, tintiges Schwarz. Es ist ein Schwarz, das Licht verschluckt.
Ihre Körper sind völlig schwarz, aber in ihren Gesichtern gibt es auch Weiß. Auf zwei der drei Gesichter sind große weiße Flecken, wie eine Maske. Das Gesicht der dritten hat bloß einen kleinen weißen Fleck von der Größe eines Silberdollars auf der Stirn.

Sie rühren sich nicht, bis sie sich wieder in Bewegung setzen, zuerst ein Fuß, dann der nächste – Vorderbein, Hinterbein, Vorderbein, Hinterbein –, und dann bleiben sie an einer anderen Stelle wieder reglos stehen.

Sie stehen so oft völlig reglos da. Doch blicke ich ein paar Minuten später wieder auf, sind sie woanders und stehen wieder völlig still da.

Wenn alle drei in einem weit entfernten Eck der Weide nahe dem Wald sich in einem Haufen aneinander drängen, bilden sie eine dunkle, uneinheitliche Masse mit zwölf Beinen.

Sie stehen häufig auf der großen Weide eng beieinander. Manchmal aber legen sie sich in großem Abstand voneinander hin, gleichmäßig auf das Gras verteilt.

Heute tauchen zwei zur Hälfte hinter dem Stall auf und stehen still. Es vergehen zehn Minuten. Nun sind sie draußen und stehen still. Weitere zehn Minuten vergehen. Nun ist die dritte draußen, und alle drei stehen still, in einer Reihe.

Die dritte kommt hinter dem Stall hervor auf die Weide, als die beiden anderen schon ziemlich weit voneinander getrennt Position bezogen haben. Sie kann wählen, welcher der beiden sie sich anschließen will. Sie geht wohlbedacht zu der einen im weiter hinten gelegenen Eck. Zieht sie die Gesellschaft dieser Kuh vor oder zieht sie das Eck vor, oder ist es komplizierter – dass dieses Eck aufgrund der Anwesenheit dieser Kuh anziehender erscheint?

Ihre Aufmerksamkeit ist vollkommen, als sie zur anderen Straßenseite hinüberblicken: Sie stehen still und sehen uns an.

Gerade weil sie so reglos sind, hat ihre Haltung etwas Philosophisches.

Am häufigsten sehe ich sie vor dem Küchenfenster über dem Rand einer Hecke. Mein Gesichtsfeld ist zu beiden Seiten durch belaubte Bäume eingeschränkt. Es überrascht mich, dass die Kühe so oft sichtbar sind, denn der Teil der Hecke, über den hinweg ich sie sehe, ist nur ungefähr einen Meter breit, und wenn ich meinen Arm gerade vor mir ausstrecke, ist das Gesichtsfeld, innerhalb dessen sie grasen – und das macht die Sache noch rätselhafter – bloß halbfingerbreit. Und doch deckt mein Gesichtsfeld einen Teil ihres Weidelands ab, dessen Fläche hunderte Quadratmeter beträgt.

Die Füße dieser einen bewegen sich, aber weil sie uns direkt ansieht, scheint sie an einem Ort zu verharren. Aber sie wird größer – also muss sie in unserer Richtung unterwegs sein.

Eine von ihnen ist im Vordergrund, die beiden anderen weiter hinten, in dem Teilstück zwischen der einen und dem Wald. Aus meinem Gesichtswinkel nehmen die beiden im Mittelgrund gleich viel Raum ein wie die eine allein im Vordergrund.

Weil sie zu dritt sind, kann eine von ihnen beobachten, was die beiden anderen zusammen tun.

Oder: Weil sie zu dritt sind, können sich zwei über die dritte Sorgen machen, zum Beispiel über diejenige, die sich hingelegt hat. Sie machen sich ihretwegen Sorgen, obwohl sie sich oft hinlegt, obwohl sie alle sich oft hinlegen. Nun stehen die beiden, die sich Sorgen machen, in einem Winkel zur dritten und berühren sie mit ihren Schnauzen, bis sie endlich aufsteht. Sie sind beinahe gleich groß, und doch ist eine die größte, eine die mittlere und eine die kleinste.

Eine denkt, es gebe einen Grund, forsch zum hinteren Ende der Weide loszumarschieren, doch eine andere denkt, es gebe keinen Grund dazu, und bleibt, wo sie ist.
Zunächst bleibt sie stehen, wo sie ist, während die erste forsch drauflos marschiert, aber dann überlegt sie es sich anders und folgt ihr nach.
Sie folgt, bleibt aber auf halbem Wege stehen. Tut sie das, weil sie vergessen hat, weshalb sie dorthin wollte, oder weil sie das Interesse verloren hat? Sie und die andere stehen parallel zueinander. Sie blickt stur geradeaus.

Wie oft sie stehen bleiben und langsam um sich blicken, so, als wären sie noch nie hier gewesen.
Aber nun trottet sie, in der Anwandlung eines Gefühls, ein paar Meter weit.

Ich sehe bloß eine Kuh neben dem Zaun. Als ich zum Zaun hinaufgehe, sehe ich einen Teil einer zweiten Kuh: Ein Ohr steht seitlich neben der Stalltüre vor. Ich weiß, dass bald ihr ganzes Gesicht sichtbar werden und mich ansehen wird.

Sie sind nicht enttäuscht von uns oder sie erinnern sich nicht an ihre Enttäuschung. Wenn sie eines Tages, wenn wir ihnen nichts zu bieten haben, ihr Interesse verlieren und sich wegdrehen, werden sie die Enttäuschung am nächsten Tag vergessen haben. Wir wissen das, weil sie hoch- und nicht wegsehen, sobald wir auftauchen.

Manchmal nähern sie sich als Gruppe, kleinweise in Staffeln. Eine lässt sich vom Mut der anderen vor ihr anstecken und tut ein paar Schritte, überholt sie aber nur ein wenig. Nun lässt sich die am weitesten Entfernte vom Mut der ersten anstecken und rückt ein Stück weiter vor, bis sie ihrerseits die anderen anführt. Und auf diese Weise nähern sie sich als Gruppe dem sonderbaren Ding vor ihnen, wobei sie sich wechselseitig vom Mut der anderen anstecken lassen.

Wenn sie in diesem Punkt als eine in sich geschlossene Einheit agieren, so sind sie der kleinen Schar Tauben nicht unähnlich, die wir manchmal drüben bei der Bahnstation beobachten, wo sie ständig Kreise durch den Himmel ziehen und herumwirbeln und plötzlich als kleine Gruppe beschließen, was ihr nächstes Ziel ist.

Wenn wir uns ihnen nähern, werden sie neugierig und kommen her. Sie möchten uns ansehen und uns riechen. Bevor sie an uns riechen, schnauben sie kräftig, um ihre Atemwege frei zu machen.

Sie lecken gerne Dinge ab – die Hand oder den Ärmel eines Menschen oder den Kopf oder die Schultern oder den Rücken

einer anderen Kuh. Und sie werden selbst gerne abgeleckt: Während sie abgeleckt wird, steht sie reglos da, den Kopf leicht geneigt und in den Augen einen Ausdruck tiefer Konzentration.
Mag sein, dass die eine auf die, die gerade abgeleckt wird, eifersüchtig ist: Sie stößt ihren Kopf unter den vorgereckten Hals jener, die leckt, und reckt ihn in die Höhe, bis das Lecken aufhört.

Zwei stehen eng beieinander: Nun setzen sie sich im gleichen Augenblick in Bewegung, verändern ihre Position im Verhältnis zueinander und bleiben wieder stehen, so als befolgten sie genau die Anweisungen eines Choreografen.
Nun nehmen sie eine neue Position ein, so dass an jedem Ende ein Kopf ist und dazwischen zwei Klumpen aus Beinen.

Nachdem sie eine Zeit lang mit den anderen in eng gedrängten Haufen beisammen gestanden hat, geht eine von sich aus ans hintere Ende der Weide: In diesem Augenblick sieht es aus, als hätte sie ihren eigenen Kopf.

Als sie sich niederlegt, bildet sie, von der Seite gesehen, mit ihrem in die Höhe gereckten Kopf und den vor ihr abgewinkelten Beinen, ein langes, spitzwinkeliges Dreieck.

Von der Seite gesehen, bildet ihr Kopf ein fast perfektes gleichschenkeliges Dreieck mit einem stumpfen Winkel an der Stelle, wo sich ihre Nase befindet.

In einem Augenblick singulärer Leichtigkeit macht sie, auf dem Weg quer über die Weide und aus ihr hinaus, einmal einen Buckel und tänzelt dann herum.

Zwei von ihnen eröffnen munter eine Partie Köpfestoßen, als ein Auto vorbeifährt und sie innehalten, um zu schauen.

Sie macht einen Buckel und schaukelt steif vor und zurück. Das reizt eine andere, sie mit dem Kopf zu stoßen. Nachdem sie mit dem Köpfestoßen fertig sind, senkt die andere ihre Schnauze wieder zum Boden hinunter, während die eine still dasteht und geradeaus schaut, als ob sie sich fragte, was sie da gerade getan hat.

Spiele: Köpfestoßen, gegenseitiges Sich-Besteigen, entweder von vorn oder von hinten; Alleine-Dahintrotten, Gemeinsam-Dahintrotten; Buckeln und Alleine-Herumtänzeln; Kopf-und-Brust-auf-den-Boden-Legen, bis sie aufmerken und zu einem hin trotten; gegenseitiges Sich-Umkreisen; Kopf zum Köpfestoßen senken, es dann aber bleiben lassen.

Sie muht in Richtung der bewaldeten Hügel hinter ihr, und der Ton schallt zurück. Sie muht abermals, in einem hohen Falsetton. Es ist ein sehr leiser Ton, der da aus einem so großen, dunklen Tier herauskommt.

Heute stehen sie in einer Reihe, eine exakt hinter der anderen, Kopf an Schwanz, Kopf an Schwanz, als wären sie wie Eisenbahnwaggons aneinander gekoppelt, wobei die erste wie der Scheinwerfer der Lokomotive gerade nach vorne blickt.

Der Umriss einer schwarzen Kuh, direkt von vorne gesehen: ein weiches, schwarzes Oval, oben breiter, nach unten hin spitz zulaufend, wie eine Träne.

Die Hinterteile eng beieinander, schauen sie nun in drei der vier Himmelsrichtungen.

Manchmal geht eine in Stellung, um zu koten, der am unteren Ende angehobene Schwanz in der Form eines gebogenen Pumpenschwengels.

Sie scheinen heute Morgen erwartungsvoll, dabei handelt es sich um eine Kombination von zweierlei: dem sonderbaren gelben Licht vor einem Sturm und ihrem aufmerksamen Gesichtsausdruck, wenn sie dem lauten Klopfen eines Spechts zuhören.

Gleichmäßig – eins, zwei, drei – auf dem blassen gelb-grünen, späten Novembergras verteilt, stehen sie so still auf den im Vergleich zum Körper relativ dünnen Beinen, dass diese, wenn sie uns ihre Seite zukehren, manchmal wie Zinken aussehen, und sie wirken wie in die Erde gesteckt.

Wie gelenkig und wie präzise sie ist: Sie kann ihren Hinterhuf bis ganz nach vorne bringen, um sich an einer bestimmten Stelle im Ohrinneren zu kratzen.

Es ist der gesenkte Kopf, der sie weniger vornehm erscheinen lässt als etwa ein Pferd oder ein Reh, das man im Wald überrascht. Genauer: Es ist der gesenkte Kopf und Nacken. Als sie innehält, bildet der Scheitel ihres Kopfes mit dem Rücken eine Gerade oder bleibt sogar ein wenig darunter, so dass es aussieht, als würde sie den Kopf aus Mutlosigkeit, Verlegenheit oder Scham hängen lassen. Zumindest eine Andeutung von Demut und Dumpfheit ist da. Aber all diese Unterstellungen sind unwahr.

Er erklärt uns: In Wahrheit tun sie nichts.
Dann fügt er hinzu: Aber natürlich gibt es für sie auch nicht viel zu tun.

Ihre Anmut: Wenn sie gehen, wirken sie von der Seite anmutiger als von vorne. Von vorne betrachtet, schwanken sie beim Gehen ein klein wenig von einer Seite zur anderen.

Wenn sie gehen, sind ihre Vorderbeine anmutiger als ihre Hinterbeine, die steifer wirken.

Die Vorderbeine sind anmutiger als die Hinterbeine, weil sie beim Anheben eine Kurve beschreiben, wogegen die Hinterbeine beim Anheben eine gezackte, blitzartige Linie beschreiben.
Vielleicht aber sind die Hinterbeine, wenn auch weniger anmutig als die Vorderbeine, eleganter.

Der Grund dafür liegt in der Funktionsweise der Gelenke in ihren Beinen: Während sich die beiden unteren Gelenke des Vorderbeins auf die gleiche Weise abbiegen, so dass das Vorderbein beim Heben eine Kurve beschreibt, biegen sich die unteren Gelenke des Hinterbeins in entgegengesetzter Richtung ab, so dass das Bein beim Heben zwei gegenständige Winkel bildet und das untere Gelenk leicht nach vorne zeigt, das obere scharf nach hinten.

Da jetzt Winter ist, grasen sie nicht, sondern stehen bloß reglos da und stieren vor sich hin oder gehen einmal hierhin, dann dorthin.

Es ist ein sehr kalter Wintermorgen, fast zwanzig Grad minus, aber sonnig. Zwei von ihnen stehen, Kopf an Schwanz, sehr lange Zeit reglos da, ungefähr in west-östlicher Richtung. Wahrscheinlich halten sie ihre Flanken der Sonne hin, um sich zu wärmen.
Wenn sie sich dann endlich bewegen, so deshalb, weil ihnen warm genug ist – oder weil sie eingerostet oder gelangweilt sind?

Manchmal bilden sie vor dem Hintergrund des Schnees eine schwarze, klumpige Masse, an beiden Enden jeweils ein Kopf und darunter haufenweise Beine.
Oder die drei bilden, wenn sie in die gleiche Richtung schauen, von der Seite betrachtet, eine einzige massige Kuh mit drei Köpfen, zwei in der Luft, einer gesenkt.

Manchmal handelt es sich bei dem, was wir gegen den Schnee sehen, um Höcker – Höcker aus Ohren und Nüstern, Höcker aus knochigen Hüften, oder aus sich scharf abhebenden Scheiteln oder aus ihren Schultern.

Wenn es schneit, schneit es auf sie ebenso herab wie auf die Bäume und die Weide. Manchmal sind sie genauso still wie die Bäume oder die Weide. Der Schnee türmt sich auf ihren Rücken oder Köpfen.

Es hat eine Zeit lang mächtig geschneit, und es schneit noch immer. Wenn wir zu ihnen hinauf gehen, zum Zaun, neben dem sie stehen, dann sehen wir, dass auf ihren Rücken eine Schicht Schnee liegt. Auch auf ihren Gesichtern liegt eine Schicht Schnee, und selbst auf jedem ihrer Barthaare rund um ihre Mäuler bildet der Schnee eine dünne Linie. Der Schnee auf ihren Gesichtern ist so weiß, dass die weißen Flecken auf ihren Gesichtern, die einmal vor dem schwarzen Hintergrund so weiß aussahen, nun einen Stich ins Gelbliche haben.

Wenn sie, jede für sich und mit jeweils viel Platz dazwischen, direkt auf uns zukommen, dann wirken sie vor dem Hintergrund des Schnees aus der Entfernung wie breite schwarze Striche einer Feder.

Ein Wintertag. Zuerst spielt, auf der gleichen Weide wie die Kühe, ein Junge im Schnee. Dann werfen, von außerhalb der Weide, drei Jungen Schneebälle auf einen vierten, der auf einem Fahrrad an ihnen vorüberfährt.
Inzwischen stehen die drei Kühe Hinterteil an Hinterteil, deren jedes die Nachbarin berührt, wie Scherenschnitte da.
Nun fangen die Jungen an, die Kühe mit Schneebällen zu bewerfen. Ein Nachbar, der das beobachtet, sagt: »Es war bloß eine Frage der Zeit. Sie konnten gar nicht anders.«
Aber die Kühe entfernen sich bloß von den Jungen.

Sie sind so schwarz vor dem weißen Schnee und stehen so nah beieinander, dass ich nicht weiß, ob es drei sind, die da beisammenstehen, oder nur zwei – aber es sind sicherlich mehr als acht Beine in diesem Haufen?

In der Ferne beugt sich eine zum Schnee hinunter; die beiden anderen sehen zu, dann trotten sie zu ihr hinüber, dann verfallen sie in einen kurzen Kanter-Galopp.

Am hinteren Ende der Weide, nahe beim Wald, gehen sie von rechts nach links, und dank ihrer Position verschwinden ihre Körper vollständig in dem dunklen Wald hinter ihnen, während sich ihre Beine immer noch vor dem Schnee abzeichnen – schwarze Stöcke, die vor dem weißen Boden aufblitzen.

Oft gleichen sie einem mathematischen Problem: 2 Kühe, die sich im Schnee hinlegen, plus 1 Kuh, die dasteht und zum Hügel hinschaut, ergibt 3 Kühe.
Oder: 1 Kuh, die sich im Schnee hinlegt, plus 2 Kühe auf ihren Beinen, die über die Straße in diese Richtung blicken, ergibt 3 Kühe.
Heute liegen alle drei.

Nun, mitten im Winter, verbringen sie viel Zeit damit, im Schnee herumzuliegen.

Legt sie sich nieder, weil sich die beiden anderen vor ihr niedergelegt haben, oder legen sich alle drei nieder, weil alle drei das Gefühl haben, es sei der richtige Moment, sich hinzulegen? (Es ist kurz nach Mittag, ein kühler, erster Früh-

jahrstag mit zeitweiligem Sonnenschein und schneefreiem Boden.)
Ähnelt ihre Form, wenn sie sich hinlegt und wenn man ihre Seite betrachtet, nicht, von oben her gesehen, am ehesten der eines Stiefelknechts?

Schwer zu glauben, dass ein Leben so einfach sein könnte, aber es ist eben so einfach. Es ist das Leben einer Wiederkäuerin, einer behüteten gezähmten Wiederkäuerin. Sollte sie allerdings kalben, würde ihr Leben komplizierter.

Die Kühe, in der Vergangenheit, in der Gegenwart und in der Zukunft: Sie waren so schwarz vor dem blassen, gelb-grünen, späten Novembergras. Dann waren sie so schwarz vor dem weißen Schnee im Winter. Nun sind sie schwarz vor dem lohgelben Gras zu Beginn des Frühjahrs. Bald werden sie so schwarz sein vor dem dunkelgrünen Sommergras.

Zwei von ihnen sind wahrscheinlich trächtig und sind wahrscheinlich schon seit Monaten trächtig. Aber es ist schwer, das mit Sicherheit zu sagen, weil sie so massig sind. Wir werden es nicht wissen, bevor das Kalb nicht geboren ist. Und nachdem es geboren ist, wird die Kuh, obwohl das Kalb sehr groß ist, genau so massig aussehen wie zuvor.

Die Neigungswinkel einer Kuh beim Grasen, von der Seite her gesehen: Von ihren knochigen Hüften bis zu den Schultern verläuft eine ganz flache, kaum wahrnehmbare Abwärtsneigung, dann eine sehr steile Neigung von den Schultern bis zur Spitze der Nüstern unten im Gras.

Von der Seite gesehen ist die Haltung oder die Form der grasenden Kuh sehr elegant.

Warum grasen sie so oft so, dass sie sich mir eher von ihrer Seite präsentieren als von vorne oder hinten? Tun sie es, weil sie so, auf der einen Seite sowohl den Wald, als auch, an der anderen Seite, die Straße im Auge behalten können? Oder sind sie vom Straßenverkehr beeinflusst, so gering dieser – von rechts nach links und von links nach rechts – auch ist, so dass sie parallel zu ihm grasen?
Vielleicht aber stimmt gar nicht, dass sie mir beim Grasen häufiger ihre Seite zukehren. Vielleicht schenke ich ihnen bloß mehr Aufmerksamkeit, wenn sie mit der Seite zu mir stehen. Immerhin ist, wenn sie mir ihre Seite ganz zukehren, die größte Körperoberfläche für mich sichtbar; sobald sich der Winkel ändert, sehe ich weniger von ihnen, bis für mich nur noch der kleinste Teil sichtbar ist, wenn sie mir, entweder mit dem Kopf oder dem Hinterteil, direkt gegenüber stehen.

Sie bewegen sich da und dort langsam über die Weide – nur ihre Schwänze schlagen heftig nach beiden Seiten aus. Einen Kontrast zu ihnen bilden kleine Vogelschwärme – schwarz wie sie –, die in einem fort in Wellen auffliegen und sich hinter ihnen und im Kreis um sie niederlassen. Die Vögel bewegen sich auf eine Weise, die auf uns fröhlich und ausgelassen wirkt, wahrscheinlich aber ist es bloß der Eifer, mit dem sie ihre Beute verfolgen – die Fliegen, die ihrerseits von den Kühen hochflitzen, um sich wieder auf ihnen niederzulassen.

Ihre Schwänze klappen und wippen nicht geradezu hoch und nieder, und sie peitschen auch nicht, da kein Peitschen zu hören ist. Ihre Bewegung ist ein ständiges Herunterzischen und Herumwischen, und dabei erzeugen ihre Schwanzquasten kleine flippende Geräusche.

Ihr Kopf ist gesenkt, und sie grast in einem dunklen Kreis, dem eigenen Schatten.

So wie es uns schwerfällt aufzuhören in unserem Garten Unkraut zu jäten, weil immer noch Unkraut da ist, so fällt es ihr vielleicht schwer, mit Grasen aufzuhören, weil direkt vor ihr immer ein paar junge Grashalme stehen.

Wenn das Gras kurz ist, kann sie es direkt zwischen ihren Zähnen und Lippen packen; ist das Gras länger, dann fängt sie es zuerst vielleicht mit einem seitwärts ausholenden Schwung der Zunge ein, um es in ihr Maul zu befördern.

Ihre großen Zungen sind nicht rosa. Die Zungen von zweien sind hellgrau. Die Zunge der dritten, der schwärzesten, ist dunkelgrau.

Eine von ihnen hat gekalbt. Aber de facto ist ihr Leben nicht viel komplizierter als früher. Sie hält still, um es saugen zu lassen. Sie leckt es ab.
Bloß die Stunden der Geburt selbst waren an jenem Tag (Palmsonntag) um vieles komplizierter.

Heute haben sich die Kühe auf der Weide wieder symmetrisch verteilt, nun aber hat sich ein dunkler Strich in das Gras zwischen sie hinein verirrt – das schlafende Kalb.

Früher waren drei dunkle waagrecht hingestreckte Klumpen auf der Weide, wenn sie sich zum Ausruhen hinlegten. Nun sind es drei und dazu ein weiterer, sehr kleiner.

Bald grast auch er, drei Tage alt, oder er lernt zu grasen, aber von da, wo ich stehe und ihn beobachte, ist er so klein, dass er manchmal durch einen Zweig verdeckt wird.

Wenn er, eine Miniatur, still steht, die Nüstern im Gras wie seine Mutter, sieht er wie eine dicke schwarze Heftklammer aus, weil sein Körper so klein ist und seine Beine so dünn sind.
Wenn er hinter ihr herläuft, dann läuft er im Kanter-Galopp wie ein Schaukelpferd.

Manchmal legen sie nachdrücklich Protest ein – wenn sie kein Wasser haben oder nicht in den Stall können. Eine von ihnen, die dunkelste, muht zwanzigmal oder öfter in absolut regelmäßigen Trompetenstößen. Das Echo dieses Tons hallt von den Hügeln zurück wie der Feueralarm von einem Feuerwehrhaus.
Bei diesen Gelegenheiten klingt sie autoritativ. Aber sie besitzt keine Autorität.

Ein zweites Kalb wird geboren, von einer zweiten Kuh. Nun ist ein kleiner dunkler Klumpen im Gras das ältere Kalb, ein weiterer, kleinerer dunkler Klumpen im Gras das Neugeborene.

Die dritte Kuh konnte nicht besamt werden, weil sie nicht auf den Transporter stieg, der sie zum Stier bringen sollte. Ein paar Monate danach wollte man sie zum Schlachter bringen. Aber sie stieg nicht in den Transporter, der sie zum Schlachter bringen sollte. Also ist sie immer noch da.

Andere Nachbarn mögen von Zeit zu Zeit fort sein, die Kühe sind aber immer da, auf der Weide. Oder, wenn sie nicht auf der Weide sind, im Stall.
Ich weiß, dass, wenn sie auf der Weide sind und ich von dieser Seite zum Zaun hingehe, früher oder später alle drei von der anderen Seite zum Zaun herkommen, um sich mit mir zu treffen.

Sie kennen die Wörter *Person, Nachbar, beobachten* nicht – nicht einmal *Kuh.*

Wenn das Licht im Haus in der Abenddämmerung an ist, kann man sie nicht sehen, obwohl sie auf der Weide jenseits der Straße sind. Wenn wir das Licht ausschalten und in die Abenddämmerung hinaussehen, werden sie allmählich wieder sichtbar.

Sie sind noch immer da draußen in der Abenddämmerung, und grasen. Aber als die Dämmerung sich zum Dunkel verwandelt, wobei der Himmel über dem Wald immer noch purpurn blau ist, wird es immer schwerer, ihre schwarzen

Körper vor der eindunkelnden Weide auszumachen. Dann kann man sie überhaupt nicht mehr sehen, aber sie sind noch immer da draußen und grasen im Dunkel.

Ödön von Horváth auf Wanderschaft

Ödön von Horváth wanderte einmal in den Bayerischen Alpen, als er in einiger Entfernung von dem Wanderweg das Skelett eines Mannes entdeckte. Der Mann war offensichtlich ein Bergwanderer gewesen, denn er trug noch immer einen Ranzen. Von Horváth öffnete den Ranzen, der so gut wie neu aussah. Er fand darin einen Pullover und andere Kleidungsstücke; eine kleine Tüte mit etwas, das einmal Essen gewesen war; ein Tagebuch; und eine bereits adressierte Postkarte von den Bayerischen Alpen, auf der zu lesen stand: »Verbringe eine wunderbare Zeit.«

Brief an einen Hotelmanager

Sehr geehrter Hotelmanager,

ich möchte Sie mit diesem Brief darauf hinweisen, dass das englische Wort für »junger Kabeljau« *(scrod)* in Ihrer Speisekarte falsch geschrieben ist, wo es als *schrod* mit einem *sch* abgedruckt wurde. Dieses Wort stürzte mich in Verwirrung, als ich es am ersten Abend meines dreitägigen Aufenthaltes in Ihrem Hotel, im Erdgeschoss-Restaurant gleich neben Ihrer wunderschönen Lobby mit der geschnitzten Holzvertäfelung, der hohen Decke und der Reihe goldener Fahrstühle, allein beim Abendessen las. Ich dachte, die Schreibung müsse korrekt sein und ich mich geirrt haben, denn ich war doch hier, in Neuengland, in Boston, der eigentlichen Heimat des Kabeljaus *(cod)* und des jungen Kabeljaus *(scrod)*. Als ich aber am nächsten Abend aus meinem Zimmer in die Lobby herunterkam, in der Absicht, zum zweiten Mal in Ihrem Restaurant zu speisen, diesmal mit meinem älteren Bruder, und während ich in der Lobby auf ihn wartete, was ich in der Regel gerne tue, wenn der Rahmen ansprechend ist und ich mich auf ein gutes Abendessen freue, obwohl ich bei dieser Gelegenheit tatsächlich sehr früh dran war und mein Bruder eher spät, so dass ich lange warten musste und mir die Frage stellte, ob meinem Bruder etwas zugestoßen sei, las ich Informationsmaterial, das mir von dem freundlichen Herren in der Rezeption zur Verfügung gestellt worden war, dessen Betragen, wie das des übrigen Personals, vielleicht mit Ausnahme des Restaurantmanagers, so natürlich und unprätentiös war, dass es wesentlich zur Aufwertung meines Aufenthalts in ihrem Hotel beitrug, nachdem ich ihn gefragt hatte, ob er einen Bericht über die Geschichte Ihres Hotels habe, wo sich doch so viele interessante und berühmte Persönlichkeiten hier aufgehalten oder hier gearbeitet oder gegessen und getrunken haben, einschließlich meiner Ururgroßmutter, obwohl diese nicht berühmt war, und in diesem Bericht, der, wie ich vermute, vom Hotel verfasst worden war, las ich, dass Ihr Restaurant tatsächlich für sich in Anspruch nimmt, das Wort *scrod* erfunden zu haben, um den Fang des Tages zu bezeichnen, vermutlich im Gegensatz zu *cod* (Kabeljau), für den diese Stadt gleichfalls berühmt ist. Ich erinnerte mich auch, vielleicht irrigerweise, das Wort woanders in der Schreibung *shrod* gesehen zu haben, es sei denn, es handelt sich dabei um ein anderes Wort mit anderer Bedeutung. Ich hatte, vermutlich irrtümlich, gedacht, *scrod* bedeute »junger Kabeljau«, oder vielleicht war es *shrod*, welches »junger Kabeljau«, und *scrod*, »Fang des Tages« bedeutete, wenn es das Wort *shrod* denn überhaupt gibt. Mein Wissen bezüglich *scrod* ist bescheiden, bloß den alten Scherz über die beiden vornehmen Damen kenne ich, die von Boston mit der Bahn nach Hause fuhren und von denen eine im Zuge ihrer Unterhaltung das Wort *scrod* irrtümlich für ein Präteritum hielt. Einen Augenblick lang dachte ich an dem vorangegangenen Abend, wie gesagt, dass diese Schreibung sogar korrekt wäre, war dann aber ziemlich sicher, dass sie nicht korrekt war, doch wusste ich nicht, ob es *shrod* oder *scrod* heißen sollte, sofern es das Wort *shrod* überhaupt gibt. Aber nirgendwo sonst habe ich es *schrod* mit *sch* geschrieben gesehen. Am zweiten Abend stellte ich schließlich eine – möglicherweise unrichtige – Verbindung zwischen diesem Schreibfehler und dem Akzent her, mit dem Ihr Restaurantmanager meinen Bruder und mich ansprach. Dieser Manager war an beiden Abenden, an denen ich hier aß, im Speisesaal anwesend, und wenn sein Betragen auch höflich war, so war es doch etwas kühl, nicht im Besonderen mir, sondern allen gegenüber, und er schien am zweiten Abend das Gespräch nicht weiterführen zu wollen, das ich mit ihm angefangen hatte und in welchem ich vorschlug, das Restaurant möge *Baked Beans* in seine Speisekarte aufnehmen, da gebackene Bohnen doch ebenfalls ursprünglich aus Boston kommen und das Restaurant sich rühmt, sowohl das offizielle Dessert des Staates Massachusetts, den *Boston Cream Pie*, erfunden zu haben, wie ich aus dem Hotel-Prospekt erfuhr, und ebenso die *Parker House Roll.* Die Ungeduld, mit der er auf das Ende des Gesprächs zu warten schien, um wegzukommen, war geradezu eklatant, obwohl ich nicht wusste, wohin er wollte, da er offensichtlich keine andere Funktion hatte, als wichtigtuerisch – soll heißen in übertrieben aufrechter Körperhaltung – vom einen Ende des langen, eher schwach erhellten, prachtvollen Saales zum anderen zu gehen, das heißt, von der mächtigen Eingangstüre, durch die dann und wann eine Handvoll Leute aus der Lobby hereinkam, um ihr Abendessen einzunehmen, vermutlich bis zur Küche, die hinter einer Barriere und zwei großen Topfpalmen gut verborgen war. Wie dem auch sei – als er da stand und sich mit uns unterhielt, seitlich leicht zu uns herabgebeugt, aber bei jeder Pause schon auf dem Sprung, bemerkte ich, dass sein Akzent möglicherweise deutschen

Ursprungs war, und das brachte mich später, beim Gedanken an die fehlerhafte Schreibung von *scrod,* dazu mutzumaßen, dass die sehr deutsche *sch*-Schreibung sein Werk war. Das mag etwas unfair sein, und vielleicht war es jemand anderer, jemand jüngerer, der *scrod* falsch buchstabierte, und der Fehler wurde dann von Ihrem Manager wegen dessen deutscher Vorprägung, ein *sch* an den Anfang eines Wortes zu setzen, nicht bemerkt. Hier sollte ich zu seiner Verteidigung in Parenthese hinzusetzen, dass er trotz seines kühlen Betragens für meinen Vorschlag, die *Baked Beans* in die Speisekarte aufzunehmen, ein offenes Ohr zu haben schien. Er erklärte, dass das Restaurant in der Vergangenheit einmal kleine Töpfe mit gebackenen Bohnen als *Amuse Gueule* zu Brötchen und Butter serviert habe, aber dass man damit wieder aufgehört habe, weil so viele andere Restaurants in Boston *Baked Beans* in ihre Speisekarten aufgenommen hätten. Ich wollte nicht, dass er dächte, ich fände an der Idee mit den Töpfchen als *Amuse Gueule* Gefallen – weit gefehlt. Ich fand es eine schreckliche Idee. *Baked Beans* zu Beginn eines Essens wären, wo sie doch so schwer und süß sind, kein guter Appetithappen. Nein, nein, sagte ich, sie sollten einfach irgendwo auf der Speisekarte stehen. Zufällig liebe ich gebackene Bohnen, und ich war enttäuscht gewesen, sie hier, in diesem Bostoner Restaurant, nicht – zusammen mit dem *scrod,* den *Parkerhouse Rolls* und dem *Boston Cream Pie,* die ich sämtlich am zweiten Abend bestellte – angeboten zu finden. Meine Gesellschaft bei diesem Essen, das heißt, mein Bruder, zeigte sich angesichts dieser sich dahinziehenden und vielleicht sinnlosen Unterhaltung nachsichtig, entweder weil er froh war, nach dem schweren Tag, an dem er sich in der Stadt, die nicht seine Heimatstadt ist, die Beine abgelaufen und sich bemüht hatte, ein paar geschäftliche Angelegenheiten, die Vermögensmasse meiner Mutter betreffend, zu einem Abschluss zu bringen, wobei er nicht durchweg erfolgreich war, vor einem köstlichen Abendessen und einem Glas Rotwein zu sitzen, oder aber, weil ihn mein Verhalten de facto an meine Mutter erinnerte, die so gerne eine Unterhaltung mit einem Fremden begann oder, was der Wahrheit schon eher entsprach, einen Fremden, der ihr in die Nähe kam, kaum gehen lassen konnte, ohne mit ihm ein Gespräch anzufangen und etwas über sein Leben zu erfahren und ihn in einige ihrer festen Grundsätze einzuweihen, und die zu unserem großen Bedauern vergangenen Herbst verschieden ist. Obwohl uns, wie sich von selbst versteht, bestimmte ihrer Verhaltensweisen während ihrer Lebenszeit zu schaffen gemacht hatten, denken wir nun gerne wieder an sie, weil wir sie vermissen, und wahrscheinlich übernehmen wir beide manche eben dieser Verhaltensweisen, wenn wir sie nicht schon vor langem übernommen haben. Ich glaube, mein Bruder unterbreitete dem Manager auch selbst noch einen Vorschlag, nachdem er schweigend da gesessen und mir zugehört hatte, obwohl ich mich nicht erinnern kann, was er sagte. Das war nun, genau genommen, schon das zweite Mal, dass ich, diesmal auf das Drängen unseres Kellners hin, der meinen Vorschlag gut fand, den Manager zu unserem Tisch herüber rief. Beim ersten Mal, als ich ihn zu mir her winkte, ging es nicht darum, mit ihm die gebackenen Bohnen oder die Schreibung von *scrod* zu besprechen, sondern über einen anderen Gast in dem beinahe leeren Speisesaal zu reden, eine sehr selbstsichere, kleine alte Dame mit perlgrauem Dutt im Nacken, die neben ihrer jüngeren von ihr angestellten Begleitung überraschend tief in ihrer Sitzbank saß, so dass sie hoch- und hinüberlangen musste, um ihr Essen zu erreichen. Ich hatte sie während meines Dinners am vergangenen Abend bemerkt, da wir in unmittelbarer Nachbarschaft zueinander saßen und es sogar noch weniger Gäste gab und ihre Begleiterin und ich eine Unterhaltung angefangen hatten, in deren Verlauf ich erfuhr, dass die alte Dame nur ein paar Schritt weit weg wohnte und ihr Abendessen seit vielen Jahren in dem Hotel einnahm und dass ich mich, ohne Absicht, unter dem hellsten Beleuchtungskörper auf ihren Stammplatz im Speisesaal gesetzt hatte. Nachdem sich die Begleiterin bei der alten Dame erkundigt hatte, hatte sie präzisiert, sie komme seit dreißig Jahren hierher, was mich erstaunte, aber nun, am zweiten Abend, stellte der Restaurantmanager dies nun richtig: Es seien bloß fünf bis sechs Jahre gewesen. Vielleicht weil ich da schon mein Glas Côte du Rhône getrunken hatte und etwas beschwingt war, wollte ich den Vorschlag machen, das Hotel möge von ihr ein Portraitfoto machen und in einem der Räume an die Wand hängen, da sie nun ja Teil der Hotelgeschichte geworden war. Ich denke noch immer, das wäre eine gute Idee, und Sie mögen sie in Erwägung ziehen. Tatsächlich stand ich dann auch, vielleicht nicht eben diskret, von meinem Stuhl auf und ging zu der alten Frau und ihrer Begleiterin, als diese im Gehen waren, und machte ihr denselben Vorschlag, was sie sichtlich freute. Ich hielt es für unpassend, die Frage der Schreibung von *scrod* so ohne Umschweife mit dem Manager zu erläutern, und stattdessen erwähne ich sie deshalb nunmehr brieflich Ihnen gegenüber. Mein Aufenthalt in Ihrem Hotel war äußerst angenehm – und, abgesehen vielleicht von dem kühlen Verhalten

Ihres Restaurantmanagers – waren der Service und die gesamte Gebarung einwandfrei, mit Ausnahme dieses einen Rechtschreibfehlers. Ich denke wirklich, dass die vermeintliche Heimat des *scrod* ein Ort sein sollte, wo dieser korrekt geschrieben wird. Ich danke Ihnen, dass Sie mir Ihr Gehör geschenkt haben.

Mit freundlichen Grüßen

Hallo, Schatz

Hallo, mein Lieber
erinnerst du dich noch,
wie wir mit dir Briefe geschrieben haben?

Vor langer Zeit, du hast nicht gesehen,
aber ich bin Marina – mit Russland.
Erinnerst du dich an mich?

Ich schicke dir diese Mail
mit schweren Tränen in den Augen
und großer Sorge in meinem Herz.
Besuche meine Site.

Ich wünsche mir bitte, dass du mich überlegst
mit ganzem herzlich.
Bitte – reden wir miteinander.

Ich warte!

Nicht interessiert

Ich habe einfach kein Interesse daran, dieses Buch zu lesen. Ich hatte auch kein Interesse daran, das letzte, das ich zu lesen versuchte, zu lesen. Ich habe immer weniger Interesse daran, eines der Bücher zu lesen, die mir gehören, obwohl sie vermutlich einigermaßen gut sind.

Ebenso wie mich unlängst, als ich, in der Absicht, ein paar Stöcke und Äste einzusammeln und zu dem Stoß am hinteren Ende der Wiese zu tragen, in den Garten hinterm Haus ging, bei dem Gedanken daran, dass ich diese Stöcke aufheben und noch ein weiteres Mal zu diesem Stoß hintragen sollte, um danach durch das hohe Gras der Wiese zurückzukommen, um noch weitere zu holen, plötzlich eine so tiefe Langeweile überkam, dass ich nicht einmal damit anfing und einfach hineinging.

Jetzt schaffe ich das wieder. Ich war bloß an jenem einen Tag gelangweilt. Dann verging das Gefühl, und nun kann ich wieder hinausgehen und Stöcke und Äste einsammeln und zu dem Stoß bringen. Um genau zu sein: Ich hebe die Stöcke auf und trage sie auf dem Arm, und die größeren Äste ziehe ich hinter mir her. Ich tue nicht beides gleichzeitig. Ich mache etwa drei Touren hin und zurück, bevor ich müde werde und aufgebe. Die Bücher, von denen ich rede, sind angeblich einigermaßen gut, aber sie interessieren mich einfach nicht. In Wahrheit mögen sie um einiges besser sein als bestimmte andere Bücher, die mir gehören, aber manchmal interessieren mich die Bücher, die nicht so gut sind, mehr.

Am Tag vor dem besagten Tag, und am Tag danach, war ich bereit, die Stöcke aufzuheben und zu dem Stoß zurückzutragen. Eigentlich an vielen Tagen davor und an vielen Tagen danach. Könnte ich sogar sagen: an sämtlichen Tagen vor diesem Tag und an sämtlichen danach? Fragen Sie mich nicht, weshalb ich an anderen Tagen nicht gelangweilt war. Ich frage mich oft selbst, weshalb.

Wenn ich darüber nachdenke, so kann es sein, dass ich eine gewisse Befriedigung darin finde, diesen wüsten Haufen aus Stöcken und Ästen, die ich nach hinten bringe oder ziehe, Tag für Tag kleiner werden zu sehen. Ein gewisses Interesse – obwohl kein großes, sondern vielmehr ein so kleines, dass es schon unmittelbar am Rande zur Langeweile angesiedelt ist – beziehe ich aus dem Anblick der Wiese, die ich unter mir zurücklasse: die Gräser, die Wiesenblumen und gelegentlich die Losung eines Wildtiers. Der schönste Augenblick ist der, wenn ich hinten bei dem Haufen aus Gestrüpp anlange: Ich wiege das Bündel aus Stöcken auf meinen Armen oder balanciere den Ast auf meinen beiden Händen, und dann hebe ich ihn – oder sie – so hoch auf den Haufen aus Gestrüpp hinauf, wie ich kann. Verglichen mit dem Weg hinaus zu dem Haufen, ist der Gang zurück durch die Wiese, wenn die Arme und Hände frei und locker sind, leicht; ich sehe um mich, hinauf zu den Baumwipfeln und zum Himmel und hinüber zum Haus, obwohl sich das nie verändert und uninteressant ist.

An jenem bestimmten Tag aber, hatte ich nicht einmal ansatzweise das Gefühl, ich könnte für diese Arbeit Interesse aufbringen, und plötzlich war ich tiefer gelangweilt als je zuvor, und so drehte ich mich bloß um und ging zurück hinein. Und ich wunderte mich darüber, dass ich diese Arbeiten an anderen Tagen überhaupt hatte machen wollen, und fragte mich auch, welches von beiden nun stimmte: das geringe Interesse an anderen Tagen oder die tiefe Langeweile jetzt. Und ich fragte mich, ob ich mich von dieser Arbeit wirklich immer zutiefst langweilen lassen und sie nie wieder machen sollte und ob mit meinem Kopf etwas nicht in Ordnung war, weil sie mich nicht immer langweilte.

Mir sind nicht alle guten Bücher über, es sind mir bloß Romane und Erzählungen über, sogar gute oder die, die angeblich gut sein sollen. In letzter Zeit ziehe ich Bücher mit realistischem Inhalt vor oder mit einem Inhalt, den wenigstens der Verfasser für realistisch hielt. Ich möchte mich nicht von der Einbildungskraft von jemand anderem langweilen lassen. Die Einbildungskraft der meisten Menschen ist nicht sehr interessant – man kann erraten, woher der Verfasser diese oder jene Idee hat. Man kann, bevor man einen Satz noch zu Ende gelesen hat, voraussagen, was als Nächstes kommen wird. Alles scheint so beliebig.

Aber es stimmt, dass ich zuzeiten auch von meinen eigenen Träumen gelangweilt bin oder vom Träumen selbst: Ah, es geht schon wieder los – diese Szene ergibt keinen Sinn, ich muss am Einschlafen sein, das ist ein Traum, ich bin schon wieder drauf und dran zu träumen. Und manchmal langweilt mich sogar der Akt des Nachdenkens: Da, schon wieder ein Gedanke, und gleich werde ich ihn interessant oder uninteressant finden – nicht schon wieder das! Um die Wahrheit zu sagen – manchmal langweilen mich meine Freundschaften: Ah, wir werden den Abend miteinander verbringen, wir werden reden, und dann geh ich nach Hause – schon wieder das gleiche!

Ich will eigentlich nicht sagen, dass mich alte Romane und Geschichtenbücher langweilen, wenn sie gut sind. Bloß neue – gute oder schlechte. Ich würde gerne sagen: Bitte erspare mir deine Einbildungskraft, ich habe deine lebhafte Einbildungskraft so über, soll sich jemand anderer an ihr erfreuen. So geht es mir jedenfalls neuerdings – mag sein, dass es vorübergeht.

Wohnen beim Apotheker

Geschichte von Flaubert

Wo wohne ich? Im Haus eines Apothekers! Ja, aber bei wem hat er gelernt? *Dupré!* Ist das nicht fantastisch?
Wie Dupré stellt er eine Menge Selterswasser her.
»Ich bin der einzige in Trouville, der Selterswasser herstellt«, sagt er.
Und es stimmt, dass ich oft schon um acht Uhr morgens vom Lärm der Korken aufwache, die durch die Luft fliegen: piff, paff und kkkrrrut!
Die Küche dient auch als Labor. Zwischen den Kasserollen erhebt sich von einem monströsen Destillierapparat in einem Bogen

eine furchteinflößende dampfende Kupferröhre

und oft können sie den Topf wegen der pharmazeutischen Vorbereitungen nicht aufs Feuer stellen.
Um ins Scheißhaus im Hof zu kommen, muss man über Körbe voll Flaschen steigen. Sie haben eine Pumpe draußen, die Wasser spuckt und die Beine anspritzt. Die beiden Jungen waschen Tiegel aus. Ein Papagei kreischt immer wieder, den ganzen Tag lang: »Hast du zu Mittag gegessen, Jako?« oder »Coco, mein kleiner Coco!« Und ein etwa zehnjähriges Kind,

der Sohn des Hauses und die große Hoffnung der Apotheke, macht Krafttraining, indem er mit seinen Zähnen Gewichte hebt.
Ein Stück weiser Voraussicht, das ich rührend finde, ist, dass im WC immer Papier vorhanden ist – gummiertes Papier oder eher *Wachspapier*. Es ist Papier, in das Pakete eingewickelt waren – sie wissen nicht, was sie sonst damit anfangen könnten.
Die Latrine des Apothekers ist so klein und dunkel, dass man beim Kacken die Tür offen lassen muss, und man kann kaum die Ellbogen bewegen, um sich den Arsch auszuwischen.
Das Esszimmer der Familie ist unmittelbar daneben.
Man hört das Geräusch der Scheiße, die in den *Kübel* hinunterfällt, untermischt mit dem Geräusch der Fleischstücke, die auf den Tellern umgewendet werden. Abwechselndes Rülpsen und Furzen usw. – charmant.
Und dieser ewige Papagei! Im Augenblick flötet er gerade: »Ich habe guten Tabak, oh ja!«

Das Lied

In einem Haus ist etwas passiert, und dann ist etwas anderes passiert, aber keiner macht sich deshalb Gedanken. Die helle, angenehme Stimme eines Mannes fängt in einem Flur im oberen Stock zu singen an, gleichmäßig, beiläufig. Wir bemerken es kaum. Dann hört man unten im Treppenhaus plötzlich den wütenden Schrei eines anderen Mannes: »Wer singen!?!« Die Stimme des Sängers verstummt.

Traum

Eine kleine Geschichte über eine kleine Schachtel Pralinen

Während ihres Besuchs in Wien in jenem Herbst hatte ihr ein sehr freundlicher Mann ein kleines Geschenk gemacht – eine Schachtel Pralinen. Die Schachtel war so klein, dass sie in ihre Handfläche passte, und doch waren in ihr, wie durch ein Wunder, 32 winzige, vollkommene Pralinen, lauter verschiedene, in zwei Lagen zu jeweils 16 Stück.

Sie hatte sie von Wien nach Hause mitgebracht, ohne auch nur eine zu essen, so wie sie jedes Mal, wenn sie auf einer Reise Esswaren erworben hatte, diese nach Hause brachte. Sie wollte sie ihrem Mann zeigen, und sie hatte vor, sie mit ihm zu teilen. Aber nachdem sie die Schachtel geöffnet und sie beide die Pralinen bewundert hatten, machte sie die Schachtel wieder zu, ohne eine Praline herauszunehmen und ohne ihm eine anzubieten, und tat die Schachtel an ihren privaten Arbeitsplatz. Dort verwahrte sie sie, und von Zeit zu Zeit sah sie sie an.

Sie dachte daran, sie in der nächsten Unterrichtsstunde mit ihren Studenten zu teilen, aber sie nahm sie nicht mit.

Sie machte die Schachtel nicht auf, und ihr Mann erkundigte sich auch nicht nach den Pralinen. Sie konnte nicht glauben, dass er sie vergessen hatte, da sie selbst an sie dachte und die Schachtel so oft ansah. Nach ein paar Wochen musste sie aber annehmen, dass er sie vergessen hatte.

Sie dachte daran, jeden Tag eine Praline zu essen, aber sie

wollte die Pralinen nicht ohne besonderen Anlass zu essen anfangen.
Sie erwog, die Schachtel mit 31 Freunden und Freundinnen zu teilen, aber sie konnte sich nicht entscheiden, wann sie damit anfangen sollte.
Als schließlich das Semesterende und ihr letzter Abendunterricht gekommen waren, beschloss sie die Pralinen mitzunehmen und sie zu teilen. Sie befürchtete, zu lange gewartet zu haben, da vier Wochen vergangen waren, seit ihr der freundliche Mann die Pralinen in Wien gegeben hatte, und dass die Pralinen schal schmecken würden, aber sie tat Gummibänder rund um die Schachtel und nahm sie mit.
Sie sagte zu ihren Studenten, wie verwunderlich für sie der Gedanke war, dass eine so kleine Schachtel Pralinen mit 31 Freunden geteilt werden konnte. Sie dachte, sie würden lachen, aber sie lachten nicht. Vielleicht waren sie nicht sicher, ob es höflich wäre zu lachen, oder vielleicht dachten sie nicht, dass das, was sie gesagt hatte, lustig sei. Sie konnte ihre Reaktionen nicht immer voraussagen. Sie selbst dachte, es sei lustig gewesen – oder zumindest interessant.
Sie hob den Deckel der Schachtel hoch und reichte sie dem am nächsten sitzenden Studenten. Sie forderte alle auf, die Pralinen zu bewundern.
»Dürfen wir auch eine essen?« fragte der Student, der die Schachtel hielt, »oder sollen wir sie bloß ansehen?« Er machte vielleicht einen Witz, aber vielleicht hatte sie nicht klar gesagt, dass sie die Pralinen mit ihnen teilen wollte.
»Natürlich sollt ihr sie essen«, sagte sie.
»Darf ich den Deckel ansehen?« fragte ein anderer Student. Der Deckel war beinahe so schön wie die Pralinen. Er war

grün und dicht an dicht mit mittelalterlichen Figuren und Gebäuden in Orange, Gelb, Schwarz, Weiß und Gold geschmückt. Auf kleinen weißen Fähnchen standen offensichtlich in schwarzen Buchstaben und deutscher Frakturschrift Sprichwörter – kurze gereimte Spruchweisheiten. Sie kannte von jedem Sprichwort nur ein paar wenige Worte. Eines empfahl, man solle sich wie eine Sonnenuhr verhalten.

Jeder der hungrigen Studenten nahm eine winzige Praline – oder aber es nahmen, da sie nicht genau darauf achtete, manche keine und manche mehr als eine. Sie hatte vorgehabt, die Pralinen mit 31 verschiedenen Freunden zu teilen, aber nun taten ihr die müden, hungrigen Studenten leid, und so ließ sie die Schachtel noch einmal im Raum herumgehen. Ein Student, ein junger Mann aus Kanada, übernahm es, die winzigen leeren Papierförmchen aus der Schachtel zu sammeln und sie zum Papierkorb neben der Tür des Hörsaals zu tragen.

Nach dem Unterricht tat sie das Gummiband wieder um die Schachtel und trug sie nach Hause.

Sie selbst hatte noch keine Praline gegessen, und sie machte sich etwas Gedanken, dass sie zu lange gewartet hatte. Wie lange konnte man Pralinen in einer Schachtel aufheben? Sie hatte gefürchtet, die Studenten würden die Pralinen fad finden. Aber sie war sicher, dass bloß ein einziger Student Pralinenexperte war. Dieser Student würde, aus Höflichkeit, nichts sagen, hatte vielleicht auch gar keine Praline genommen, weil er wusste, wie lange ihr Besuch in Wien zurücklag.

Zwei Tage danach konnte sie die Schachtel dann weder in ihrer Handtasche noch in ihrer Aktentasche finden und fürchtete, sie hätte sie verloren. Einen Augenblick lang dachte sie gar, dass sie ein Student gestohlen haben könnte.

Dann suchte sie genauer nach und fand sie. Sie machte die Schachtel auf und zählte: von den 32 Pralinen waren noch sieben in der Schachtel – 25 waren gegessen worden. Und doch waren nur 11 Studenten im Seminar.
Sie legte sie wieder an ihren Arbeitsplatz, auf die alte mexikanische Bank, die sie so sehr mochte.
Sie überlegte, ob es in Ordnung war, selbst eine Praline zu essen, und ob man, wenn es in Ordnung war, in einer besonderen Stimmung oder Geistesverfassung sein musste, um die Praline alleine zu essen. Es schien ihr nicht richtig, aus Ärger oder aus einer Missstimmung oder aus Gier heraus eine Praline zu essen, sondern bloß aus Lust am Vergnügen, oder in glücklicher oder feierlicher Stimmung. Wenn man aber eine Praline aus Gier ganz alleine aß, war es dann weniger falsch, wenn die Praline sehr klein war?
Sie wusste, sie wollte die verbliebenen Pralinen nicht teilen. Als sie schließlich eine Praline alleine aß, schmeckte sie sehr gut, üppig und bitter, süß und eigenartig zugleich. Der Geschmack hielt sich minutenlang in ihrem Mund, so dass sie noch eine essen wollte, um den Genuss noch einmal von vorne auszukosten. Sie hatte sich vorgenommen, jeden Tag eine zu essen, bis sie weg waren. Nun aber aß sie prompt eine zweite. Sie wollte eine dritte essen, ließ es dann aber sein. Am nächsten Tag aß sie, aus Lust am Genuss und in Missachtung dessen, was sie für richtig hielt, zwei, eine nach der anderen. Und am darauffolgenden Tag aß sie aus einem vagen, unbestimmten Hunger heraus – nicht unbedingt nach Essen – eine weitere.
Sie fand die Pralinen so gut, dass sie entschied, sie habe letztlich doch nicht zu lange gewartet. Es sei denn, ihr Urteil wäre

nicht qualifiziert, und es gäbe einen Unterschied zwischen einer Praline, die man sofort und einer, die man nach vier Wochen aß, ein Unterschied, der für sie nicht wahrnehmbar war, wohl aber für einen Experten wie jenen Studenten, den sie für einen Experten hielt.

Dann fragte sie ihren Studenten, den Experten in Sachen gute Pralinen, wo sie in der Stadt die besten Pralinen kaufen könne. Ihr Student nannte ihr den Namen des besten Pralinen-Geschäfts, und sie ging in diesen Laden, in der Hoffnung, sie würde winzige Pralinen finden, von der Art, die ihr der freundliche Mann in Wien geschenkt hatte. Aber das Geschäft hatte bloß größere Pralinen im Angebot, Pralinen von üblicherer Größe, auf ihre Art gut, aber nicht das, was sie suchte.

Sie entschied, sie mochte keine größeren Pralinen. Nun, da sie – zum ersten Mal – die winzigsten aller Pralinen gekostet hatte, gab sie diesen den Vorzug.

Ein paar Monate davor war ihr in Connecticut, im Haus einer eher ernsten Belgierin, die sie seit vielen Jahren kannte, eine Praline angeboten worden. Es war eine gute Praline, soweit sie das beurteilen konnte, aber sie hatte befunden, sie sei ein wenig zu groß, jedenfalls zu groß, um sie schnell aufzuessen. Sie hatte viele kleine Bisse davon genommen und diese Bisse genossen, hatte aber keine weitere Praline haben wollen, auch als man sie drängte. Die anderen Anwesenden fanden das eigenartig, und die Belgierin hatte sie ausgelacht.

Schreiben

Das Leben ist zu ernst für mich, um weiterzuschreiben. Das Leben war einmal leichter und oft erfreulich, und dann war das Schreiben eine erfreuliche Angelegenheit, obwohl es auch ernst schien. Nun ist das Leben nicht leicht, es ist zu etwas sehr Ernstem geworden, und im Vergleich erscheint das Schreiben ein wenig albern. Das Schreiben hat oft nicht mit realen Dingen zu tun, und wenn es mit realen Dingen zu tun hat, tritt es häufig gleichzeitig an die Stelle mancher realer Dinge. Das Schreiben handelt zu oft von Personen, die nicht zurechtkommen. Nun bin ich selbst zu einer dieser Personen geworden. Ich bin eine von diesen Personen. Was ich tun sollte, anstatt über Personen zu schreiben, die nicht zurechtkommen, ist, einfach mit dem Schreiben aufzuhören und zu lernen zurechtzukommen. Und dem Leben selbst mehr Aufmerksamkeit zu schenken. Die einzige Möglichkeit, klüger zu werden, ist, nicht mehr zu schreiben. Es gibt andere Dinge, die ich stattdessen tun sollte.

Wenn wir bei der Hochzeit (im Zoo)

Wenn wir auf dem Weg zur Zeremonie nicht angehalten hätten, um einen Blick auf den Koben mit den schwarzen Schweinen zu werfen, dann hätten wir das riesengroße Schwein nicht gesehen, das sich auf das kleinere stürzte, um es mit Gewalt vom Futtertrog zu vertreiben.

Wenn wir nicht früh gekommen wären und uns nicht in der Sonne auf eine Bank unter dem Pavillondach gesetzt hätten, um auf den Beginn der Zeremonie zu warten, dann hätten wir das Pony nicht gesehen, das durchgebrannt war und seine Pferdeleine hinter sich her zog.

Wenn wir nicht das plötzliche Gemurmel unserer Nachbarn auf den Bänken im kalten Sonnenlicht vor Beginn der Zeremonie unter dem Pavillon vernommen hätten, dann hätten wir nicht aufgeschaut, um die Braut in ihrem hellgrünen Kleid aus der Entfernung herankommen zu sehen, rasch, in großen Schritten, Hand in Hand mit ihrer Mutter.

Wenn wir nicht unsere Hälse vorgereckt hätten, um uns unter den Leuten umzusehen, die vor uns standen, bereit, am Vollzug der Trauungszeremonie teilzunehmen, dann hätten wir nicht gesehen, wie die Braut kam, mit gesenktem Kopf, und wie die Mutter, mit gesenktem Kopf, ernst auf sie einredete, wobei die beiden kein einziges Mal aufsahen – so als wäre außer ihnen niemand anwesend –, zum Pavillon, zu den Gästen, zu den schussbereiten Kameras, zur Zeremonie und zu ihrem zukünftigen Ehemann, der auf sie wartend dastand.

Wenn wir nicht von der Zeremonie weggesehen hätten, in welcher das Paar, das vor ihrem die Trauung vollziehenden buddhistischen Freund stand, während die übrige Gemeinde aus Freunden und Familie indische oder andere Gesänge anstimmte, dann hätten wir nicht die chassidischen und asiatischen Familien gesehen, die am Pavillon vorbeigingen und, auf ihrem Weg zum und vom Maisfeldlabyrinth, neugierig zu uns herüberstarrten.

Wenn wir nicht quer durch den Saal gegangen wären, in dem der Empfang gerade anfing, vorbei an den beiden Akkordeonspielern, Mann und Frau, um aus den rückwärtigen Fenstern auf die Hochzeitsgesellschaft hinauszublicken, die im kalten Oktoberlicht, am späten Nachmittag beim Klang der Klezmer-Musik fotografiert wurde, dann hätten wir die beiden Fasanen-Familien nicht gesehen, die am Rand des Kürbisfelds entlangliefen, um im Wald Zuflucht zu suchen.

Wenn wir nicht quer durch den Empfangssaal gegangen wären, um uns neben die Fremden zu den nach hinten gehenden Fenstern zu stellen, dann hätten wir nicht gesehen, wie die Hochzeitsgesellschaft fotografiert wurde, während sie, die Gesichter der untergehenden Sonne zugewandt, einander in der Kälte festhielten, zwischen den Aufnahmen stolperten und lachten und ihre Positionen und Posen änderten, hinter uns im Hintergrund die Akkordeonmusik, so dass die Szene, die wir beobachteten, plötzlich gleichsam zum Ende eines glücklichen italienischen Films wurde.

Wenn wir nicht zurückgekommen wären, um zu einem späteren Zeitpunkt während des Empfangs aus den nach hinten gehenden Fenstern zu sehen, nach den Ansprachen am anderen Ende des Saals und nach dem Essen, bei dem wir in der Nähe von Leuten saßen, die wir kannten, aber gegenüber von Fremden, dann hätten wir nicht gesehen, wie die braune Kuh, die unter einem Baum stand, ihre Schnauze hob und ihren Kopf schüttelte und wiederkäute, während sie zum Himmel hinaufblickte.

Wenn wir den Empfangssaal nicht für einen Augenblick nach Einbruch der Dunkelheit verlassen hätten, bevor wir wieder ins Licht und zur Musik und zum Tanz zurückkehrten, dann hätten wir nicht die schwarzen runden Umrisse in den Ästen der Bäume gesehen, jene der Hühner, die da saßen und schliefen.

Brief an den Präsidenten des American Biographical Institute, Inc.

Sehr geehrter Präsident,

ich habe mich über Ihren Brief gefreut, in dem Sie mich davon unterrichten, dass ich vom *Governing Board of Editors* als *WOMAN OF THE YEAR* 2006 nominiert wurde. Gleichzeitig aber war ich etwas verwirrt. Sie schreiben, dass diese Auszeichnung an Frauen vergeben wird, die ihren Geschlechtsgenossinnen ein »sublimes« Beispiel gegeben haben, und dass es Ihr Wunsch sei, deren Leistungen, wie Sie es nennen, einen »Ansporn zu geben«. In der Folge schreiben Sie, dass Ihnen bei den Ermittlungen meiner Qualifikationen ein *Board of Advisors* von 10 000 »einflussreichen« Personen aus 75 Ländern zur Seite gestanden habe. Trotz dieser umfänglichen Ermittlungen aber ist Ihnen ein grundsätzlicher sachlicher Fehler unterlaufen, indem Sie Ihren Brief nicht an Lydia Davis adressiert haben (so mein Name), sondern an Lydia Danj.
Selbstverständlich kann es sein, dass Ihnen bei meinem Namen kein Irrtum unterlaufen ist, sondern dass Sie Ihre Auszeichnung einer tatsächlichen Lydia Danj zuerkennen. Aber jeder der beiden Fehler würde auf einen Mangel an Sorgfalt Ihrerseits schließen lassen. Kann ich daraus ableiten, dass man bei den Ermittlungen, auf die sich diese Auszeichnung stützt, keine große Sorgfalt walten ließ – trotz der an ihnen beteiligten 10 000 Personen? Das würde mir nahelegen, dass

ich der Auszeichnung selbst keine große Bedeutung beimessen sollte.

Des Weiteren laden Sie mich ein, um die Zusendung des materiellen Beweises dieser Nominierung zu ersuchen, die vom *American Biographical Institute Board of International Research* in Form eines, wie Sie es nennen, »Dekrets« in der Größe von 11 × 14 Zoll, limitiert und signiert, überreicht wird. Für ein Dekret in einfacher Ausführung ersuchen Sie mich um die Zahlung eines Betrags von $ 195, wogegen mich ein kaschiertes Dekret $ 295 kosten werde.

Das verwirrt mich von Neuem. Ich habe in der Vergangenheit Auszeichnungen erhalten, aber ich wurde nie dazu aufgefordert, für sie zu bezahlen. Die Tatsache, dass Sie meinen Namen falsch geschrieben haben und dass Sie mich zudem auch noch auffordern, für meine Auszeichnung zu zahlen, legt für mich die Vermutung nahe, dass Sie mich in Wahrheit nicht auszeichnen, sondern eher glauben machen wollen, ich würde ausgezeichnet, damit ich Ihnen entweder $ 195 oder $ 295 übersende. Nun bin ich aber ein weiteres Mal verwirrt.

Ich würde annehmen, dass jede Frau, die auf dieser Welt wirklich etwas geleistet hat, deren (wie Sie sich ausdrücken) »bis zum heutigen Tag« erbrachte Leistungen hervorragend sind und die das verdienen, was Sie eine allerhöchste Auszeichnung nennen, über ausreichend Intelligenz verfügt, sich von Ihrem Brief nicht irreführen zu lassen. Und doch muss sich Ihre Liste aus Frauen zusammensetzen, die irgendeine Leistung erbracht haben, denn eine Frau, die überhaupt keine Leistung erbracht hat, würde ganz bestimmt nicht annehmen, dass sie mit ihren Leistungen die Auszeichnung »Woman of the Year« verdient habe.

Könnte es also sein, dass das Ergebnis Ihrer Ermittlungen eine Liste von Frauen ist, die genügend geleistet haben, um annehmen zu dürfen, sie würden die Auszeichnung »Woman of the Year« tatsächlich verdienen, und doch nicht intelligent und weltgewandt genug sind, um zu begreifen, dass das für Sie ein Geschäft ist und dass das nichts mit einer echten Auszeichnung zu tun hat? Oder handelt es sich um Frauen, die etwas geleistet haben, das sie für auszeichnungswürdig erachten, und die intelligent genug sind, um tief in ihrem Innersten zu wissen, dass Sie bloß auf Gewinn aus sind, die gleichzeitig aber bereit sind, sich von $ 195 oder $ 295 zu trennen, um dieses Dekret – ob nun in einfacher Ausführung oder kaschiert – zu erhalten, vielleicht ohne sich dabei einzugestehen, dass es keinerlei Bedeutung hat?
Wenn Ihre Ermittlungen ergeben haben, dass ich als Mitglied zu einer dieser beiden Gruppen von Frauen gehöre – entweder als eine, die sich durch Schreiben von Organisationen wie der Ihren täuschen lässt, oder aber, was vermutlich schlimmer ist, die willens ist, sich selbst zu täuschen –, so tut mir das leid, und ich muss mich fragen, was das über mich aussagt. Indem ich andererseits aber glaube, dass ich in Wahrheit keiner dieser beiden Gruppen zuzuzählen bin, so ist das vielleicht bloß ein weiterer Beweis dafür, dass Ihre Ermittlungen mangelhaft waren und Sie einen Fehler gemacht haben, als Sie mich – ob nun als Lydia Davis oder als Lydia Danj – in Ihre Liste aufnahmen. Ich freue mich darauf zu erfahren, wie Sie darüber denken.

Mit freundlichen Grüßen

Doktorat

All die Jahre dachte ich, ich hätte ein Doktorat.
Aber ich habe kein Doktorat.

Nachwort des Übersetzers

»Wie groß kann oder muß eine poetische Gruppe sein?« fragte Franz Mon 1957 in seinem Essay »Die zwei Ebenen des Gedichts«[1]. Und seine prompte Antwort: »Ein Satz – gewiß. Manchmal aber schließt sich der Tropfen schon um ein, zwei Laute, die Wörter mit sich führen […] ein Skelett im Treibsand des Vokabelsinns, das mich plötzlich erinnert.« Und gleich darauf: »Schon die Geste einer kleinen Lautfolge […] kann Gedicht sein.« – In Mons Beobachtung steckt etwas von dem, was Theodor W. Adorno 1961 aus Anlass einer Vorführung von H. G. Helms' Hörtext FA: M'ANIESGWOW festgestellt hat, und zwar: dass »alles Sprachliche, selbst bei äußerster Reduktion auf den Ausdruckswert, die Spur des Begrifflichen« trägt[2] – und in diesem »Begrifflichen« ist noch das haptische Moment des »Greifens« enthalten, von dem das Wort sich herleitet.

In der Story »Die Sprache der Dinge im Haus« von Lydia Davis – da macht das Wasser, das den Abfluss einer Spüle hinunter gurgelt: »Dvořák«, und wenn das Geschirr im Korb der Spülmaschine klappert, dann hört sich das (auf Deutsch) an wie »ge-*nö*-tigt«[3]. Und angesichts solchen Hörens und *Ver*hörens, dieser gleichsam tropischen Transformation von Geräuschen im Haus zu Laut- und Wortfolgen, fragt sich die Autorin, ob wir in dergleichen Situationen unbewusst immerzu Wörter und Phrasen hören, und das muss wohl auch so sein: Man denke daran, was der deutschsprachige Hörer unausweichlich aus Ernst Jandls Lautfolge *schtzngrmm* macht. – Demnach handelt es sich bei derartiger Vervollständigung des Wahrgenommenem um ein Pars-pro-toto-Phänomen, bei dem, wie im Falle von »ge-nö-tigt«, in das Konsonantengeklapper der Teller im Geschirrspüler von unserem Gehirn selbsttätig sinnstiftende Vokale eingebaut werden. – Die *g* und *n* und *t* und *g* und *t*: Sie sind Mons »Skelett im Treibsand des Vokabelsinns«.

Wäre es also, um ein weiteres Mal Adornos Bemerkungen zu FA: M'ANIESGWOW heranzuziehen, so, dass keine Geräusch- und keine Lautfolge vorstellbar ist, »die nicht durch eine und sei's auch noch so entfernte Ähnlichkeit mit der Dingwelt an diese gefesselt bliebe«, und dass es – in Anlehnung an Gertrude Steins Exkurs über *Poetry & Grammar* – nicht möglich ist, sich eine Sequenz von Lauten und Geräuschen vorzustellen, die sich *nicht* zu einem Wort zusammenfügte, so wie es eben unmöglich ist, dass eine noch so zufällige Wortfolge *keinen* Sinn ergibt?[4].

Spontan schließt sich Mons »Tropfen« um jede Serie beliebig aneinander gereihter Wörter und formt aus diesen im Reflex einen sinnvollen Satz.

*

Repräsentanten so genannter *flash fiction*, jenes 1992 eingeführten Labels für *short short* und *very short short stories*, deren Länge von den Puristen des Genres auf 6 bis 1000 (im Ausnahmefall auch 3000) Worte kontingentiert ist, sehen in der (wohl zu Unrecht) Hemingway zugeschriebenen *six-word novel:* »For sale: Baby shoes, never worn«[5], ein Paradebeispiel dieser Spezies, die im Deutschen (meines Wissens seit Heimito von Doderer) »Kürzestgeschichte« heißt. – Eine solche, »ganz schematische Geschichte« hat der wie Robert Walser und Peter Altenberg von Davis hochgeschätzte Franz Kafka am 2. Juli 1913 in seinem Tagebuch festgehalten, betreffend eine »23 jähr. Marie Abraham, die ihr fast ¾ Jahre altes Kind Barbara wegen Not und Hunger erwürgte mit einer Männerkrawatte, die ihr als Strumpfband diente und die sie abband«.

Lydia Davis hat eine Vielzahl von *short short stories* und *very short short stories* geschrieben. Eine der kürzesten beschreibt die mir geläufige Art des Schwankschwindels, der bei mikrogeografischer Ortskundigkeit und gleichzeitiger makrogeografischer Desorientierung ausgelöst wird, und trägt den Titel »Ihre Geografie: Illinois«:

»Sie weiß, dass sie in Chicago ist.
Aber sie realisiert noch nicht, dass sie in Illinois ist.«

Eine ganze Reihe weiterer *stories*, unter ihnen der Einzeiler »Mutters Reaktion auf meine Reisepläne« und die Zwei- oder Dreizeiler »Plötzlich verängstigt«, »Doktorat«, »Hand« u. a., zählen zu Davis' Kürzestgeschichten, deren Stoff so schwer fasslich und auch so »flüchtig« ist, dass er, so Jonathan Franzen[6], »uns« – mit *uns* sind die Schriftstellerkolleginnen und -kollegen gemeint – »entgeht«, und unter dem Begriff *flashes* ließen sich auch, Beispiel für Beispiel, die akustischen Sensationen aus »Die Sprache der Dinge im Haus« subsumieren: Die beiden Hände im Waschbecken, die »Quatsch – Anquatsch«[7] machen, oder das Rumpeln der Geschirrspülutensilien, das sich wie »Kolben und Flaschen«[8] anhört.

Ganz in diesem Sinne bemerkt die Autorin 2013 in einem Interview aus Anlass des Erscheinens von *Varieties of Disturbance* gegenüber dem Magazin 032c[9], es sei eine Herausforderung für sie gewesen, herauszufinden, wie kurz sie einen Text halten könne, ohne dass dieser an Substanz verliere, und sie fügt hinzu, es habe Jahrzehnte gedauert, bis sie schließlich begriffen habe, »dass auch eine Zeile oder zwei ausreichend seien«.

*

Einen Hinweis auf das Vorhaben der Autorin, ihre Texte möglichst knapp zu fassen, liefert der letzte Absatz der Story »Nicht interessiert«. Dort erklärt das erzählende Ich, sie fühle sich von der Literatur zeitgenössischer »Geschichtenerzähler« – auch wenn es sich um deren ›angeblich gute‹ Literatur handelt – schlichtweg gelangweilt, denn sie finde die Vorstellungskraft der meisten Schriftsteller und Schriftstellerinnen nicht eben interessant, und am liebsten würde sie ihnen entgegenrufen: »Ich habe eure lebhafte Fantasie so über.«

Der Autor müsse überall präsent, dürfe aber nirgendwo sichtbar sein, hat Flaubert dekretiert. – Wie bei der *persona* der griechischen Tragödie hört man seine Stimme nur durch eine Maske, und man weiß, dass er nicht mit dem Ich-Erzähler ident ist. – In diesem Falle darf man die so brüsk reagierende Ich-Erzählerin ausnahmsweise tatsächlich mit der Autorin in eins setzen, die, während sie derart über die sie langweilende gute Literatur nachdenkt, wohl nicht ganz zufällig einen wüsten Haufen aus Gestrüpp und Ästen im Garten hinterm Haus lichtet und schlichtet. – Und in diesem Sinne erklärt Davis auch im Interview[10], sie habe im Laufe der Zeit mehr und mehr das Interesse an durchgängig erfundener Erzählliteratur verloren; sie sei (›zum gegenwärtigen Zeitpunkt‹, schränkte sie ein paar Jahre davor noch gegenüber Sarah Manguso ein) am traditionellen Aufbau von Szenarien mit zwei und mehr Figuren nicht interessiert, ja, so erst vor Kurzem, sie *lehne* das herkömmliche Erzählrepertoire, bestehend aus »Beschreibung [...], Handlung [...], Dialog [...], Exposition [...] und Kommentar«, schlichtweg ab[11] – und das insbesondere dann, wenn das Ganze auf forciert »mechanische« Art und Weise abgehandelt werde[12]. Im Gegensatz zur »Künstlichkeit« derartiger *Narrative* schätze sie die schnörkellose Prosa Becketts. Schon früh sei sie – ihre erste Beckett-Lektüre fällt in ihr vierzehntes Lebensjahr – von dessen verknapptem, »abgespecktem« Stil[13] und seinem einfachen angelsächsischen Vokabular beeindruckt gewesen, und mit zwanzig (so gegenüber Francine Prose) habe sie schließlich damit angefangen, die Struktur der Beckettschen Sätze zu sezieren, um sie auf ihre Konstruktion hin zu untersuchen.

Die »Kürzestgeschichte« *New Year's Resolution* (Neujahrsvorsatz) aus dem 2001 erschienenen Prosaband *Samuel Johnson Is Indignant,* eine jener ›raffinierten Stories voll hintergründigem Witz und französischer Prägnanz‹, wie Jeffrey Eugenides Davis' Texte beschrieben hat, liest sich wie ein poetisches Programm der Autorin, wie ein Metatext zu ihren »Miniaturen«, in welchen sie die literarische »Konvention von Handlung, Figuren und dramatischer Entwicklung unterläuft« (so die Jurybegründung der *MacArthur Foundation* für den ihr zugesprochenen *Genius Award*).

Abspecken ist das Stichwort: Auf die Frage der Erzählerin

von »Neujahrsvorsatz«, was sich ihr Freund Bob für die Zukunft vorgenommen habe, nennt dieser achselzuckend den »naheliegenden« Allerweltsentschluss, weniger trinken und Gewicht abnehmen zu wollen. Das erzählende Ich (es wird sich auch hier wieder um eine Frau handeln), die in jüngster Zeit von Neuem – wenn auch, wie sie bekennt, nicht allzu gründlich – das Studium des Zen-Buddhismus aufgenommen hat, will nunmehr, nach mehrwöchiger Nachdenkpause, dem Freund schriftlich *ihren* Neujahrsvorsatz mitteilen: Sie will ihm schreiben, sie wolle es sich nunmehr zur Gewohnheit machen, sich als nichts zu sehen. – Doch sie hat es noch nicht hingeschrieben, da drängt sich ihr schon der Verdacht auf, hinter ihrem Vorsatz stecke womöglich die mit dem Zen unvereinbare Absicht, zu Bob in ein Konkurrenzverhältnis zu treten, denn: »Er möchte etwas Gewicht abnehmen, ich möchte mir angewöhnen, mich als nichts zu sehen«[14]. – Sie will sich Zen-gerecht »entsubstanzialisieren«.

Wie bei vielen Texten dieser ›allerpräzisesten‹ Autorin (Dave Eggers) und ›besten Stilistin unter allen amerikanischen Proschriftstellern und Schriftstellerinnen‹ (Rick Moody) führen ihre dialektisch durchdeklinierten Reflexionen – man denke an »Sittenlehre« oder an »Eine Position an der Universität« – die Erzählerin auch diesmal geradewegs in ein unlösbares Dilemma. Sie sieht sich mit der peinlichen Tatsache konfrontiert, dass sie ihr halbes Leben damit zugebracht hat, *etwas* zu werden, um nunmehr, zur Lebensmitte, festzustellen, dass dieses *Etwas* in Wahrheit – *nichts* ist. – *Alles* ist nichtig, Erfolg ist nichtig, ein Orden, so will es ihre Zen-Lektüre, ist nicht mehr wert als eine faulig gewordene Tomate.

Konsequent zu Ende gedacht heißt das, dass auch ihr Vorsatz,

nichts zu sein, nichtig ist. Trotzdem versucht die Erzählerin, ihn und sich in ihm zu verwirklichen, und so gut ihr das morgens auch immer wieder zu gelingen scheint – »den ganzen Vormittag«, sagt sie, »bin ich so gut wie nichts« –, so wenig schafft sie es, das *nichts*-Sein über den Tag hinwegzuretten, weil sich in ihr am Abend immer wieder *etwas* angesammelt hat: und etwas Aggressives und Hässliches obendrein.
Ihr Resümee: »Also denke ich, dass ich zum gegenwärtigen Zeitpunkt zu hoch hinaus will, und dass *nichts* zu werden für den Anfang vielleicht *zu viel* ist. Vielleicht sollte ich zunächst einmal einfach versuchen, jeden Tag *ein wenig weniger* zu sein, als ich es für gewöhnlich bin.«

*

Ein wenig weniger: Jonathan Franzen hat Davis in dezentem Understatement »einen kürzeren Proust« genannt (Anm. 6), und diese Zuschreibung mag wohl die Billigung der preisgekrönten Übersetzerin von *Du côté de chez Swann* gefunden haben, die ihrerseits im Jahr 2010 im *Guardian* erklärte, ihr Stil sei im Gegenzug und als Reaktion auf die langen Sätze des Franzosen entstanden. Das Pendant dazu, Becketts »einfache und klare« Sprache, dürfte für ihren Stil ebenso richtungsweisend gewesen sein wie wohl auch Mark Twains Definition der ›modernen und besten Art‹, englische Literatur zu schreiben, welche, so der ehemalige Metteur, in lapidaren, einfachen Worten und kurz gehaltenen Sätzen abgefasst sein sollte – ohne jeden Schwulst und ohne dass sich dabei Ausschmückungen und Geschwätzigkeit einschleichen[15].
Es scheint, als habe Davis dieses Postulat nach knapper, einfacher, schmuckloser Sprache in ihren eigenen literarischen

Kanon übernommen. Im Interview für *The White Review* legt sie diesbezüglich noch nach, indem sie nicht nur ihre Präferenz für kurze Sätze bekennt, sondern, dazu, Winston Churchill zitiert, der einmal gesagt haben soll, dass »die kürzesten Worte, »generell gesagt, die besten« seien[16].
Tatsächlich habe ich bei der Lektüre der Stories dieser außergewöhnlichen Autorin immer wieder den Eindruck, sie tendierten gleichsam gegen Null, würden, wie wortgewordene Figuren von Giacometti, immer schmäler werden, seien (so etwa in »Problem«) »skelettiert«, büßten dabei aber, wie eben jene abgemagerten Skulpturen des Schweizers, auf sonderbar paradoxe Weise, nichts von ihrer Sinnlichkeit, Plastizität und nachhaltigen Präsenz ein. Es sind sparsame, ebenso zielsichere wie rätselhafte Handbewegungen: Handlungen, die sich, einmal gesetzt, wie jene in dem Text »Der Andere«, nicht mehr rückgängig machen lassen wollen.

*

Es ist verlockend, hier ein Zitat aus dem Roman »Austerlitz« des von Davis geschätzten W. G. Sebald einzufügen, wo es heißt: »Die Sätze lösten sich auf in lauter einzelne Worte, die Worte in eine willkürliche Folge von Buchstaben, die Buchstaben in zerbrochene Zeichen und diese in eine bleigraue, da und dort silbrig glänzende Spur …«[17] – eine Spur aus der und in die Welt des Buddhismus. In einem Interview mit der Autorin hat Brendan Matthews darauf hingewiesen, dass ihre Texte von der Kritik wiederholt als *Koans* bezeichnet werden, als jene oft paradoxen und kryptischen Sentenzen von Zen-Meistern, deren Rätsel mit den Mitteln rationalen Denkens nicht gelöst werden können.

In *Formen der Verstörung* findet sich der *flash-fiction*-Text »Gemeinschaftsproduktion mit Fliege«:

»Ich schrieb dieses Wort auf die Seite,
sie aber setzte das Auslassungszeichen dazu.«

Es bleibt im Dunkeln, welches Wort »dieses« Wort war, so wie im Dunkeln bleibt, was ausgelassen wurde und wofür der Apostroph der Fliege steht – für ein unvollständiges Personalpronomen, für das *o* in einer Verneinung (man denke an *Can't and Won't)*, für ein vergessenes *s* im *Saxon Genitive* eines Eigennamens?
Davis ist sich des Rätselhaften ihrer Texte wohl bewusst, und gegenüber dem Interviewer von »Salon« bekennt sie, sie habe an der Tatsache, dass ihr Werk nicht für jedermann sei, durchaus Gefallen gefunden, und gegenüber Brendan Matthews konzediert sie die Nähe ihrer Texte zu »Koans«, schränkt jedoch im gleichen Atemzug ein, man könne sie mit Hinblick auf ihre unterschiedliche Webart ebenso gut als dies oder jenes bezeichnen, weshalb sie es vorziehe, sie samt und sonders dem übergeordneten Genre der *stories* zuzurechnen.

*

Neben den vielen *short short* und *very short short stories* finden sich in diesem Auswahlband auch Prosaarbeiten von größerem Umfang: »Haus – Pläne«, »Der Spaziergang«, »Die Kühe« gehören dazu. Aber auch wenn die eine oder andere dieser *stories*, deren Sprachregister Interviews, Todesanzeigen, explizite E-Mail-Angebote in russischem Englisch, englische Kinderreime, soziologische Studien, Sagen, Träume, Briefe, Tagebuchnotizen etc. abdecken, auch wenn also die eine oder andere dieser *stories* im Ausnahmefall an die dreißig Seiten lang ist – der zutiefst berührende Text »Die Seehunde« etwa oder auch der noch längere »Brief an die Stiftung« (beide aus *Kanns nicht und wills nicht*) –, so hält sich bei ihrer Lektüre doch der Eindruck, auch diese Erzählungen seien von allem Überflüssigen gereinigt, gleichsam entschlackt, skelettiert, bis zum Äußersten verknappt.

Und wenn der Ich-Erzähler in »Haus – Pläne« sagt, er »überließ [sich] ganz der Beobachtung dessen, was vor [seinen] Augen passierte« und es sei ihm, als wäre er »unsichtbar [und] gar nicht da«, so scheint mir diese Fähigkeit des ›langen Blicks‹, »der bei den Dingen verweilt, ohne sie auszubeuten« (Byung-Chul Han[18]) ihr Komplement in Davis' Prosa zu finden. »Die Länge und der Ton« einer Geschichte, sagt Davis im Gespräch mit Sacha Verna, ergäben sich aus dieser selbst[19]. Nicht nur ihrer Umgebung kann sie »sehr lange beim Sein zuschauen«, wie sie gegenüber ihrer Interviewerin erklärt, auch ihren Geschichten schenkt sie den langen Blick, so dass man schließlich nichts aus ihnen weglassen könnte, ohne sogleich ihre textliche Balance zu zerstören. – Sie wünsche sich von ihren Stories, erklärt sie gegenüber dem Magazin *Kirkus*, dass sie das Gefühl vermitteln, vollständig und gut strukturiert zu sein, einigermaßen überraschend oder frisch, wahrhaftig gegenüber Leben und Gefühlen und wohl durchdacht.

Mit Blick auf *Malone stirbt* hat sie einmal gesagt, sie bewundere an Beckett, mit wie wenig Stoff er auskomme und wie sehr sein Fokus eingeschränkt und wie einfach und bar aller Lyrizismen und blumenreichen Ausdrucksweise seine Sprache sei[20]. – Das sind Epitheta, die eins zu eins auf Davis' eigene Prosa übertragbar wären. Auch sie schränkt ihren Fokus ein, auch sie kommt mit verblüffend wenig Stoff aus – man denke etwa an »Die Fliege« –, und wie Beckett verzichtet sie auf Lyrizismen und pflegt einen schnörkellosen Stil. – *Unadorned* nennt Tobi Haslett im *Boston Review* ihre Sprache, und dieses Prädikat findet sich in einer ganzen Reihe weiterer Kritiken. Davis selbst sagte über ihr Schreiben zu Francine Prose, sie habe immer Wert auf Klarheit und Einfachheit und Balance gelegt. Aber sie wisse auch sehr wohl, dass ihre Prosa, die Haslett ›entmystifizierend‹ genannt hat, ›spröde‹ sei. – Mich erinnern diese spröden, »entmystifizierenden« Stories – ich denke etwa an »Die Sprache der Telefongesellschaft« – oft an die »Knoten« des Ronald D. Laing. Es sind kleine, wie Koans sich jeder logischen Analyse widersetzende Mysterien, die im Fluss der Gedanken abgeschliffenen Kieselsteine im Mund des Demosthenes.

Anmerkungen

1 Mon, Franz: *Die zwei Ebenen des Gedichts.* In: *Texte über Texte.* Neuwied-Berlin: Hermann Luchterhand Verlag GmbH 1970, S. 7.

2 Adorno, Theodor W.: *Voraussetzungen.* In: *Noten zur Literatur III.* Bibliothek Suhrkamp, Bd. 146. Frankfurt am Main: Suhrkamp Verlag 1965. S. 140.

3 Im Original »neglected«

4 Dort heißt es: »It is extraordinary how it is impossible that a vocabulary does not make sense.«

5 http://www.slate.com/blogs/browbeat/2013/01/31/for_sale_baby_shoes_never_worn_hemingway_probably_did_not_write_the_famous.html

6 Zitiert nach http://www.newyorker.com/magazine/2014/03/17/long-story-short, wo es heißt: »She is the shorter Proust among us. She has the sensitivity to track the stuff that is so evanescent it flies right by the rest of us. But as it does so it leaves enough of a trace that when you read her you do it with a sense of recognition.«

7 Im Original: »Quote. Unquote.«

8 Im Original: »Collaboration«

9 Sämtliche hier zitierten Interviews kann man googeln, indem man den Namen der Autorin und der Interviewerin/des Interviewers bzw. des Magazins eingibt.

10 mit David Winters von der University of Cambridge

11 In einem E-Mail vom 20. 2. 2015 erläutert Davis das wie folgt (man wird dabei an Paul Valérys Feststellung erinnert, er werde niemals einen Roman schreiben können, weil er einen Satz wie »Die Marquise verließ das Haus um fünf Uhr.« schlichtweg nicht zustande bringe). »I suppose«, schreibt sie, »I am thinking of the conventional, or traditional, presentation of a scene enacted between two or more characters, which generally has involved the elements of: description (»the late afternoon sun shone over the rugs […]«); action (»the door opened and in strode Vladimir Vladimirov, […]«); dialogue (»turning abruptly to face her, Vladimir Vladimirov said loudly, nearly shouting: ›What did you mean by firing her without discussing it first with me?‹«); exposition (»That very morning, he had sat over his breakfast admiring the efficiency with which the young maid, Greta, had cleared the table and refilled his coffee cup. There had been a succession of inept and foolish servants in the house […].«); and commentary (»Vladimir Vladimirov was not an unkind husband. But he had no tolerance for Anna Marie's inability to handle practical matters.«) […] In short, I *resist* the conventional scene-building and *embrace* the less traditional forms of fiction of Bernhard etc.«

12 *»when done in a mechanical, forced way«* heißt es in besagtem E-Mail an den Verfasser vom 26. 2. 2015.

13 Gegenüber Sarah Manguso verwendet sie den Ausdruck »pared down style«.

14 Wörtlich fragt sie sich: »Is this competitive? He wants to lose some weight, I want to learn to see myself as nothing.«

15 Mark Twain in einem Brief an Bowser, am 20, März 1880: »I notice that you use plain, simple language, short words & brief sentences. That is the way to write English – it is the modern way, & the best way. Stick to it; don't let fluff & flowers & verbosity creep in.«

16 Wörtlich heißt es im Interview mit David Winters: »Actually, in looking for an example of plain language that I wanted to quote for you, I just came across another note, which was of something Churchill was reputed

to have said. […]: ›Broadly speaking, […] the short words are best, and the old words are best of all.‹ I like that idea, and I like the simplicity of the way he expressed it.« – In einem Nachsatz fügt sie dann allerdings hinzu, sie füge dazwischen auch gerne mehrsilbige Wörter ein, um sie mit den einsilbigen zu kontrastieren.

17 Sebald, Winfried Georg: *Austerlitz*. Fischer Taschenbuch Verlag, Frankfurt am Main 2003. 2. Aufl., S. 184.

18 Byung-Chul, Han: *Im Schwarm. Ansichten des Digitalen.* Berlin: Matthes & Seitz Berlin, S. 60.

19 Siehe Sacha Vernas Besprechung von »Kanns nicht und wills nicht« in der Weltwoche« Nr. 38, 2014.

20 »Then I picked up *Malone Dies,* I think«, erzählt sie Eleanor Wachtel vom *Brick*-Magazine, »and there was so little material and it was such a narrow focus and no attempt at lyricism or flowery language […]« Siehe: http://brickmag.com/interview-lydia-davis

Editorische Notiz

Die Auswahl der Erzählungen nahm Lydia Davis selbst vor, sie sind folgenden Bänden entnommen:

Lydia Davis, *Break it Down,* Farrar, Straus and Giroux, New York 1975, 1983 (Story; Mildred und die Oboe; Haus – Pläne; Problem)

Lydia Davis, *Samuel Johnson is Indignant,* Farrar, Straus and Giroux, New York 2000, 2001 (Langweilige Freunde; Geschworenenpflicht; Glückliche Erinnerungen; Mündlich überlieferte Geschichte)

The Collected Stories of Lydia Davis, Farra, Straus and Giroux, New York 2009

Lydia Davis, *Fast keine Erinnerung,* Literaturverlag Droschl, Graz – Wien 2008 (Die Mäuse; Zedernbäume; Die Katze im Tagesraum des Gefängnisses; Der Frischwassertank; Eine Naturkatastrophe; St. Martin; Was interessant war; Der Andere; Dieser Zustand; Eine zweite Chance; Mr Knockly; Die Vergewaltigung der Tanuk-Frauen; Sittenlehre; Das Hinterhaus; Der Ausflug; Beispiele der Konfusion)

Lydia Davis, *Formen der Verstörung,* Literaturverlag Droschl, Graz – Wien 2011 (Ein Mann aus ihrer Vergangenheit; Durchgeistigt; Kafka kocht ein Abendessen; Tropischer Sturm; Tabuthemen; Die Sinne; Fragen der Grammatik;

Hand; Kinderhüten; Einen fahren lassen; Meg und der Stock; Geistig abwesend; Unterwegs in den Süden, liest Auf in den Abgrund; Der Spaziergang; Formen der Verstörung; Wie man es macht; Schlaflosigkeit; Familienmitglieder verbrennen; Ausgaben reduzieren; Mutters Reaktion auf meine Reisepläne; Wie werde ich um sie trauern?; Ein sonderbarer Impuls; Plötzlich verängstigt; Hirn, Herz)

Lydia Davis, *Kanns nicht und wills nicht,* Literaturverlag Droschl, Graz – Wien 2014 (Das Hundehaar; Idee für einen Anstecker; Die beiden Davis und der Teppich; Kontingenz; Kurze Begebenheit betreffend das kurze a, das lange a und Schwa-Laut; Allein Fisch essen; Die grässlichen Mucamas; Ihre Geografie: Alabama; Die Kühe; Ödön von Horváth auf Wanderschaft; Brief an einen Hotelmanager; Hallo, Schatz; Nicht interessiert; Wohnen beim Apotheker; Das Lied; Eine kleine Geschichte über eine kleine Schachtel Pralinen; Schreiben; Wenn wir bei der Hochzeit; Brief an den Präsidenten des American Biographical Institute, Inc.; Doktorat)

Inhalt

Anne Carson

Decreation

Gedichte, Oper, Essays

Aus dem Amerikanischen von Anja Utler

252 Seiten. Gebunden

Anne Carson ist eine der große Lyrikerinnen der Gegenwart, eine Meisterin, deren oszillierende Kreativität weit ausgreift: von Gedicht zu Essay, von Oper zu Ballett findet sie Gesten, um die Gegenwart zu bannen. Sappho, Simone Weil, Monica Vitti – mit ihnen führt Anne Carson Telefonate: Stimmen und Ideen erreichen sie über eine Spanne von Jahrhunderten und auch nur Tagen. Ihre Fragen bringen alle Gewissheiten ins Wanken: das Selbst, die Form, die Identität, das Geschlecht. Im Erforschen dieser Fragen entsteht eine zartes und widerständiges Gewebe aus Bildern, Worten und Gedanken, das seit Jahrzehnten die Bewunderung der Leser und Dichter auf sich zieht: »unbestechlich« (The New York Times).

»Fesselnd, meisterhaft, bezaubernd, überwältigend, anregend, bestechend, tief bewegend, ergreifend.«
The New York Review of Books

fi 1-010243 / 1

Emily Dickinson

Wilde Nächte

Ein Leben in Briefen

Ausgewählt und übersetzt von Uda Strätling

432 Seiten. Gebunden

Emily Dickinson ist die größte Dichterin Amerikas, aber für ihre Zeitgenossen war sie auch die unbekannteste: von ihren 1775 Gedichten wusste nur eine Hand voll Menschen. Während die Eisenbahnen den Wilden Westen erschlossen und die Träume von Fortschritt den Kontinent kleiner werden ließen, lebte sie zurückgezogen im Haus ihrer Eltern. Nur einen großen schwarzen Hund an der Seite, schrieb sie einsam und beharrlich an einem Werk, dessen dunkles Leuchten und ekstatisches Glücksverheißen eines der großen Wunder der amerikanischen Literatur ist. Emily Dickinsons Briefe sind Wünschelruten, mit denen sie um Antworten warb, Selbstgespräche und Selbstvergewisserung zugleich: sie werfen Licht auf das Rätsel ihres Lebens, das wie kein zweites einer Dichterin herausfordert und fasziniert.

»Sie ist die große Dichterin des ungreifbaren Raumes unserer Seele, in dem wir wahrhaft allein sind.«
Joyce Carol Oates

»Man möchte Satz um Satz zitieren aus diesen Briefen …«
Jan Wagner, Tagesspiegel

Richard Powers

Orfeo

Roman

Aus dem Amerikanischen von Manfred Allié

496 Seiten. Gebunden

In einem Roman voller Spannung, Kunst und Gefühl erzählt Richard Powers die Geschichte des Musikers Peter Els. In den Siebzigern waren seine Stücke Avantgarde, jetzt will er der DNA ihre musikalische Struktur ablauschen. Bis die Homeland Security in sein Labor stolpert und ihn verhört ... Auf der Fahrt quer durch die USA flüchtet Els vor dem FBI und den Medien, erinnert sein Leben und sucht seine Familie – ein Roadmovie voller Emotion und funkelndem Geist, unserer Gegenwart und ihren Themen immer einen Schritt voraus.

»Die Musik der großen Fragen.«
New York Review of Books

»Außergewöhnlich ... Auf jeder Seite schweben seine Beschreibungen von Musik und verlorener Liebe ... Wieder beweist Powers, dass er zu den Besten gehört. «
Newsweek

Henning Ahrens

Kein Schlaf in Sicht

Gedichte

96 Seiten. Gebunden

Die Welt und ihre Phantasie sind nur durch eine hauchdünne Membran getrennt. Dort, in den Zwischenwelten, den märchenhaften und unwahrscheinlichen Bereichen des Gewöhnlichen, entstehen Augenblicke größter Realität. Kein Sprachspiel, ein Wahrnehmungsspiel ist das, die Welt erstrahlt in diesen unwirklich gegenwärtigen Gedichten.

»Henning Ahrens kann tatsächlich
mit Wörtern zaubern und zugleich ganz gegenwärtig
und ganz fremd auf die Welt schauen.«
Dirk Knipphals, taz

S. Fischer

fi 1-000525 / 1